Diogenes Taschenbuch 23676

detebe

Früher war mehr Herz

Hinterhältige Liebesgeschichten

Ausgewählt von Daniel Kampa

Diogenes

Nachweis am
Schluss des Bandes
Umschlagzeichnung von
Tomi Ungerer

Originalausgabe

www.diogenes.ch
250/08/52/1
ISBN 978 3 257 23676 7

»Liebe: auch so ein Problem,
das Marx nicht gelöst hat.«

Jean Anouilh

»Liebe ist der Zustand, wo der
Mensch die Dinge am meisten
so sieht, wie sie nicht sind.«

Friedrich Nietzsche

Inhalt

Donna Leon

Geeignete Männer

Vor ein paar Jahren ließ ich mich auf der Suche nach zivilisierter männlicher Gesellschaft dazu hinreißen, auf einige Anzeigen aus der Rubrik »Personals« der *New York Review of Books* zu antworten, die bei vielen als Intellektuellenzeitschrift Nr. 1 in den Vereinigten Staaten gilt. Nein, ich schrieb nicht in eigener Sache, sondern für meine älteste und liebste Freundin, die damals schon sieben Jahre Witwe war. Sie lebte seit über dreißig Jahren in der Stadt New York, kannte deren Sitten und Gebräuche und hatte schon oft davon gesprochen, wie wenige geeignete Männer auf dem Markt seien. Sie hatte, wenn ich es recht bedenke, ebenso oft davon gesprochen, wie viele ungeeignete Männer auf dem Markt seien, aber ich war sicher, dass ich ihre Probleme mit einem alexandrinischen Schwerthieb lösen und den Richtigen für sie finden könnte.

Gesellschaftliche Veränderungen machen es amerikanischen Singles beiderlei Geschlechts immer schwerer, einander zu begegnen: Die Kirchengemeinden geben keine geselligen Abende mehr, gesellschaftliche Organisationen verlieren in den letzten Jahrzehnten immer mehr Mitglieder, und immer mehr Menschen arbeiten zu Hause. Zudem werden die meisten guten Exemplare frühzeitig aus der Herde entfernt, und so sind ab einem bestimmten Alter die meisten Männer entweder verheiratet oder schwul. Oder beides.

Unbeeindruckt von Statistiken, schrieb ich in den nächsten Monaten drei dieser Männer an und erklärte dazu, dass ich nicht für mich, sondern für eine New Yorker Freundin schrieb. Es folgten Briefe, und am Ende nahmen sie alle mit meiner Freundin Kontakt auf, die sich mit allen dreien traf. Und da ich regelmäßig nach New York komme, lernte auch ich sie kennen.

Dank jenes Wunders von Geduld und Liebe, das sich gelegentlich im Lauf eincr vierzigjährigen Freundschaft entwickelt, spricht sie noch mit mir, aber ich muss zugeben, dass es dazu wirklich der allergrößten Geduld und Nachsicht ihrerseits bedarf. Denn diese Männer erwiesen sich aus unterschiedlichen Gründen als ungeeignet, obwohl sie weiß Gott auf dem Markt waren. In ihnen könnte man durchaus die Verkörperungen der Schwierigkeiten sehen, vor denen sich in New York alleinstehende Frauen eines gewissen Alters sehen (in

New York kommt man in diese Kategorie offenbar kurz nach dem dreißigsten Geburtstag), wenn sie einen Mann suchen, mit dem sie etwas eingehen wollen, wofür Amerikaner offenbar keine andere Bezeichnung haben als »Beziehung«.

Der erste war Edward, ein ungeschlachter, bärtiger Bär von einem Mann, so eine Kreuzung aus Fidel Castro und Helmut Kohl. Edward war Ende fünfzig und geschieden, hatte erwachsene Kinder und bezeichnete sich selbst als »intelligenten, Bücher liebenden Arzt mit Interesse an klassischer Musik, Essen und Museen«.

Hier hätten wir das erste Stichwort. »Interesse« ist oft eine Beschönigung für »Besessenheit«. Edwards Interesse an Musik entpuppte sich als enzyklopädisches Wissen über die Diskographie bestimmter Komponisten – Hindemith und Bartók gehörten zu seinen Lieblingen, soweit ich mich erinnere. Darum konnte er sich lang und breit über die Unterschiede zwischen dieser Furtwängler-Aufnahme von 1936 und jener De-Sabata-Einspielung von 1951 auslassen, was er leider auch tat. Ich habe einen Abend in seiner Gesellschaft verbracht und ihn über Musik reden hören, und kein einziges Mal kamen Wörter wie »herrlich«, »schön« oder »hinreißend« über seine Lippen. Stattdessen sprach er von der Klangfarbe der Flöten hier, dem verspäteten Einsatz der zweiten Violine dort. Er hätte genauso gut über die Schweinefleischpreise an der Chicagoer Warenbörse reden können, so wenig schien er zu *lieben,* wovon er da sprach.

Ebenso allwissend war Edward, wenn es ums Essen oder um die Sammlungen der wichtigsten Museen in einer ermüdend großen Zahl von Ländern ging. Nie konnte man seinen Worten entnehmen, dass er die Bilder schön fand, nicht einmal, dass er sie besonders gern ansah. Nach meiner Beobachtung übertragen viele amerikanische Männer die Begeisterung, mit der sie früher Baseballbilder gesammelt oder die Schlagzahlen ihrer Lieblingsspieler auswendig gelernt haben, später auf »erwachsenere« Interessen. Leider geht ihnen auf dem Weg vom Sport zur Kultur die meiste Freude und die ganze Begeisterung verloren, die ihre Kindheitsinteressen so bezaubernd machten. Die beliebtesten Themen sind offenbar: teure Autos, Erstausgaben und Stereoanlagen, die so hochgezüchtet sind, dass die Klangunterschiede zwischen den verschiedenen Modellen nur von Messgeräten oder Hunden festgestellt werden können.

Erfrischend war, dass Edward jede Form körperlicher Ertüchtigung hasste und seit seinem Abgang von der Universität keine Sporthalle mehr betreten hatte. Er trank Wein zum Lunch und Brandy nach dem Abendessen. Und er rauchte. Das wollen wir ihm sehr zugute halten. Ich habe oft den Eindruck, dass es in New York von nichtrauchenden Antialkoholikern wimmelt, die zwischen Büro und Fitnesscenter hin- und herjagen, um Unsterblichkeit zu erlangen.

Der zweite war Jason, der sich als »Akademiker« mit Interesse an Film (sie sagen nie »Kino«), Geschichte und Politik bezeichnete. Schön, dachte ich, als ich meinen Brief abschickte, er ist New Yorker, also muss er ein Linker sein.

Zum Glück war ich gerade in New York, als meine Freundin sich mit Jason zum Lunch treffen wollte, also begleitete ich sie dorthin. Wir trafen ihn in einem kleinen Restaurant an der Columbus Avenue, nicht weit vom Lincoln Center. Es zeigte sich, dass Jason, der in seiner Anzeige nichts über sein Äußeres geschrieben, nur sein Alter mit »über fünfzig« angegeben hatte, hinter den Kinnbacken zwei verräterische Löcher aufwies. Sie waren rund, etwa rosinengroß und ebenso tief. Während er redete, legte ich den Kopf auf die offene Hand und tippte mit dem Finger auf die entsprechende Stelle an meinem Kiefer, wobei ich Jason fröhlich anlächelte und, sobald meine Freundin zu mir hersah, mit den Lippen das Wort »geliftet« formte. Irgendwo habe ich kürzlich gelesen, dass fast die Hälfte aller Schönheitsoperationen in den Vereinigten Staaten an Männern vorgenommen wird, die nun auch von der Notwendigkeit eingeholt worden sind, sich ihr jugendliches Aussehen bis weit in die reiferen Jahre zu erhalten. Man kann nur hoffen, dass nicht alle mit diesen verräterischen Rosinen daraus hervorgehen.

Jason war leitender Angestellter in einer Investmentfirma und zweimal geschieden. Er machte sich Sorgen, dass so vieles im Land nicht in Ordnung sei, und sah unsere einzige Rettung in einer Rückkehr zu den »Werten der Familie«. Doch, Amerikaner sagen so etwas wirklich. Zu keinem Zeitpunkt zeigte er sich in irgendeiner Weise daran interessiert, wie wir über diese Themen dachten. Und offenbar hörte er nicht den geringsten Missklang zwischen seinem Glauben an die Familienwerte, seinen Scheidungen und seinem gelifteten Gesicht.

Sobald wir unseren Kaffee ausgetrunken hatten, ereilte mich einer meiner Migräneanfälle, und ich sagte, ich müsse dringend nach Hause, um ein Aspirin zu nehmen. Er schien überrascht, dass wir beide aufstanden, um zu gehen, und lehnte unser Angebot ab, das Essen zu bezahlen.

Jason lieferte mir zusätzliches Beweismaterial für eine andere Beobachtung, die ich an amerikanischen Männern gemacht habe: Sie hören Frauen nicht zu. Ich bin nicht sicher, ob sie einander besonders gut zuhören, aber Frauen hören sie jedenfalls nicht zu. Das könnte vielleicht erklären, warum Amerikaner beim Reden so unglaublich viele Füllsel wie: »Sehen Sie, Ich meine, Also und Ach ja« benutzen, nämlich nur, um den Gesprächsfaden in der Hand zu halten, während sie überlegen, was sie als Nächstes sagen wollen. Manchmal fand ich es schon erhellend, wenn ich in eine der seltenen Gesprächslücken, die sich in solchen Monologen auftaten, die Bemerkung einwarf, ich hätte entdeckt, dass geröstete Skorpione eine Köstlichkeit sind, oder der Rinderwahnsinn komme nach meiner Überzeugung vom Trinkwasser. Bis heute habe ich darauf noch keine Antwort erhalten.

Der Letzte war Robert, mit dem wir uns auf einen Kaffee verabredet hatten, da meine Freundin nicht mehr gewillt war, mehr Zeit für ein erstes Treffen zu investieren, und sich schon gar nicht mit einem dieser Typen ohne »backup« treffen mochte, wie die Polizisten es ausdrücken. Robert (»Gebildeter, finanziell gesicherter Professor«) war schon da, als wir in das Café kamen, und schien erfreut, uns beide kennenzulernen. Robert freute sich überhaupt an allem: am Kaffee, am Tag, an unserer langen, langen Freundschaft. Herrje, wenn ihm jemand das Zweite Gesetz der Thermodynamik erklärt hätte, er wäre auch darüber erfreut gewesen.

Denn Robert war, man höre und staune, seinem wahren Ich begegnet, er ruhte in sich selbst, hatte das Kind in sich gefunden. Mit Psychotherapie hatte er es schon versucht, unser Robert, mit Religion, mit Aromatherapie, Elektrostimulation, war jetzt aber überzeugt, den wahren Frieden in der Lektüre eines der neuesten Friedens- und Weisheitsverkünder gefunden zu haben, deren Bücher die Selbsthilferegale Tausender von Buchläden in ganz Amerika füllen. Auch wir müssten, verstehen Sie, nur mit unseren eigenen Gefühlen in Kontakt treten, unsere Mitte finden, schon könnten auch wir diese wundersame Verwandlung erfahren. Er lehrte natürlich Soziologie.

Während ich Robert mit seiner hektischen Gutwilligkeit lauschte, fielen mir ein paar Zeilen aus Popes *Brief an Dr. Arbuthnot* ein:

Sein stetes Lächeln nur von Leere spricht,
ein seichter Strom, der plätschernd sich an
Kieseln bricht.

Ihm genügte es, wie offenbar vielen amerikanischen Männern, nur schon Gutes zu denken, um sich selbst als feinen, interessanten Menschen zu empfinden. Er brauchte das Gute nur zu *wollen,* dann war er schon mehr als überzeugt davon, dass ebendies ihn zu einem unvorstellbar wertvollen, ja faszinierenden Menschen machte. Sein Interesse an dem, was in ihm selbst vorging, war absolut. Er hatte sich eine solipsistische Welt geschaffen, die jedes Interesse an Dingen wie Kunst, Geschichte oder Politik ausschloss, außer natürlich insoweit, als sie ihn betrafen. Oder das Kind in ihm, vermute ich.

Diesmal bekam meine Freundin einen Migräneanfall, und wir kehrten in ihre Wohnung zurück, lasen die *Times,* verzehrten ein Häagen-Dazs-Eis und machten uns Gedanken über die Schwierigkeit, in New York einen geeigneten Mann kennenzulernen.

Anna Gavalda

Kleine Praktiken aus Saint-Germain

Saint-Germain!? Ich weiß, was Sie sagen werden: »Mein Gott, wie banal, meine Liebe, Sagan hat das lange vor dir gemacht und soooo viel besser!«

Ich weiß.

Aber was soll ich machen – ich bin nicht sicher, ob mir das Ganze auf dem Boulevard de Clichy passiert wäre, so einfach ist das. C'est la vie.

Doch behalten Sie Ihre Bemerkungen für sich, und hören Sie mir lieber zu, mein Gefühl sagt mir nämlich, dass die Geschichte Sie zum Schmunzeln bringen wird.

Sie lieben doch Herz-Schmerz-Geschichten. Wenn man Ihnen ans Herz rührt mit vielversprechenden Festen und Männern, die den Eindruck machen, sie seien Junggesellen und ein bisschen unglücklich.

Ich weiß, dass Sie das lieben. Das ist normal, aber Sie können nun einmal keine Groschenromane lesen, wenn Sie bei Lipp oder im Deux-Magots sitzen. Natürlich nicht, das geht nicht.

Also, heute Morgen bin ich auf dem Boulevard Saint-Germain einem Mann begegnet.

Ich ging den Boulevard hinauf und er hinunter. Wir befanden uns auf der geraden Seite, der eleganteren.

Ich habe ihn von weitem kommen sehen. Ich weiß nicht, warum, vielleicht sein etwas lässiger Gang, der Mantel, der ihn elegant umwehte –. Kurz und gut, ich war zwanzig Meter von ihm entfernt und wusste, dass ich ihn mir angeln würde.

Und es hat geklappt, als er auf gleicher Höhe mit mir ist, merke ich, wie er mich ansieht. Ich werfe ihm ein schelmisches Lächeln zu, à la Cupido-Pfeil, nur ein bisschen zurückhaltender.

Er lächelt zurück.

Während ich meinen Weg fortsetze, lächele ich vor mich hin und denke an das Gedicht, das Baudelaire *Einer Vorübergehenden* gewidmet hat (schon bei Sagan vorhin werden Sie gemerkt haben, dass ich aus einem literarischen Fundus schöpfen kann, wie es so schön heißt!!!). Ich laufe weniger schnell, denn ich versuche mich zu erinnern… *Groß schmal in tiefer trauer*… danach weiß ich nicht weiter – dann… *Erschien ein weib, ihr finger gravitätisch Erhob und wiegte kleidbesatz und saum*… und am Schluss… *Dich hätte ich geliebt, dich die's erkannt.*

Das macht mich jedes Mal völlig fertig.

Und die ganze Zeit über, göttliche Arglosigkeit, spüre ich noch immer den Blick meines heiligen Sebastian (He, Anspielung an den Pfeil! Dass Sie mir ja mitkommen!?) im Rücken: Das wärmt mir auf angenehmste Weise die Schulterblätter, doch lieber sterben, als mich umdrehen, dann wäre das Gedicht dahin.

Ich bin an der Bordsteinkante stehengeblieben und habe den Verkehrsstrom beobachtet, um auf Höhe der Rue des Saint-Pères die Straße zu überqueren.

Hinweis: Eine Pariserin, die etwas auf sich hält, überquert den Boulevard Saint-Germain niemals zwischen den weißen Linien an der Ampel. Eine Pariserin, die etwas auf sich hält, beobachtet den Verkehr und wirft sich zwischen die Autos, wohl wissend, dass sie ihr Leben riskiert.

Sterben für die Schaufensterauslagen von Paule Ka. Herrlich.

Ich will mich gerade in den Strom werfen, da hält mich eine Stimme zurück. Ich werde Ihnen zuliebe jetzt nicht von einer »warmen, männlichen Stimme« sprechen, denn das war nicht der Fall. Eine Stimme, sonst nichts.

»Pardon.«

Ich drehe mich um. Und wer steht vor mir? – meine kleine Beute von eben.

Ich kann es Ihnen im Grunde auch gleich sagen, von diesem Moment an ist es für Baudelaire gelaufen.

»Ich habe mich gerade gefragt, ob Sie heute Abend mit mir essen gehen würden?«

Bei mir denke ich »Wie romantisch«, aber ich antworte:

»Das geht ja wohl ein bisschen schnell, oder?«

Wie aus der Pistole geschossen kommt die Antwort, und ich schwöre Ihnen, dass ich die Wahrheit sage:

»Da gebe ich Ihnen recht, es geht ein bisschen schnell. Aber als ich gesehen habe, wie Sie verschwinden, habe ich gedacht: Das darf doch nicht wahr sein, da begegne ich auf der Straße einer Frau, ich lächele ihr zu, sie lächelt mir zu, wir streifen uns im Vorbeigehen und werden uns aus den Augen verlieren … Das darf einfach nicht wahr sein, nein wirklich, das wäre vollkommen absurd.«

»…«

»Was meinen Sie? Finden Sie das völlig bescheuert?«

»Nein, nein, keineswegs.«

Ich fing an, mich plötzlich weniger wohl zu fühlen.

»Nun? Was sagen Sie? Hier an dieser Stelle, heute Abend um neun, genau hier?«

Reiß dich am Riemen, Mädchen, wenn du mit allen Männern zu Abend isst, denen du zulächelst, dann gute Nacht!

»Nennen Sie mir einen einzigen Grund, weshalb ich Ihre Einladung annehmen sollte.«

»Einen einzigen Grund – mein Gott, ist das schwierig.«

Ich sehe ihn an, belustigt.

Dann ergreift er ohne Vorwarnung meine Hand:

»Ich glaube, ich habe einen einigermaßen akzeptablen Grund gefunden.« Er führt meine Hand über seine unrasierte Wange.

»Einen einzigen Grund. Hier ist er: Sagen Sie ja, damit ich eine Veranlassung habe, mich zu rasieren. Wirklich, ich glaube, ich sehe sehr viel besser aus, wenn ich rasiert bin.«

Und er gibt mir meinen Arm zurück.

»Ja«, sage ich.

»Das ist fein! Lassen Sie uns die Straße gemeinsam überqueren, bitte, ich möchte Sie jetzt nicht mehr verlieren.«

Dieses Mal sehe ich *ihm* hinterher, wie er in die entgegengesetzte Richtung verschwindet, er wird sich die Hände reiben, als hätte er gerade einen guten Deal gemacht.

Ich bin sicher, dass er total zufrieden mit sich ist. Er hat allen Grund dazu.

Später Nachmittag, ein bisschen nervös, muss ich zugeben.

Bin über meine eigenen Beine gestolpert und weiß jetzt nicht, was ich anziehen soll. Schutzkleidung wäre naheliegend.

Ein bisschen nervös wie eine Anfängerin, die weiß, dass ihre Fönfrisur danebengegangen ist.

Ein bisschen nervös, wie auf der Schwelle zu einer Liebesgeschichte.

Ich arbeite, ich gehe ans Telefon, ich verschicke Faxe, ich mache das Layout für den Illustrator fertig. (Halt, na klar – ein hübsches und lebhaftes Mädchen, das in der Gegend von Saint-Germain Faxe verschickt, arbeitet in einem Verlag, na klar.)

Meine Fingerspitzen sind eiskalt, und ich muss mir alles wiederholen lassen, was die Leute mir sagen.

Durchatmen, Mädchen, tief durchatmen…

In der abendlichen Dämmerung ist der Boulevard zur Ruhe gekommen, und die Autos fahren mit Standlicht.

Die Cafétische werden hereingeholt, die Leute warten auf dem Kirchplatz auf ihre Verabredung, andere stehen am Beauregard Schlange, um den letzten Woody Allen zu sehen.

Ich kann unmöglich als Erste kommen (das schickt sich nicht). Nein. Ich werde lieber ein wenig zu spät kommen. Ihn ein bisschen auf mich warten lassen, das ist besser.

Zur Stärkung werde ich mir einen kleinen Drink genehmigen, damit meine Finger wieder richtig durchblutet werden.

Nicht im Deux-Magots, dort ist das Publikum am Abend ein bisschen provinziell, dort sitzen nur dicke Amerikanerinnen, die dem Geist von Simone de Beauvoir nachjagen. Ich gehe in die Rue Saint-Benoît. Das Chiquito ist genau der richtige Ort.

Ich stoße die Tür auf, und sofort ist er da: der Geruch nach Bier, vermischt mit dem nach kaltem Zigarettenrauch, das Dingdingding des Flippers, die thronende Wirtin mit den gefärbten Haaren und einer Nylonbluse, die den Blick auf einen BH mit dicken Bügeln freigibt, das abendliche Pferderennen von Vincennes im Hintergrund, ein paar

Maurer in ihren fleckigen Arbeitshosen, die die Stunde der Einsamkeit oder die Zeit mit der Alten noch ein wenig hinauszögern wollen, und ein paar alte Stammgäste mit gelben Fingern, die allen auf den Geist gehen mit ihren Mietpreisen von 48. Das Glück.

Die Typen am Tresen drehen sich von Zeit zu Zeit um und prusten los wie Schuljungen. Meine Beine stehen im Mittelgang und sind sehr lang. Der Gang ist ziemlich schmal und mein Rock sehr kurz. Ich sehe ihre gebeugten Rücken, die vor Lachsalven erzittern.

Ich rauche eine Zigarette und blase den Rauch weit von mir. Mein Blick schweift in die Ferne. Ich weiß jetzt, dass Beautiful Day das Rennen gemacht hat, zehn zu eins in der Zielgeraden.

Mir fällt ein, dass ich *Kennedy et moi* in der Tasche habe, und ich frage mich, ob ich nicht besser daran täte, hierzubleiben.

Eine Portion Linsen mit gepökeltem Schweinefleisch und eine halbe Karaffe Rosé – wie ginge es mir gut.

Aber ich reiße mich wieder am Riemen. Schließlich stehen Sie hinter mir, sehen mir über die Schulter und hoffen auf die Liebe (auf weniger? oder mehr? oder beinahe?) mit mir, und ich werde Sie nicht mit der Wirtin des Chiquito im Stich lassen. Das wäre echt hart.

Ich gehe mit rosigen Wangen nach draußen, und die Kälte schlägt mir gegen die Beine.

Er ist da, an der Ecke zur Rue des Saint-Pères, er wartet auf mich, er kommt auf mich zu.

»Ich hatte schon richtige Angst. Ich hatte geglaubt, Sie kämen nicht. Ich habe mein Spiegelbild in einem Schaufenster gesehen, habe meine glatten Wangen bewundert und Angst bekommen.«

»Tut mir leid. Ich habe auf das Ergebnis von Vincennes gewartet und dabei die Zeit vergessen.«

»Wer hat gewonnen?«

»Spielen Sie?«

»Nein.«

»Beautiful Day hat gewonnen.«

»Na klar, hätte ich mir denken können«, er lächelt und nimmt mich am Arm.

Schweigend gehen wir zur Rue Saint-Jacques. Von Zeit zu Zeit wirft er mir einen verstohlenen Blick zu, studiert mein Profil, aber ich weiß, dass er sich in dem Moment eher fragt, ob ich Strumpfhosen trage oder Strümpfe.

Geduld, mein Lieber, Geduld…

»Ich werde Sie in ein Lokal führen, das mir gefällt.«

Ich sehe schon – so eins mit unbefangenen, aber diensteifrigen Kellnern, die ihm verschwörerisch zulächeln:

»Bosswaaa, Monsieur (das ist jetzt die Neueste – na ja, die Brünette vom letzten Mal hat mir besser gefallen), der kleine Tisch ganz hinten, wie immer, Monsieur? Kleine Verbeugungen (Mensch, wo liest er bloß die ganzen Puppen auf?) Darf ich Ihre Mäntel nehmen??? Très biiiiiien.«

Er liest sie auf der Straße auf, du Schwachkopf.

Doch weit gefehlt.

Er ließ mich vorgehen und hielt die Tür zu einem kleinen Bistro auf, ein resignierter Kellner fragte nur, ob wir rauchen. Mehr nicht.

Er hängte unsere Sachen an die Garderobe und an der halben Sekunde, die er zögerte, als er mein zartes Dekolleté erblickte, wusste ich, dass er die kleine Schnittwunde nicht bereute, die er sich vorhin beim Rasieren zugefügt hatte, als seine Hände ihm einen Streich spielten.

Aus dicken bauchigen Gläsern haben wir hervorragenden Wein getrunken. Haben ziemlich leckere Sachen gegessen, bestens darauf abgestimmt, das Aroma unseres Nektars nicht zu verderben.

Eine Flasche Burgunder, Côtes de Nuits, ein Gevrey-Chambertin 1986. O Jesulein zart.

Der Mann mir gegenüber trinkt mit zusammengekniffenen Augen.

Ich kenne ihn jetzt besser.

Er trägt einen Rollkragenpullover aus grauem Kaschmir. Einen alten Rollkragenpullover. Mit Flicken am Ellbogen und einem kleinen Riss am rechten Handgelenk. Ein Geschenk zum zwanzigsten Geburtstag vielleicht. Seine Mutter, die wegen seiner enttäuschten Miene ein wenig gekränkt ist, sagt zu ihm: »Wirst schon sehen, du wirst es nicht bereuen«, und sie küsst ihn zum Abschied und streicht ihm mit der Hand über den Rücken.

Eine sehr unauffällige Weste, die nach einer stinknormalen Tweedweste aussieht, die aber, was meinen Luchsaugen nicht entgeht, maßgeschneidert ist. Von Old England, die Etiketten sind größer, wenn die Ware direkt aus den Pariser Nähstuben stammt, und ich habe das Etikett gesehen, als er sich gebückt hat, um seine Serviette aufzuheben.

Seine Serviette, die er absichtlich hatte fallen lassen, um sich Gewissheit wegen der Strümpfe zu verschaffen, denke ich mir.

Er erzählt mir von allen möglichen Dingen, doch niemals von sich. Er hat stets etwas Mühe, den Faden der Geschichte wiederzufinden, wenn ich die Hand auf meinen Hals lege. Er sagt: »Und Sie?« Und auch ich erzähle ihm nichts über mich.

Während wir auf das Dessert warten, berührt mein Fuß seinen Knöchel.

Er legt seine Hand auf meine und zieht sie schnell zurück, als die Sorbets kommen.

Er sagt etwas, aber seine Worte dringen nicht zu mir vor.

Wir sind sehr bewegt.

Wie schrecklich. Gerade hat sein Handy geklingelt.

Wie auf Kommando richten sich alle Blicke auf ihn, und er stellt es hastig aus. Eben hat er sicher eine Menge gute Weine verdorben. Schlucke sind in wütenden Kehlen steckengeblieben. Leute haben sich verschluckt, Finger haben sich um die Griffe der Messer gelegt oder die Falten der gestärkten Servietten umklammert.

Diese verfluchten Dinger, irgendeiner hat immer eins, egal wo, egal wann.

So ein Rüpel.

Er ist verlegen. Ihm ist plötzlich ein wenig warm in dem Kaschmirpulli von seiner Mama.

Er nickt dem einen oder anderen zu, als wollte er seine Bestürzung zum Ausdruck bringen. Er sieht mich an, und seine Schultern sind leicht zusammengesackt.

»Es tut mir leid.« Er lächelt mich wieder an, weniger kampflustig jetzt, könnte man meinen.

Ich sage:

»Ist nicht so schlimm. Wir sind ja nicht im Kino. Eines Tages werde ich jemanden umbringen. Einen Mann oder eine Frau, die während der Vorstellung im Kino ans Telefon gegangen sind. Und wenn Sie über diesen Fall in der Zeitung lesen, werden Sie wissen, dass ich es war...«

»Ganz bestimmt.«

»Lesen Sie die Rubrik ›Verschiedenes‹?«

»Nein. Aber ich werde damit anfangen, denn nur so habe ich die Chance, Sie dort zu finden.«

Die Sorbets waren, wie soll ich sagen, köstlich.

Zum Kaffee hat sich mein charmanter Prinz neben mich gesetzt, gestärkt.

So dicht, dass er jetzt Gewissheit hat. Ich trage Strümpfe. Er hat die kleinen Häkchen an meinen Oberschenkeln gespürt.

Ich weiß, dass er in diesem Augenblick nicht mehr weiß, wo er wohnt.

Er hebt meine Haare hoch und küsst meinen Nacken, in der kleinen Mulde.

Er flüstert mir ins Ohr, er liebe den Boulevard Saint-Germain, er liebe Burgunder und Sorbets an Cassis.

Ich küsse seine kleine Schnittwunde. Auf diesen Moment habe ich von Anfang an hingearbeitet.

Der Kaffee, die Rechnung, das Trinkgeld, unsere Mäntel, das alles sind nur noch Details, Details, Details. Details, in denen wir uns verfangen.

In unserem Brustkorb pocht es wie wild.

Er hält mir meinen schwarzen Mantel hin und da …

Ich bewundere das Werk des Künstlers, Hut ab, sehr unauffällig, fast unmerklich, bestens berechnet und überaus geschickt macht er das: Während er ihn auf meine nackten, gefälligen und seidenweichen Schultern legt, findet er die notwendige halbe Sekunde und die perfekte Kopfneigung zur Innentasche seiner Weste, um einen Blick auf das Display seines Handys zu werfen.

Mein Kopf ist wieder klar. Mit einem Schlag.

Verräter.

Undankbarer Kerl.

Unglücklicher, was hast du getan!!!

Wo warst du mit deinen Gedanken, als meine Schultern ganz rund, ganz warm waren und deine Hand ganz nah!?

Was schien dir wichtiger als meine Brüste, die sich deinem Blick darboten?

Wovon hast du dich ablenken lassen, während ich deinen Atem in meinem Rücken erwartete?

Hättest du deinen verfluchten Apparat nicht erst befingern können, nachdem du mit mir geschlafen hast?

Ich knöpfe meinen Mantel bis oben zu. Auf der Straße ist mir kalt, ich bin müde, und mir ist übel.

Ich bitte ihn, mich bis zum nächsten Taxistand zu begleiten.

Er ist geknickt.

Ruf s.o.s., mein Junge, du hast alles, was du brauchst.

Aber nein. Er bleibt stoisch.

Als wäre nichts passiert: Ich bringe nur eine gute Freundin zum Taxi, reibe ihr die Arme, um sie aufzuwärmen, und plaudere über die Pariser Nacht.

Er hat echt Stil, durch und durch, das muss man ihm lassen.

Bevor ich in einen schwarzen Mercedes steige, der in Val-de-Marne zugelassen ist, sagt er:

Aber wir werden uns doch wiedersehen, nicht wahr? Ich weiß nicht einmal, wo Sie wohnen. Lassen Sie mir etwas da, eine Adresse, eine Telefonnummer –

Er reißt ein Stück Papier aus seinem Terminkalender und kritzelt ein paar Zahlen darauf.

»Hier. Das Erste ist meine Nummer zu Hause, das Zweite mein Handy, da können Sie mich jederzeit erreichen.«

Das hatte ich begriffen.

»Vor allem, nur keine Scheu, wann immer Sie wollen, okay? Ich erwarte Ihren Anruf.«

Ich bitte den Fahrer, mich am Ende des Boulevards abzusetzen, ich brauche Bewegung.

Ich kicke nicht vorhandene Konservendosen über die Straße.

Ich hasse Handys, ich hasse Sagan, ich hasse Baudelaire und diese ganzen Scharlatane.

Ich hasse meinen Stolz.

Ingrid Noll

Herr Krebs ist Fisch

Wie sollten Sterne lügen können! Sie dienen zwar in der Wüste oder auf See zur Orientierung, aber ansonsten sind sie dumm wie Bohnenstroh. So hatte ich jedenfalls bis vor kurzem gedacht.

Wenn eine meiner ehemaligen Kommilitoninnen mein Horoskop nachlesen wollte, sagte ich im Allgemeinen: »Sternzeichen Grottenolm, Aszendent Wildsau.« Später wurde mein harmloser Scherz bösartig kolportiert: »Sternzeichen Lustmolch, Aszendent Schweinigel.«

Als ich eine Stelle als Studienassessor bekam, wurde anfangs alles anders. Man hatte Respekt vor mir und machte keine lausigen Witze. Im Musik-Leistungskurs hatte ich außer zwei faden Jünglingen ein rundes Dutzend derart schöner Schülerinnen, dass ich zum ersten Mal im Leben mit meinem Beruf zufrieden war. Mit scheelem Blick hatte ich früher meine Musiker-Freunde beobachtet: Sie konnten improvisieren, spielten in einer Rockband, und die Groupies liefen ihnen zu wie hungrige Kätzchen. Saxophon zieht temperamentvollere Mädels an als Bach-Trompete.

Die Schönste von allen hatte einen Eso-Tick, was nicht unbedingt gegen Musikalität spricht. Sie spielte ganz nett Klavier, nahm Gesangsunterricht und war im Schulchor die Primadonna assoluta.

Wenn sie sich mit ihren Freundinnen unterhielt, dann ging es allerdings nur um Horoskope. Jeden Donnerstag holten sie sich in der großen Pause den *Stern* und lasen sich gegenseitig die Aussichten der nächsten Woche vor. Ich hatte ihre Frage nach meinem Sternzeichen wahrheitsgemäß beantwortet: »Nicht immer stimmt der Spruch *nomen est omen*«, sagte ich, denn mein Name ist Thomas Krebs, »de facto fühle ich mich durchaus wohl im Wasser, bin aber kein Krustentier, sondern Fisch. Sozusagen ein toller Hecht. Zufrieden?« – Sie errötete tatsächlich, wozu die Groupies meiner Studienfreunde wahrscheinlich nie imstande wären. Im Geiste sah ich, wie Dankward und Franky bei so viel mädchenhaftem Charme meinen Pädagogenstatus beneiden würden.

Mit ernsthaftem Ausdruck las sie vor, was der *Stern* diesmal für mich orakelte: »Was Sie hinter sich haben, ist schon nahezu vergessen.«

Fragend schaute sie mich an, ich nickte entzückt.

Wir probten *Wach auf, mein's Herzens Schöne, Herzallerliebste mein* nach einem Satz von Johannes Brahms. Bei der Zeile *Selig ist Tag und Stunde, darin du bist geborn* sah ich sie jedes Mal an, dann senkte sie verschämt den Blick.

Natürlich weiß ich um den Zauber, den alle Sänger dieser Welt auf junge und alte Mädchen ausüben. Schon Orpheus konnte die wilden Tiere, die Steine und selbst den Tod betören, wie viel leichter wäre es ihm bei einer Mädchenklasse gelungen. Leider bin ich nie ein Sänger geworden, obgleich ich mich redlich bemüht habe. Es blieb bei Bach-Trompete für kleinstädtische Kirchenkonzerte und Klavier für den Schulgebrauch. Andernfalls hätte ich vielleicht eine unsterblich schöne Eurydike errungen, so hatte ich mich notgedrungen als Dauerverlobter bei einer treuherzigen Organistin breitgemacht. Nun gut, meine Greta war zwar keine Garbo, aber ein zuverlässiger Kumpel: bezahlte ihre Zeche selbst, kochte (wenn auch etwas exzentrisch), nähte meine Knöpfe an und konnte sogar Reifen wechseln. Sollte ich mich beklagen?

Meines Herzens Schöne war sie aber nicht. Immer wunderlich gekleidet: in roten Stiefeletten und Dufflecoat – auch bei Sonnenschein – und mit plissierten Hosenröcken, weder kurz noch lang; es würde sich bestimmt kein zweiter Kandidat für sie interessieren. Zu diesem absonderlichen Outfit wollte ihre obsessive Leidenschaft für diverse Schönheitswässerchen, Cremes und andere duftende Ingredienzen gar nicht recht passen. Ihr eigener Bruder hatte sie Gräta Diäta getauft, aber nicht etwa, weil sie auf Früchtebrot mit Margarine, Hagebuttentee und Graupen bestand. Im Gegenteil: Sie hasste alle Körnerfresser und verbot mir mein seit Jahren geliebtes Müsli, weil sie keine Motten in der Küche duldete. Nein, Greta hatte den Tick, zur Hauptmahlzeit nur Lebensmittel auf den Tisch zu bringen, die die gleiche Farbe hatten. Wobei Safranreis mit Kürbis und Maishähnchen oder Rotkraut vermengt mit roten Bohnen und Corned Beef noch zu den kulinarischen Sternstunden gehörten.

Ach, Greta, manchmal wäre ich dich ganz gern wieder losgeworden! Denn wie – um alles in der Welt – konnte ich mit einer siebzehnjährigen Schülerin anbändeln, ohne dass sie es merkte und ohne dass ich strafversetzt wurde?

Vorerst mussten weitere Sternen-Songs her. Ich konnte nicht gut Woche für Woche *Wach auf, mein's Herzens Schöne* proben. Eines Abends, als ich in unserer Wohnküche Grünkohl und Avocados mit grüner Soße löffeln musste, fragte ich Greta nach astralem Liedgut.

Statt zu antworten, setzte sie sich ans Harmonium und spielte ein Potpourri: *Der Mond ist aufgegangen, die goldnen Sternlein prangen ... Wie schön leuchtet der Morgenstern... Weißt du, wieviel Sternlein stehen ... Freu dich, Erd und Sternenzelt, alleluja ...*

»Hör auf!«, befahl ich. »Damit kannst du vielleicht einem Kindergarten, aber keinem Leistungskurs imponieren! Bisschen flotter und nicht so fromm ...«

Sie sang: *Du sollst mein Glücksstern sein!* Obwohl es furchtbar aus evangelisch-spröder Kehle klang, hatte sie kein Erbarmen und setzte im Anschluss mit gekünstelter Tiefe ein: *I was bo-horn under a wandering star!* Es war sinnlos, und ich winkte ab, denn ich konnte ihr ja nicht gut den Zweck meiner Sternenlieder erklären. Greta war gekränkt. »Nun habe ich ihm das ganze Firmament in die Küche geholt, aber der Herr ist immer noch nicht zufrieden. Geht es dir wirklich um die Astronomie-AG deiner Schüler oder gar um eine Nova?«

Fast fuhr ich zusammen, denn der Vorname meiner Schönen lautete zufällig Ursula, nach dem Sternbild des Kleinen Bären.

Vor zwei Jahren hatte mir Greta so etwas wie einen Heiratsantrag gemacht. Ob ich nicht finde, dass Greta Krebs lustig klinge, hatte sie schelmisch-verlegen gefragt. Dabei sprach sie Kreeebs auf ihre norddeutsche Art übertrieben gedehnt aus. Ich konterte diplomatisch, dass man hier im Frankfurter Raum sicherlich Gräta Gräbbs sagen würde. Das hatte gewirkt, sie war ja nicht dumm. Das Thema Heiraten war vorläufig vom Tisch, aber ich wusste, dass sie sich Kinder wünschte, und zwar möglichst viele, damit man Hausmusik machen und Kanon singen konnte. Zu Anfang unserer Beziehung hatte sie mich hoffnungsvoll-anzüglich Thomaskantor genannt, das hatte ich mir aber ein für alle Mal verbeten.

Glücklicherweise ließ sich Mendelssohn Bartholdy als Kuppler einsetzen. Wir sangen in der 6. Stunde *Es fiel ein Reif in der Frühlingsnacht*, was bei romantisch veranlagten Teenagern ja gut ankommt. Beim traurigen Ende: *Sie haben gehabt weder Glück noch Stern, sie sind gestorben, verdorben* war sie es, die mir beim Wort Stern verträumt in die Augen schaute. Ursula liebt mich! folgerte ich und geriet eine Weile völlig aus dem Takt. Nach Beendigung des Unterrichts rief ich sie zu mir.

»Sie haben sowohl eine schöne Sing- als auch Sprechstimme, Ursula«, begann ich, »aber das wissen Sie ja selbst. Ich wünsche mir, dass Sie eine ganz besondere Aufgabe übernehmen. Hätten Sie den

Mut, bei der Abiturfeier Ihres Bruders ein Rezitativ vorzutragen? Vielleicht aus Haydns *Schöpfung*? Die Proben sollten bei mir zu Hause stattfinden.«

Ganz aufgeregt wälzte ich uralte Noten aus meiner Studentenzeit. Mit dem Chor würde ich, damit es nicht wie ein abgekartetes Spiel aussah, den Satz *Die Himmel erzählen die Ehre Gottes. Und seiner Hände Werk zeigt an das Firmament* einstudieren. Das vorausgehende Rezitativ sollte Ursula übernehmen, bei den Worten *Den ausgedehnten Himmelsraum ziert ohne Zahl der hellen Sterne Gold* würde ich sie anlächeln. Nach einigen Proben, die ich möglichst so legen würde, dass Greta nicht im Haus war, wollte ich meiner Schönen nah und näher kommen.

Als es endlich so weit war und Ursula an unserer Haustür schellte, war ich aufgeregt wie ein Pennäler. Wohl aus Verlegenheit sah sie mich nur flüchtig an, entdeckte aber sofort das Harmonium in der Wohnküche. »Machen Sie auch Kirchenmusik?«, fragte sie. Nein, nein, beeilte ich mich zu versichern, das Instrument stamme aus dem elterlichen Pfarrhaus. Mein Vater – Lokführer im vorzeitigen Ruhestand – würde vom Wunder seiner akademischen Karriere wohl nie erfahren.

Bei dieser ersten Probe gab sich Ursula zwar viel

Mühe, aber es war natürlich nicht zu überhören, dass sie keine erfahrene Oratoriensängerin war und keineswegs vom Blatt singen konnte. Zu meinem Befremden sah sie mehrmals auf die Uhr. Eigentlich hatte ich vorgehabt, ihr nach der Probe ein Gläschen Wein anzubieten und sie in ein privates Gespräch zu verwickeln. Etwa so: »Im kommenden Jahr werden wir für Ihre eigene Abiturfeier proben. Was haben Sie für Pläne? Ich nehme an, dass Sie Musik studieren wollen.« Und bei dieser Gelegenheit könnte ich ihr Ratschläge zur Wahl einer geeigneten Hochschule geben, ihr von eigenen Erfahrungen berichten und sie schließlich beim Betrachten von Fotos aus meiner Studentenzeit auf das Sofa lotsen.

Aber mitten im Singen klappte sie nervös die Noten zu, die Stunde war auf die Sekunde genau abgelaufen. »So eilig?«, fragte ich verunsichert. Sie wolle auf eine Party, behauptete Ursula, und ob sie vorher noch mal aufs Klo dürfe? Ich wies auf die Toilettentür und blieb anstandshalber nicht direkt davor stehen.

Ursula war in null Komma nichts fertig, griff im Flur nach Jacke und Plastiktüte und bemerkte kühl: »Ich wusste gar nicht, dass Sie verheiratet sind!« Bei ihrer Feststellung roch ich plötzlich Gretas Parfüm auf fast penetrante Weise an meiner Schülerin. – Aber ganz im Gegenteil, sagte ich mit Nachdruck, ich sei leider immer noch ein Junggeselle, lebe aber aus rein praktischen Gründen in einer Wohngemeinschaft. »Ah so«, sagte sie und war schon fort wie ein Wandering Star.

Kurz darauf und viel zu früh kam Greta nach Hause. Auf die Musikschule war überhaupt kein Verlass mehr, immer wieder fiel Unterricht aus. Sie schnüffelte bereits in der Diele. »Seit wann nimmst du mein *Divine*?«, fragte sie.

Ich hätte lügen und es zugeben sollen, aber geistesgegenwärtig war ich nie gewesen. »Tut mir leid«, sagte ich, »dein Parfümflakon ist mir hingefallen...«

»Kaputt?«, fragte sie.

»Nein, nein, reg dich nicht auf! Nur ein paar Tropfen verschüttet!«

Greta war nicht dumm, ich sagte es schon. »Aus einem Zerstäuber fließen keine Tropfen heraus!«, sagte sie und hatte wahrscheinlich recht. Ihr Blick schweifte misstrauisch durch den Raum. »Wieso liegt der *Stern* auf meinem Hormonium?«

Ich fand ihr Wortspiel längst nicht mehr so lustig wie vor fünf Jahren, als sie mich gelegentlich zu Füßen ihres muffigen Instruments auf meinem ergrauten Flokati verführte. Sie griff sich die Zeitschrift und las belustigt ihr eigenes Horoskop:

»Am Donnerstag werden Sie eine große Überraschung erleben!«

Nachdem sie sich eine Stunde lang in der Badewanne eingeweicht hatte, begann Greta endlich mit der Vorbereitung unseres Abendessens. Sie briet Auberginen in Öl, mischte Grießbrei mit Blaubeeren, um die gewünschte Tönung zu erreichen, und schnipselte Pflaumen als Beilage. Plötzlich überkam mich ein Anfall von Verzweiflung und Frust. »Fleisch!«, schrie ich. »Heute will ich Fleisch!«

Sie war nicht so leicht aus der Fassung zu bringen, öffnete prüfend das Tiefkühlfach und entdeckte ein vergessenes Schnitzel. Während es in der Mikrowelle auftaute, wühlte sie in der Blechdose mit den Lebensmittelfarben. »Es geht mir völlig gegen den Strich«, murmelte sie, »total unsportlich.« Als das blau gefärbte Schnitzel in der heißen Pfanne schmorte und mir der Duft verführerisch in die Nase stieg, begann sie mich zu erpressen: »Ich esse es selbst, wenn du mir nicht sofort verrätst, wer mit meinem Parfüm geaast hat.«

»Der Dankward!«, sagte ich in meiner Not, und ihr blieb der Mund offenstehen.

»Unser Tankwart?«, fragte sie ungläubig.

»Nein, mein alter Freund Dankward, der Saxophonspieler!«

Greta war auch darüber völlig verblüfft. »Wer

hätte das gedacht! Aber … andererseits … er trug schon immer einen Ohrring.«

Nach dem Essen verlief der weitere Abend ganz friedlich. Greta hatte sich den *Stern* geangelt und machte sich mit großer Lust an die Lösung des Kreuzworträtsels. Beim Studieren der Kochrezepte geriet sie sogar in freudige Erregung. »Im Süden von Frankreich wachsen Trüffelkartoffeln, wusstest du das?«, fragte sie. »Ein Püree daraus hat die Farbe von kandierten Veilchen. Das eröffnet mir völlig neue Perspektiven und Kombinationen!«

Aber als wir schließlich ins Bett gingen, hatte sie doch wieder eine steile Sorgenfalte über der Nase. »Das hat etwas zu bedeuten«, sagte sie, »und ein Psychologe würde sicher einen Grund dafür finden, dass sich Dankward in meinem teuren *Divine* gewälzt hat. Vielleicht will dein Freund meine Rolle besetzen und sich auf geruchlicher Basis an dich heranmachen!« Ich ließ sie in diesem Glauben; immer noch besser, sie hatte Dankward im Verdacht als eine andere Frau.

Die nächste Gesangsprobe hatte ich eine Stunde früher angesetzt, damit mir Greta auf keinen Fall in die Quere kommen konnte. Diesmal erschien meine Schöne zu spät, ließ mich einfach wie einen ungeduldigen Freier warten. Ich stand abwechselnd am Fenster und spähte hinaus oder eilte vor den

Spiegel, um mein Aussehen immer wieder zu überprüfen. Obwohl ich im Kollegium der Jüngste war, hielten mich meine Schüler wahrscheinlich für einen alten Knochen, schließlich war ich doppelt so alt wie die meisten von ihnen.

Beim Singen würde Ursula stehen, während ich am Klavier sitzen musste. Sie sah dann von mir nicht viel mehr als mein allzu früh gelichtetes Haupt. Weder meine unergründlichen Augen noch mein gebräunter Teint oder gar mein jungenhaftes Lächeln konnten zur Geltung kommen. Ich drückte ein wenig Gel aus einer von Gretas fragwürdigen Tuben auf den kahlen Nordpol, um den Sitz einer seitlich hergezogenen Haarsträhne zu fixieren. So sah es aber auch nicht gut aus, sagte mir der Handspiegel, und gerade in diesem Moment klingelte es natürlich.

Diesmal strahlte mich Ursula an wie Sonne, Mond und Sterne. Sie zog die Illustrierte aus ihrer Plastiktüte und las mir vor: »Ein neues Spiel beginnt! Freuen Sie sich auf Donnerstag!« Galt das nun mir oder ihr selbst?

Sie lachte. »Für das Sternbild Pisces!«, sagte sie.

Gebildetes Mädchen, dachte ich und wollte mich auch ein wenig profilieren. »Meine liebe kleine Bärin, Sie haben mich immer noch nicht über Ihr eigenes Sternzeichen in Kenntnis gesetzt«, sagte ich,

»lassen Sie mich raten! Sagittaria – eine Schützin, die wie der römische Liebesgott mit ihrem Pfeil ins Herz trifft. Oder Lea, eine Löwin, die nur von einem starken Mann gebändigt werden kann...«

»Wir wollen jetzt singen«, sagte sie.

Mit großer Ernsthaftigkeit und Konzentration machte sie sich ans Werk. Zufrieden stellte ich fest, dass sie sich vorbereitet hatte. Loben, loben, loben, dachte ich, das ist der Schlüssel zum pädagogischen Eros. Nach einer Dreiviertelstunde tat ich meine Begeisterung über ihre Leistungsbereitschaft und hohe Begabung kund und schielte begehrlich zu Ursulas Busen hoch. In diesem Moment ließ die jugendliche Sängerin mit einem entsetzten Klagelaut ihre Noten fallen. Was denn sei, fragte ich leicht verstimmt.

»Sie haben da ...«, druckste sie herum, »ich glaube fast, bei Ihnen bricht gerade eine furchtbare Krankheit aus...«

»Wie kommen Sie darauf?«

Ursula deutete auf meinen Kopf, und Ekel stand ihr ins Gesicht geschrieben. »Hautkrebs?«, diagnostizierte sie unsicher.

Ich rannte ins Bad und begutachtete meinen Schädel. Gretas geheimnisvolle Creme hatte eine seltsame Gallertschicht auf meinem Kopf gebildet, die sich überdies schuppig aufwölbte. Hektisch riß ich die Tube aus dem Regal (dabei polterten auch andere Artikel zu Boden) und las: »Schönheitsmaske. Nach etwa zwanzig Minuten mit einem feuchten Tuch abnehmen...« Als ich gereinigt wieder ins Zimmer trat, war Ursula verschwunden. Im Geist hörte ich sie bereits mit ihren Freundinnen telefonieren: *Nomen est omen*, Herr Krebs hat Krebs.

Pfeifend kam Greta nach Hause, warf mir ihre Baskenmütze zu und zeigte in gleichem Maße gute Laune, wie ich es nicht tat. »Laus über die Leber gelaufen?«, fragte sie. »Gleich geht's dir besser, denn ich habe Leber ohne Laus mitgebracht, die ich rosa braten und mit Preiselbeeren und gedünsteten Quitten anrichten werde.«

Schon allzu oft hatte ich gegen ihren monochromen Tick Front gemacht; zermürbt von jahrelangen Kämpfen hatte ich längst aufgegeben. Die Alternative wäre nämlich gewesen, dass ich eigenhändig hätte kochen müssen. Bevor Greta aber im Bad verschwinden konnte, kam ich ihr zuvor, verschloss die Tube und legte alle Tiegel und Töpfe ins Regal zurück.

Wartend saß Greta am Küchentisch und las ihr Horoskop: »Die spontane Idee, die Sie am Freitag haben, sollten Sie sofort in die Tat umsetzen. Es wird sich für alle Beteiligten vorteilhaft auswirken.« Sie versank ins Grübeln. Offensichtlich überlegte sie sich noch vor dem Baden und Kochen eine spontane Idee für morgen.

Freitag nachmittags betreute ich das Schulorchester, die älteren Kollegen waren mit einem günstigeren Stundenplan bedacht worden. Ich kam erst gegen sechs nach Hause und traf Greta beim Verwirklichen der astrologischen Aufgabe an. Sie putzte Silber, polierte Gläser und gab lächelnd zu, dass sie Besuch eingeladen hatte.

»Wen?«

»Sag ich nicht. Überraschung.« Es schien sich jedoch nicht um eine größere Abendgesellschaft zu handeln, denn sie hatte nur drei Fischbestecke herausgelegt. Als der Tisch gedeckt war, die Kerzen brannten und Greta sogar einige Kapuzinerblüten gefällig auf der lachsfarbenen Tischdecke verstreut hatte, kam der geheimnisvolle Besuch. Zu meiner Verwunderung war es Dankward.

Er hatte seinen Pferdeschwanz mit einer schwarzen Samtschleife zusammengebunden, eine neue knackige Lederhose angezogen und sah ein wenig wie Karl Lagerfeld aus. Ganz gegen ihre sonstigen Gewohnheiten küsste Greta den Gast auf den Mund. Mir war nicht ganz wohl in meiner Haut, denn ich wusste absolut nicht, was sie im Schilde führte. Nach einem Glas Sherry bat sie zu Tisch.

Auf Dankwards Serviette lag ein kleines Päckchen. »Für mich?«, fragte er erstaunt. Greta nickte. Ich war gespannt, als er es auswickelte.

»Was ist das?«, fragte er. »Rasierwasser?«

»Nein«, sagte Greta, »es ist *Divine,* das du genauso liebst wie ich.«

Dankward schaute mich fragend an. Ich wurde feuerrot; da mich Greta stets im Blick hatte, konnte ich nicht erklärend an meine Stirn tippen. Mein Freund sprühte sich zaghaft etwas Parfüm auf den Ärmel und sagte höflich: »Wunderbar! Vielen herzlichen Dank!«

Leider konnte der arme Dankward aus Gretas Verhalten auch weiterhin nicht klug werden, denn sie sprach die rätselhaften Worte: »Nun duften wir beide gleich, so wie du es dir gewünscht hast!« Dann begab sie sich in die Küche, um das Essen aufzutragen. Ich rannte hinterher.

»Bist du verrückt geworden? Willst du den armen Kerl bloßstellen, nur weil er ein paar Tropfen von deinem Duft geklaut hat?«, zischte ich und trat mit dem Fuß die Küchentür zu, damit Dankward uns nicht hören konnte.

»Im Gegenteil«, sagte Greta, »es war ein ebenso spontaner wie genialer Einfall. Der arme Kerl ist einsam, lebt allein, sehnt sich nach Geborgenheit. Um dir näherzukommen, benutzt er mein Parfüm.

Warum soll man nicht mal über seinen Schatten springen und ihm auf humorvolle und feine Weise demonstrieren, dass man keinerlei Vorurteile hat, sondern ihn versteht und mag...«

Dankward und einsam! Fast jeden Monat hatte er eine neue Braut. Mit seinem Saxophon konnte er jede Frau aus ihrem Bett heraus- und in seines hineinlocken. Was sollte er davon halten, dass ihm Greta ein teures Damenparfüm schenkte und ihn zu einem *Dinner for three* einlud? »Er wird denken, du hast sie nicht alle...«

Greta bettete den orangefarbenen chinesischen Zierkarpfen und die gedünsteten Mandarinen auf eine ovale Platte und drückte sie mir in die Hand. Sie selbst folgte mit einer Schüssel voll glasierter Karotten. Zum Nachtisch gab es Rüblikuchen.

»Wo gibt es solche großen Goldfische zu kaufen?«, fragte Dankward andächtig.

Greta schmunzelte. »Zu kaufen direkt nicht, aber im Schlossweiher tummeln sich Hunderte... Was hast du eigentlich für ein Sternzeichen?«

Das Thema war unverfänglich. Greta behauptete, sie habe in ihrem bisherigen Leben überhaupt nichts auf Horoskope gegeben, sei aber inzwischen eines Besseren belehrt worden. Seit sie im *Stern* ihr Wochenhoroskop lese, habe sie noch nie etwas Unzutreffendes entdeckt. Alles stimme haarklein, und sie richte sich in letzter Zeit nach den jeweiligen Empfehlungen oder Warnungen und fahre gut damit. Auch der heutige Abend, sagte sie und grinste Dankward herausfordernd an, sei auf diese Weise zustande gekommen. Sie tranken sich zu.

Eine Gräte im Zahnfleisch sowie der Anblick des blankgesäbelten Fischgerippes wurden mir nach einiger Zeit unerträglich, und weil es kein anderer tat, trug ich eigenhändig das stinkige Geschirr in die Küche. Als Greta und Dankward mir schuldbewusst mit schmutzigen Schüsseln folgten, klingelte das Telefon in der Diele. Greta, neugierig, wie sie nun einmal war, spritzte davon.

»Du hast es gut«, sagte Dankward, »ich kannte deine Freundin bisher ja nur oberflächlich. So was von originell und liebenswert! Im Gegensatz zu mir musst du überglücklich sein!«

Ich war verblüfft. »Na, du kannst dich doch am allerwenigsten beklagen...«, sagte ich.

»Mein Gott, vor zehn Jahren hat es mir gefallen, wenn die Teenies in der ersten Reihe bei meinem Auftritt ›echt süß‹ sagten. Aber inzwischen kann ich es nicht mehr hören. In unserem Alter will man einen geordneten Haushalt und ein geregeltes Liebesleben!«

Bevor ich Gretas Gräte entfernt und mich von meiner Verwunderung erholt hatte, gesellte sich die

Superköchin wieder zu uns. »Komische Schüler hast du«, sagte sie, »da wollte irgendeine Tussi den kranken Herrn Krebs aus meiner Wohngemeinschaft sprechen. Natürlich hab ich aufgelegt.« Ich zuckte zusammen: Bestimmt war es die besorgte Ursula, die mich ihrer Anteilnahme und Zuneigung versichern wollte! Ich wurde so böse auf Greta, dass Dankward ihr zu Hilfe kam: »Wenn Schüler so spät am Abend anrufen, dann ist das eine Unverschämtheit. Man darf diesen Kids noch nicht einmal den kleinen Finger reichen, sonst wird es rasch eine Selbstverständlichkeit, dass Lehrer zu jeder Tages- und Nachtzeit verfügbar sind.«

Greta drehte mir eine Nase, holte eine Flasche Sekt und schenkte ein. »Fisch will schwimmen!«, behauptete sie und erschien mir reichlich überdreht. »Hast du dein Sexophon dabei?«, fragte sie meinen Freund. »Wir könnten doch ein bisschen Musik machen!«

Natürlich trug Dankward sein Instrument bei einer Essenseinladung nicht mit sich herum, aber er setzte sich unverzüglich an unser Klavier, tat so, als ob es ein Keyboard wäre, und fing an zu improvisieren. Neidisch stellte ich wieder einmal fest, dass mir das nicht gegeben war und auch keiner nach meiner Trompete fragte. Greta juckte es sichtlich in den Fingern, ich hatte Angst, dass sie von der

Küche aus ihr Harmonium traktieren würde, um sich in Dankwards Rhythmen einzureihen. So weit ging sie zwar nicht, aber sie drohte: »Irgendwo liegt doch meine olle Blödflokke«, und nach kurzem Kramen in der Handschuhschublade fand sie ihre Flöte und legte los. So heißblütig und vital hatte ich Greta noch nie erlebt, außerdem hätte ich mir nicht träumen lassen, dass man auf einer Blockflöte etwas anderes als *Hänschen klein* spielen konnte.

Als schließlich unsere Nachbarn mit dem Besen an die Wand klopften, musste das Hauskonzert abgebrochen werden. Leider nahm Dankward dieses Signal nicht zum Anlass, sich davonzuschleichen. Greta öffnete die dritte Flasche Schampus. »Armes krankes Hascherl«, sagte sie und fuhr mir grob über den Kopf, der auf dem Küchentisch ruhte, »vielleicht solltest du dich schon mal hinlegen, du siehst reichlich welk aus.« – Dankward schaute zum ersten Mal an diesem Abend auf mich herunter, wobei er überrascht feststellte: »Früher hattest du mehr Haare.«

Dann erzählte er von unserem ehemaligen Studienkollegen Franky, dass er eine Yamaha-Schule eröffnet habe und jetzt wegen Verführung einer Minderjährigen im Knast sitze. »Geschieht ihm recht!«, rief Greta. »Für alte Knacker, die nach Frischfleisch gieren, kann ich nicht das geringste

Verständnis aufbringen! In der Musikschule habe ich eine Kollegin, die man gelegentlich mit einem 18-jährigen Waldhorn-Schüler im Café sitzen sieht...« – Nun ging sie aber zu weit.

»Wer hätte gedacht, dass du derart prüde und intolerant bist!«, schrie ich. »Das ist derselbe Geist, der einen Vater des Missbrauchs beschuldigt, wenn er mit seiner vierjährigen Tochter in der Badewanne planscht. Kennen wir doch aus der Zeitung, diese Spießer, die in den harmlosesten Beziehungen gleich Unmoral wittern!«

»Der getretene Hund beißt zurück«, konterte Greta. Dankward sah mich verwundert an, dann erhob und verabschiedete er sich rasch. Ich war stinksauer, aber Greta triumphierte. »Ich glaube fast, dass ich ihn umgepolt habe«, sagte sie, »er hatte insgesamt viel mehr Interesse an mir als an dir.« Sollte sie sich ruhig einbilden, sie hätte eine Eroberung gemacht! Ich war jedenfalls froh, dass sie keine weiteren Anspielungen auf hübsche Schülerinnen machte. Seit meiner Referendarzeit hatte sie einen sechsten Sinn für meine geheimsten Träume entwickelt.

Als ich am darauffolgenden Montag den Musikraum betrat, musterten mich meine Leistungskurs-Schüler mit neugieriger Befangenheit. Um meine Gesundheit zu demonstrieren, erwähnte ich ganz nebenbei eine zweitägige Radtour, die ich am Wochenende unternommen hätte. Zu spät fiel mir ein, dass mir eines der beiden pickligen Jüngelchen in der Nachbarstadt bei C&A begegnet war. Falls er sich ebenfalls erinnerte und seinen Kameraden von meinem Kauf eines karierten Hemds erzählte, würden sie mich wahrscheinlich für einen todkranken Meister der Verdrängung halten.

Bei der nächsten Sonderprobe erklärte ich meiner Herzensschönen, dass ich wegen einer leichten und völlig harmlosen Hautreizung eine spezielle Creme benutzen musste, deren Reaktion auf meinem Kopf vielleicht einen irritierenden Eindruck hinterlassen habe … Sie schien mir zu glauben, setzte sich nach Ablauf der Stunde sogar freiwillig zu mir an den Küchentisch, lehnte jedoch ein Glas Wein erschrocken ab. Sie sei leidenschaftliche Teetrinkerin. Also suchte ich eine Kanne und kramte in Gretas Vorräten, bis ich auf eine rote Teesorte stieß.

Dann fragte ich Ursula nach ihrer Lebensplanung. Sie habe bis zum Abi ja noch ein ganzes Jahr Zeit, sagte sie. Dagegen sei ihr armer Bruder schon bald mit der Qual der Wahl konfrontiert, zuvor jedoch mit dem anstehenden Abitur samt Musikprüfung. Ich kann im Nachhinein gar nicht mehr sagen, wie es geschah, aber irgendwie entlockte sie mir das Abiturthema für ihren Bruder.

Er ahne ja bereits, dass es um Schuberts Liederzyklus *Die schöne Müllerin* gehe, sagte sie. Und ich fuhr fort: »Stimmt genau. Wie ich ihn kenne, wird er meine Fragen mit Bravour beantworten können, denn es geht mir um die Motivik der Klavierbegleitung im Allgemeinen und im Besonderen!«

»Welches Lied im Besonderen?«, fragte sie und sah mir tief in die Augen.

Ich pfiff: »Das Wandern ist des Müllers Lust«, und sie schenkte mir ein bezauberndes Lächeln. Dann verschwand sie wieder so rasch wie Aschenputtel nach dem großen Ball, verlor aber keinen Pantoffel, sondern vergaß im Flur eine Plastiktüte.

Greta kam, wie fast immer, fröhlich nach Hause. Sie erzählte stolz, dass sie in der Volkshochschule in Vertretung einer schwangeren Kollegin den Kurs *Das Spiel auf der Sopranblockflöte – Fortgeschrittene* leiten werde. Schon lange war es ihr Wunsch, auch außerhalb der Musikschule Unterricht zu erteilen. Abgesehen davon habe sie nun die Möglichkeit, selbst kostenlos Kurse zu besuchen. Sie schwanke noch zwischen *Schleiertanz-Phantasien* und *Schlemmerfeste im Freien.* Und nach dieser frohen Botschaft packte sie endlich die Lebensmittel aus ihrem Korb und sorgte für Ordnung in Küche, Bad, Schlafzimmer und Diele.

Mir fällt nie auf, wenn etwas herumliegt. Fürs Aufräumen war Greta zuständig. Mit Luchsaugen entdeckte sie sofort alles, was auch nur im Geringsten auf die Spur einer anderen Frau hinwies. Eine dritte Tasse in der Spülmaschine, eine Haarklammer im Bad, das rasche Auflegen eines ungenannten Anrufers – stets interpretierte sie solche Belanglosigkeiten als Beweis meiner Untreue. Im Fall Ursula war es aber leider noch nicht zu einer Annäherung, sondern bloß zu drei Gesangsproben gekommen, als Greta die Plastiktüte im Flur erspähte. Ich las gerade in aller Seelenruhe die Zeitung, als ich durch ein unheilvolles Knurren aufgeschreckt wurde. Greta hatte den Inhalt der Plastiktüte auf den Küchentisch geschüttet und untersuchte mehrere triviale Gegenstände mit kriminalistischem Eifer.

Vor ihr lagen Noten, ein Lippen-Fettstift, ein Müsliriegel und eine leere Coladose, eine Packung Tempotücher und ein Notizbuch, das wohl als Terminkalender diente. Greta dachte gar nicht daran, mir das schwarzrote Büchlein auszuhändigen, sondern las laut Ursulas Namen und Anschrift vor, denn anscheinend war alles ordentlich auf dem

Deckblatt vermerkt. Dann studierte sie aufmerksam sämtliche Eintragungen meiner Schülerin. Als sie endlich fertig war, schob sie mir das kleine Buch über den Tisch und sah mich dabei an wie einen überführten Kinderschänder.

Ich blätterte. Dreimal stand von zarter Hand geschrieben: »Bei Thomas«.

Niemals hatte mich Ursula mit dem Vornamen angesprochen, stets hatte sie völlig korrekt »Herr Krebs« und »Sie« zu mir gesagt. Einerseits besagte die Formulierung, dass sie in Gedanken bereits eine gewisse Intimität zu mir hergestellt hatte, andererseits hatte Greta nun einen mutmaßlichen Beweis für meine Charakterlosigkeit in der Hand.

»Du weißt doch selbst am besten«, versuchte ich mich zu rechtfertigen, »dass junge Mädchen Traum und Wirklichkeit nicht auseinanderhalten können!«

Greta meinte höhnisch: »Du gibst dich also jeden Donnerstag mit einer Schizophrenen ab?«

Ich antwortete nicht und blätterte weiter. *»Krebs = Fisch = Fischschuppenkrankheit«* stand im Anhang zu lesen. Sollte wohl witzig sein.

Mit Greta war heute weniger zu spaßen. Mit finsterer Miene nahm sie Dufflecoat und Baskenmütze vom Haken und verließ wortlos das Haus. Gekocht hatte sie noch gar nichts, wenn auch gewisse Einkäufe auf ein geplantes wollweißes Essen hinwiesen: Teltower Rübchen, Basmati-Reis und Hühnerbrust. Sollte ich selbst kochen? Sollte ich Ursula anrufen und ihr mitteilen, dass sie ihren Krempel vergessen hatte? Ich hatte wenig Lust, am Ende mit ihren Eltern reden zu müssen, und ließ es bleiben. Aufs Kochen hatte ich erst recht keinen Bock, also schmierte ich mir ein Butterbrot, legte außer goldgelbem Gouda rote Tomatenscheiben darauf und streute aufsässig noch grünen Schnittlauch darüber. Dann las ich endlich mein Horoskop: »Single-Fische können mit einer aufwühlenden Begegnung rechnen.«

Nur deshalb wählte ich nach langem innerem Ringen Ursulas Nummer, die ebenfalls im schwarzroten Büchlein stand. »Hallo!«, sagte eine weibliche Stimme. – »Ursula?«, fragte ich zurück.

Sie sei Ursulas Mutter, kam die Antwort, ihre Tochter sei wie meistens nicht zu Hause. Mit wem sie denn spreche? Ich erschrak maßlos – wie hatte ich bloß dieses burschikose Organ mit Ursulas mädchenhafter Stimme verwechseln können! Aber ich legte blöderweise nicht auf, sondern gab mich als Musiklehrer zu erkennen.

»Gut, dass ich Sie mal an der Strippe habe«, sagte die Frau, »ist es denn wirklich nötig, dass das Kind stundenlang bei Ihnen proben muss! Spätabends und völlig überfordert kommt Ursula nach Hause. Es wäre viel wichtiger, dass sie sich auf die anderen Fächer konzentriert... Im Übrigen dachte ich, sie wäre immer noch bei Ihnen!«

Sollte ich meinen Augenstern, der seit vielen Stunden nicht mehr in meiner Nähe leuchtete, schnöde verraten? Ich ging nicht weiter auf dieses Thema ein, sondern sagte bloß: »Sie hat ihre Noten bei mir vergessen. Sagen Sie ihr doch –«

»Ach, und noch was«, unterbrach mich Ursulas Mutter, »auch ein Lehrer sollte mit der Zeit gehen! Händel oder Haydn oder was Sie da mit ihr singen, das spricht doch heutzutage keinen jungen Menschen an. Ich habe das Gefühl, Sie können sich in unsere Jugend überhaupt nicht mehr einfühlen.«

Ursula schien mich als Fossil der Steinzeit geschildert zu haben. Trotzdem versuchte ich, gut Wetter zu machen. »Was würden Sie denn vorschlagen?«, fragte ich zuckersüß.

»Auf jeden Fall ein Musical«, sagte sie, »zum Beispiel *Starlight Express*, habe ich neulich in Bochum gesehen. Große Klasse! Leider behaupten unsere beiden Kinder, Musicals seien megaout. Aber man muss ihnen schließlich die Kultur nahebringen, sonst –«

»Nun, wenn Ursula Musik studieren will«, wandte ich vorsichtig ein, »sollte sie auch über die

Klassik Bescheid wissen. Und außerdem muss ich mich in etwa an den Lehrplan halten.«

»Musik studieren? Hat sie Ihnen etwa diesen Bären aufgebunden? Nein, unsere Ursula will Stewardess werden. Bei so einer Figur braucht sich ein Mädchen doch nicht auf der Uni abzuquälen!«

Schleunigst machte ich dem Gespräch ein Ende. Wie alt mochte Ursulas Mutter sein? Höchstens zehn Jahre älter als ich, aber sie tat so, als sei ich ihr Großvater. Meine Schöne hatte zu Hause ein wenig geschwindelt. Wo mochte sie hingehen, wenn sie mich verließ? Und wo war Greta abgeblieben? Auf Weiber war kein Verlass. Frustriert rief ich bei Dankward an, aber er meldete sich nicht. Ich hatte Lust, mich zu besaufen, fand aber nur Kräuterlikör und Cassis. Den Wein hatte ich bereits intus.

Auf dem Küchentisch lag immer noch das schwarzrote Büchlein. Widerwillig schenkte ich mir ein winziges Gläschen Kräuterlikör ein und blätterte Ursulas Heft ganz langsam und sorgfältig durch. Wie jung sie noch war! Wie kindlich die Schrift! Und wie liebevoll sie die kleinen Zeichnungen und Abziehbildchen eingefügt hatte!

»Mein Geburtstag«, las ich auf der Seite für den 18. Januar. Neben diesen wichtigen Eintrag hatte sie brennende Kerzen und so etwas wie einen Ziegenbock mit Sprechblase gezeichnet. Juchuuu!, rief das schafartige Tier. Nach kurzem Grübeln rekapitulierte ich, welches Sternzeichen zuständig war – der Steinbock. Ein inniges Gefühl der Verbundenheit durchströmte mich, weil ich mein Schätzchen durchschaut hatte: Der Steinbock war nichts anderes als ein Selbstporträt. Ich blätterte im lateinischen Wörterbuch und brachte einen Toast auf den Capricornus aus! Erneut schenkte ich mir Likör ein und las endlich Ursulas Horoskop für diese Woche: »Das Alter spielt bei der Liebe keine Rolle. Sie haben den nötigen Elan, um sich gegen die Vorurteile Ihrer Umwelt durchzusetzen. Folgen Sie Ihrem Herzen!«

Ein klarer Befehl. Hoffentlich hielt sich Ursula daran und gehorchte. Als Memento schnitt ich diese Zeilen aus und klebte sie vorsichtig in das reizende Heft. Mit roter Lehrertinte malte ich kleine Herzen als Umrandung und spendierte dem Bock, biologisch unkorrekt, einen riesigen Euter zwischen die Vorderbeine. Schließlich verbrachte ich bei Likör, Cassis und Miniaturmalerei einen wunderbaren Abend. Als Greta um Mitternacht noch nicht zu Hause war, legte ich mich glücklich ins Bett.

Das Erwachen war weniger angenehm. Das Schlafzimmerfenster, das Greta sonst weit geöffnet hielt, war hermetisch verschlossen, die Luft stickig und verbraucht. Mir brummte der Schädel, die Zunge klebte wie ein ausgetrocknetes graues Schwammtuch am Gaumen. Auf dem Weg ins Bad sah ich Greta im Wohnzimmer auf dem Sofa kampieren; flugs schloss ich die Tür und hoffte, dass sie so bald nicht erwachte. Nach dem Duschen stand ich in der Küche und trank literweise Mineralwasser. Um neun Uhr begann mein Unterricht, ich musste mich sputen. Das Büchlein lag nach wie vor auf dem Küchentisch, aber es war nicht auszuschließen, dass Greta noch zu später Stunde meinen Beitrag entdeckt hatte. Eigentlich hatte ich vorgehabt, die Plastiktüte mit in die Schule zu nehmen und Ursula zu übergeben. Aber als ich das Büchlein erneut zur Hand nahm, schämte ich mich in Grund und Boden – war es wirklich ich, der diese pubertären Anzüglichkeiten und schwachsinnigen Liebesbeteuerungen hineingeschrieben hatte? Großer Gott, da half kein Tintentod, sondern nur noch die radikale Eliminierung. Ich würde standhaft leugnen, dass in der Tüte etwas anderes als Noten gewesen wären.

Schneller als gedacht musste ich mich rechtfertigen. Vor dem Lehrerzimmer erwartete mich Ursula. »Haben Sie meine Noten?«, fragte sie, »meine Mutter –«

»O je, ich wollte sie Ihnen eigentlich mitbringen,

aber die Plastiktüte befindet sich wohl noch bei mir zu Hause. Auch Lehrer sind gelegentlich vergesslich«, sagte ich. »Sie können ja am Nachmittag vorbeikommen, auch wenn heute erst Dienstag ist.«

Sie nickte ein wenig kläglich und eilte davon.

Als ich mittags nach der bewussten Plastiktüte suchte, war sie ebenso unauffindbar wie das Büchlein, dessen umgehende Liquidierung beschlossene Sache gewesen war. Ich stellte fast die ganze Wohnung auf den Kopf, bis ich zu dem naheliegenden Schluss kam, dass Greta dahintersteckte. Also begann ich, ihren Schreibtisch zu durchwühlen. Vergeblich.

Schließlich stand Ursula vor der Tür. »Hallo!«, sagte sie, ein bisschen verlegen, wie mir schien. »Ich muss meine Tüte im Flur vergessen haben. Dort – bei den Mänteln!« Wie idiotisch von mir, dass ich ihre Mutter angerufen und zugegeben hatte, dass Ursula ihre Siebensachen nicht zusammenhielt! Wie sollte ich mich jetzt aus der Affäre ziehen?

»Kommen Sie erst mal herein«, sagte ich liebenswürdig, »ich habe gerade nach Ihren Noten gesucht und sie nicht gefunden. Ich kann es mir nur so erklären, dass meine Putzfrau die Tüte versehentlich in den Müllcontainer geschmissen hat. Natürlich bekommen Sie neue Noten von mir, das ist Ehrensache.«

»Es waren nicht bloß Noten«, sagte Ursula, »viel wichtiger ist mir ein kleines Heft mit meinem Stunden- und Terminplan, mit Adressen und Telefonnummern. Eigentlich nicht zu ersetzen.« Ratlos blickten wir uns an.

»Ich werde weitersuchen und natürlich die Putzfrau befragen«, versprach ich. Ganz plötzlich brach Ursula so heftig in Tränen aus, dass es mir in tiefster Seele weh tat. Behutsam strich ich ihr über das seidige Kinderhaar und sagte tröstend: »Nicht gleich verzweifeln! Falls sich das Büchlein wirklich nicht mehr findet, will ich alles tun, um den Verlust wiedergutzumachen.« Sie nickte, rieb sich die Äuglein und reichte mir zum Abschied ihre klebrignasse Pfote.

Kaum war ich wieder allein und kramte verzweifelt weiter, als Greta auftauchte. »Was machst du an meinem Kleiderschrank?«, fragte sie scharf. Ich ging sofort in die Offensive: »Du hast die Sachen meiner Schülerin irgendwo deponiert, wo ich sie nicht finden konnte. Dazu hattest du kein Recht.«

Greta beteuerte scheinheilig: »Hab ich doch gar nicht. Ich wollte bloß, dass deine Ursula ihren Besitz umgehend zurückerhält. Ihr Bruder hatte heute bei mir Klavierstunde; war doch praktisch gedacht, ihm die Tüte mitzugeben.«

Ich wurde leichenblass. Lebhaft malte ich mir aus, wie dieser – sicherlich schlampige – Bruder zu Hause die Tüte fallen ließ, die Mutter sich neugierig darüber hermachte und das Büchlein mit meinen schweinischen Eintragungen demnächst Thema einer Elternbeirats-Sitzung sowie eines peinlichen Gesprächs unter vier Augen mit dem Direktor unserer Schule wurde. Und das war die harmloseste Variante.

»Was hast du?«, fragte Greta. »Wirst du krank? Habe ich etwas falsch gemacht?«

Ich musste tatsächlich ins Bad rennen, weil mir schlecht wurde.

»Na, hat der Fisch die Fische gefüttert?«, kalauerte Greta.

Ich stöhnte bloß: »War das Büchlein in der Tüte?« Vielleicht bestand eine geringe Hoffnung, dass es noch irgendwo herumlag.

Greta nickte. »Klar. Du musst dir keine Sorgen machen, ist alles erledigt.« Anscheinend hatte sie das Heft in die Tüte gesteckt, ohne meine geschriebenen und gezeichneten Beiträge zu entdecken, andernfalls hätte sie nämlich ein solches Donnerwetter auf mich niederprasseln lassen, dass mir Hören und Sehen vergangen wären. Dennoch traute ich ihr nicht über den Weg, denn sie erschien mir allzu harmlos und freundlich.

Wie sich im Nachhinein herausstellte, hatte ich recht. Gretas hinterhältiger Racheplan gründete auf Langzeitwirkung. Zwar hatte Ursulas Bruder das Corpus delicti nicht seinen Eltern, sondern direkt seiner Schwester ausgehändigt, aber Ursula begann mich von da an systematisch zu erpressen. Entweder blieb sie dem Unterricht ganz fern, oder sie beschäftigte sich mit Aufgaben aus anderen Fächern. Für die Klausuren musste ich ihr am Tag zuvor alle Fragen mit den richtigen Antworten auflisten, die sie dann nur abzuschreiben brauchte. Falls sie sogar dafür zu faul war, zwang sie mich trotzdem zur bestmöglichen Bewertung – beim Abitur des Bruders natürlich ebenfalls. Im Übrigen erfuhr ich, dass Ursula einen fünfzehnjährigen Thomas liebte, den sie im Anschluss an mich regelmäßig besucht hatte. Seinem jugendlichen Überschwang war sicherlich die von Ursulas Mutter beobachtete Erschöpfung zuzuschreiben, unter der ihre Tochter nach den Proben offensichtlich litt.

Doch in anderer Hinsicht hatte meine rasch erkaltende Liebe zu Ursula viel verhängnisvollere Folgen. Schon wochenlang hatte ich nichts Warmes mehr zum Essen erhalten, sondern musste jeden Abend schauen, wie ich satt wurde. Die Wohnung war leer, meine Wäsche blieb schmutzig, im Kühlschrank fand ich nur noch ein Glas Gurken. Mir ging es beschissen.

Eines Tages kam ich heim und roch schon in der Diele einen lang entbehrten köstlichen Duft nach Speck, Sahne, Rotwein, Knoblauch und *Divine.* Greta und Dankward saßen in trauter Zweisamkeit auf dem Sofa. »Wir haben mit dir zu reden«, sagte sie. Ich ahnte nichts Gutes.

»Dankward wird heute hier einziehen«, sagte meine langjährige Freundin, »und deswegen musst du jetzt raus, denn für drei wird es zu eng. Schließlich war und ist es *meine* Wohnung. Wir haben schon angefangen, deine Sachen zu packen.«

Ich protestierte. Woher sollte ich von einer Minute auf die andere eine neue Bleibe finden?

»No problem«, beruhigte mich Dankward, »du kriegst meine Bude, die wiederum für zwei nicht ausreicht. Und falls du wider Erwarten eine neue Partnerin finden solltest, kannst du vielleicht hierher zurückkommen, weil es uns im nächsten Jahr zu eng werden könnte.«

»Aha!«, sagte ich. Mehr fiel mir vorerst nicht ein. Aber dann wollte ich doch zeigen, dass ich kapiert hatte und ein fairer Verlierer war, dem das alles nicht das Geringste ausmachte. Mühsam scherzte ich: »Für eure künftige Hausmusik müsst ihr aber mindestens Zwillinge kriegen.«

Greta behauptete: »Kanon singen macht bereits zu dritt viel Freude«, drückte mir einen Koffer und die Autoschlüssel in die Hand und röhrte los: »He-joo, spann den Wagen an!« – Und der falsche Dankward brüllte hinter mir her: »Es müssen mindestens Drillinge sein, wenn man eine Big Band plant!«

Ich sagte nichts mehr, aber wünschte insgeheim, dass sie vor lauter Blagen keine Luft mehr kriegen sollten.

Der Wind trieb Regen übers Land, als ich in Dankwards dunkle Stube trat. Mein Flokati – das einzige Stück, das ich zu Gretas Einrichtung beigesteuert hatte – lag bereits grau und schmutzig als Fußabtreter vor der Tür. Kein wärmender Ofen, kein duftendes Essen, kein Stern am Himmel, kein Silberstreif am Horizont, während in meinem ehemaligen Zuhause Greta und Dankward jetzt wahrscheinlich endlos weitersangen und die goldnen Garben einholten.

Es war herbstlich geworden, dieses ungeheizte Loch war eine Zumutung. Hoffentlich hatte mir Greta den dicken Pullover eingepackt. Als ich den Koffer öffnete, lag ganz oben ein Pizza-Karton. Wenigstens brauchte ich heute abend nicht zu verhungern. Begierig klappte ich den Deckel auf und zuckte zusammen.

Von allen monochromen Abendmahlzeiten waren mir die schwarzen Essen stets am widerlichsten gewesen. Vor mir lag eine zu Kohle verbrannte Pizza, garniert mit Lakritzstückchen, die wie Hasenscheiße aussahen. In der Mitte klebte mein Horoskop: »Fische – Wer wird denn gleich schwarzsehen? In Ihrem neuen Ambiente fühlen Sie sich wie ein Fisch im Wasser, und in der Liebe können Sie auf den größten Erfolg Ihres Lebens zurückblicken.«

Heute logen die Sterne wieder einmal das Blaue vom Himmel herunter.

Elke Heidenreich

Dein Max

Dieser Frühling ist ein Frühling der aufgerissenen Fenster und Türen«, schrieb er, »aus denen vieles rausfliegt, das lange angestaubt war und auf wackligen Beinen herumstand. Vielleicht fliegt dabei auch einiges mit, was man noch hätte gebrauchen können, aber das wird sich erst später herausstellen. Zwischen uns, liebe Rita, gibt es vieles, was nicht stimmt, Tja. So ist das nun mal alles gekommen. Und jetzt kommt was anderes. Leb wohl, Dein Max.«

Der Brief war sechs Seiten lang, in seiner schönen Schrift. Rita las ihn um zehn Uhr zwanzig an einem strahlend blauen Vormittag im März. Sie schnappte sich den Hund und suchte einen Weg aus, den sie schon lange nicht mehr gegangen war. Die Natur sah ziemlich mitgenommen aus – das war ein grimmiger Winter gewesen, zu lang, zu kalt, zu viel Schnee, böse Stürme. Die meisten Birken waren einfach in der Mitte durchgebrochen, Bäume lagen kreuz und quer durcheinander, die

Wege waren tief zerfurcht. Rita wollte schon lange weg aus dieser Gegend, in der man die Jahreszeiten so deutlich miterleben musste. Das war nichts für sie, sie liebte die immergleichen grauen Dunsttage der Städte.

Der Hund schleppte Stöcke an, die sie ihm werfen sollte. Er sprang ausgelassen vor ihr herum, und Rita dachte, gut so, mein Lieber. In jedes schwarze Loch, das sich anbietet, fall ich auch nicht mehr. Schreib doch, was du willst, ich denke nicht daran, jetzt trübselig zu werden.

Am Landgut waren sie fast fertig mit den Bauarbeiten. Jahrzehntelang war das Gut vor sich hin verrottet, bis dann der elektrische Millionär gekommen war und alles im alten Stil sanieren ließ, sogar das zerfallene Gartenhaus hatten sie höchst putzig wieder aufgebaut. Da hatte sich damals der Maler Ulrich aufgehängt, als sie ihm wegen der bevorstehenden Renovierung kündigten. Eines Tages, dachte Rita, wenn der Millionär mit seiner dritten und gewiss bezaubernden Gattin hier eingezogen ist, werde ich klingeln und sagen: Entschuldigen Sie die Störung, aber ich möchte Ihnen nur rasch die Stelle zeigen, an der der Maler Ulrich sich Ihretwegen aufgehängt hat.

Der Hund haute ihr einen großen Stock in die Kniekehlen, und sie riß ihn brutaler aus seinem

Maul, als nötig gewesen wäre, und schmiss ihn den verwüsteten Hang hinunter. Sie rannte, bis Herz und Lungen schmerzten, und weinte zornig, weil ihr nie wieder Ivan, der wildernde Hund des Malers Ulrich begegnen und sie anblaffen würde, dieser schöne ungestüme Wüstling, der nach dem Tod des Malers erschossen worden war, weil niemand mit ihm fertig wurde.

Das neckische Hexenhäuschen war jetzt in der Talsenke zu sehen. Ausgerechnet da hatten sie den Kinderfunk untergebracht. Wenn ich ein elektrischer Millionär wäre, dachte Rita, würde ich es ganz und gar mit Zuckerplätzchen und Lebkuchen bepflastern und von Aussiedler-, Türken- und Zigeunerkindern leer fressen lassen, dann hätten wir wieder was Herziges für die Lokalpresse.

Mitten in der zerschlagenen Landschaft wuchsen doch wahrhaftig schon erste Frühlingsblumen, eine Gegend für Rotkäppchen, aber ohne Wolf. Rotkäppchen. Ausgerechnet über Rotkäppchen hatte Rita sich neulich eine ganze Nacht lang gestritten mit irgendeinem Roland, Ilses psychologischer Neuerwerbung. Ilse war Ritas Freundin – nein, das war sie natürlich nicht, Ilse war eine schmuddelige Schlumpfliese, die sie mal vor sieben oder acht Jahren kennengelernt hatte und die ihr mit Briefen und Telefonaten eine zähe, klebrige

Freundschaft angehängt hatte – »rat mal, wer um diese Zeit noch anruft?« Rita hatte Ilse eigentlich in den letzten Jahren immer nur benutzt als Ausflucht, wenn sie Max nicht treffen wollte. (Mein Gott, dachte sie, immer war ich es doch, die beschlossen hat, ob man sich sieht oder nicht, warum trifft es mich dann jetzt so, wenn er es ist, der schreibt: leb wohl?) Ilse und Roland. Rotkäppchen. Ob das nun was Sexuelles wär, hatten sie bis vier Uhr früh diskutiert, und was »auffressen« bedeutet, und wer Wolf, wer Jäger ist a) in der Geschichte, b) im Leben, und Roland hatte Wörter wie »Identitätsdesign«, »Leidensspreizung« und »Ego-Zubehör« benutzt, und Rita hatte gesagt: »Was hast du denn da wieder für ein Arschloch aufgetan, Ilse«, als er zum drittenmal aufs Klo schlurfte.

Ilse hatte Roland auf der Uni kennengelernt, er war Psychologe mit Lehrauftrag, und auf diese kleinen ungesunden Besserwisser war sie ja schon immer abgefahren. Ilse liebte hässliche, verklemmte Männer, die bedeutend jünger waren als sie, ihr die Tasche trugen und beim Geschlechtsverkehr in Tränen ausbrachen, weil irgendwas aus ihrer Kindheit sie überwältigte.

Rita hatte Ilse damals schon aus dem Zug angerufen, vorsichtshalber, denn wäre sie allein in eine Kneipe gegangen, hätte sie sich ja früher oder später doch mit Max getroffen, und sie wollte versuchen, ihn eben nicht zu treffen. Dann schon lieber ein zäher Abend bei Ilse, und die hatte sie auch gleich beschworen, »du musst Roland kennenlernen, es ist alles noch ziemlich distanziert zwischen uns, weißt du, weil ich noch so angeschlagen bin von der Kiste mit Olaf. Olaf lässt dich übrigens grüßen, wir treffen uns jetzt manchmal freundschaftlich in der Bhagwan-Disco, aber das darf Roland nicht wissen, er ist so irrsinnig sensibel.«

Spätestens da hätte Rita sagen sollen, Ilse, leck mich sowohl mit Olaf als auch mit dem irrsinnig sensiblen Roland am Arsch, ich kann euch ehrlich gesagt alle nicht mehr ertragen, und sie hätte vom Bahnhof aus direkt in ihre Kneipe fahren sollen, in der das scharfe Video mit Tina Turner und David Bowie lief. Stattdessen hatte sie sich von Ilse am Zug abholen lassen, lila Rock mit braunen Rosen, Gesundheitsschuhe, rote Lippen, zu große Ohrringe. Max, Max, Max, hatte Rita gedacht, Max, wo bist du, Hilfe, Schönheit, mehr Liebe, bitte!

An der Tür schlug ihr Essensgeruch entgegen, Roland hatte gekocht. »Keinen Hunger«, sagte Rita würgend, »ich ess immer im Zug.«

Sie tranken Champagner in der Küche, Ilse löffelte Gemüsesuppe und sagte: »Erzähl doch mal von deiner Arbeit.«

Rita erfand ein paar spannende Konflikte und bereute es, als sie sah, wie fassungslos vor Entzücken ihr Ilse zuhörte, mit offenem Mund, aus dem die Suppe lief. »Toll«, sagte Ilse, »was du immer alles erlebst«, und Rita dachte: Warum, verdammt noch mal, schaffe ich es nicht, die Leute so zu langweilen, dass sie mich vergessen? Jetzt würde Ilse wieder schreiben und anrufen und anrufen und schreiben, und es nahm nie ein Ende.

Roland kam in die Küche, und sie hatten sofort Streit gekriegt. Irgendwer hatte von Rotkäppchen angefangen, und Rita hatte die Diskussion in immer absurdere Ecken getrieben – sexuell? Mann – Wolf, penetrieren? Alles Scheiße! Rotes Mützchen! Marx! Um Außenseiter ging es, alles politisch, Kommunistenfresser.

Rita stellte fest, dass sie auf einmal doch Blumen gepflückt hatte, ein mageres Sträußchen. Sie legte sie auf eine Bank und atmete tief durch. Ilse, Roland. Weg damit. Sie würde einen Brief schreiben, liebe Ilse, dies ist der Frühling der offenen Fenster...

Mein Gott, wie weh das tat. War sie für Max so lästig gewesen, wie ihr Ilse ist? Ab damit, auf den Erledigthaufen? Leb wohl, dein Max. Und das in diesem Jahr, in dem sowieso bis jetzt alles schiefläuft, und dabei ist es erst März.

Der Hund hatte unter einem Laubhaufen einen Igel entdeckt und scharrte und bellte. Er trottete nur widerwillig hinter Rita her, die fest und energisch ausschritt. Nein, sie machte sich nichts vor: Zwischen ihr und Max hatte von allem Anfang an nichts gestimmt. Schon das Kennenlernen war eine kranke Sache gewesen, an einem jener Tage, an denen Rita nach Köln fuhr, ohne dort etwas zu tun zu haben, einfach so, weil Stillstand Tod bedeutet hätte. Der Zug fuhr die schöne Strecke am Rhein entlang durch eine Gegend, in der sie ein kleines Mädchen gewesen war – Faltenröcke, Tagebücher, Klavierstunden, Liebesbriefe. Hinter Budenheim ist eine Glashütte – Katharina, Katharina, meine Freundin, wo bist du? Weißt du noch, wie wir auf der Wiese lagen und uns vorstellten, was eine Glashütte sein könnte? Das musste der Ort sein, an dem der verwunschene Königssohn mit den Tieren lebte, und abends kamen die verirrten Köhlertöchter und machten erst das Nachtessen und das Lager für sich selbst und dann für die Tiere, und die Tiere schüttelten traurig die Köpfe, sagten »ducks!«, und die Köhlertöchter fielen durch Falltüren in tiefe Keller, bis einmal die kam, die zuerst für die Tiere sorgte, ehe sie sich schlafen legte, und da tat es Blitz und Donnerschlag und die Glashütte verwandelte sich in einen Glaspalast, und da lebte die Köhlertochter glücklich mit dem Königssohn – Katharina, was ist aus den kleinen Mädchen mit den gläsernen Träumen geworden? Die Glashütte hinter Budenheim ist aus Wellblech, denn wenn wir älter werden, gibt es keine Prinzen und keine Glaspaläste mehr, nur noch Donnerschläge.

In dieser Landschaft war Rita mit Hermann durch die Weinberge gegangen, und sie war auf eine Bank gestiegen, und Hermann hatte ihr an den Mantelsaum ein Stück Nerz genäht, ringsum, denn das war der Winter der Piroschka-Mode, und alle Mädchen wollten aussehen wie Anouk Aimée in »Ein Mann und eine Frau«, mit Pelz am Saum. Damals hielt Glück noch ganze Nachmittage lang, heute bringen wir es auf fünf bis zehn Minuten, wenn wir uns geliebt haben ohne zu reden.

Im Taxi lief Elton John, *All quiet on the western front.* Rita ließ den Taxifahrer einen Umweg nehmen, damit sie den Song ganz hören konnte, aber dann hatte sie sich doch vor ihrer Stammkneipe absetzen lassen, und alles war wie immer. Der kleine dicke Dichter war da, ganz in Schwarz, und sie hatten sofort Streit bekommen, schrien sich an, tranken Wodka und fühlten sich wohl. Mascha stellte sich dazu und zeigte ihren schönen Busen, da hatte der kleine Dichter auf Augenhöhe ordentlich was zu gucken, denn Mascha war gute einsachtzig. Sie roch nach hundert verschiedenen Männern, und Rita hatte alle Männer zum Teufel und sich in Maschas Arme gewünscht, aber dazu waren sie alle noch nicht betrunken genug. Rita wechselte auf weißen Rum mit Zucker und Limone, damit ging es bei ihr immer am schnellsten. Das Schöne an Mascha war, dass sie nie sprach, sie stand immer nur da, weich, seidig, fahrig, ein Glas in der Hand, und plötzlich war sie wieder weg, allein oder mit jemand, der ihr den richtigen Blick zugeworfen hatte.

Zwei Musiker waren dazugekommen, der egozentrische und der experimentelle. Der egozentrische war gerade in Brasilien gewesen und tönte herum, dass er den Brasilianern erst mal beigebracht hätte, was Tango wäre. »Argentinien!«, murmelte Rita matt. »Tango, das ist Argentinien«, und er schrie sie an: »Warst du da oder ich, Mann?«, und stritt sich dann mit dem kleinen Dichter über den Sinn von Kaffee-Solidaritätsabonnements für Nicaragua. Der experimentelle Musiker hatte was Falsches gegessen und kotzte quer über den Tisch und sah dann so aus, als würde er dem egozentrischen gleich eins in die Fresse geben. Rita hoffte sehr darauf, denn Schlägereien unter Freunden hatten immer etwas Befreiendes.

Mascha war mit diesem Typ weggeschwebt, der

von einem brennenden Auto die dicken Narben an den Armen hatte und immer kurzärmelige Hemden trug, damit man sie auch sah. Dafür liebte Rita ihn, das machte alles so klar und einfach, und außerdem konnte er keinen vernünftigen zusammenhängenden Satz sagen. Der Alte war noch gekommen, mit zwei hohläugigen Mädchen. Er hatte eine Kneipe hinterm Bahnhof, heute war sein Ruhetag, und weil Leute mit Kneipen an ihren Ruhetagen nicht wissen, was sie mit sich anfangen sollen, sitzen sie dann eben in andern Kneipen. Plötzlich sagte jemand: »Da ist ja Max«, und sie hatte ihn zum ersten Mal gesehen.

Rita kroch auf Händen und Füßen keuchend hinter dem Hund her einen Abhang hinauf. Immer wieder blieb er freundlich wedelnd stehen und wunderte sich, wieso sie so langsam war. Oben legte sie sich atemlos und erschöpft auf den feuchten, weichen Boden, und der Hund leckte ihr mit seiner warmen Zunge übers Gesicht.

Sie hatten sich angesehen, er, der lange Magere, der Ruhige, und sie, die kleine Quirlige, und dann hatte er gesagt: »Weißt du was, wir beide sollten hier weggehen.«

Sie hatte so getan, als hätte sie das nicht gehört, denn wenn Sätze, von denen man immer träumt, auf einmal wirklich gesagt werden, also, das ist einfach zu blöd. Sie war stattdessen nach hinten an die Theke zu Lisa gegangen und hatte sich einen Wodka mit Amaretto mixen lassen, *Good mother* hieß diese grauenvolle Mischung, und Lisa sagte denn auch »What's good about it« und »du bist aber nicht gut drauf heute«. Rita wusste, dass sie sich nie und nirgends je so wohl fühlen würde wie in dieser elenden Kneipe mit dem Neonlicht, den schlecht gespülten Gläsern, mit dem kleinen Dichter, der dem egozentrischen Musiker den Aschenbecher auf den Kopf haute, und mit der Musik, die sie hier spielten, gerade war es Lou Reed, und er sang »please, say hello«.

Max war zu ihr an die Theke gekommen und sagte: »Also, ich muss hier raus, wir treffen uns dann um halb eins im alten Roxy.«

Rita versuchte sich zu erinnern, ob er sie geküsst hatte, kann schon sein, jedenfalls stand ihr Herz still vor lauter Zärtlichkeit für sein bitteres, müdes Gesicht.

Sie rappelte sich auf und ging weiter, der Hund blieb ratlos dicht neben ihr und verstand nicht, warum sie weinte. Es stimmt nicht, dass es die großen Katastrophen wie Krieg, Feuersbrunst oder Krebs sind, die uns fertigmachen. Das Herz bricht still zwischendurch an einem klaren Märztag, leb wohl, dein Max. Dagegen gab es kein Mittel. Das war diese neue Generation, die räumte rigoros mit verstaubten Gefühlen auf, während Rita ihre schal gewordenen Lieben durch die Jahrzehnte schleppte und elend an ihnen wurde. Max war zehn oder zwölf Jahre jünger als sie, da kann man noch die Fenster aufreißen und alles rausfliegen lassen, aber mach das mal mit Mitte vierzig. »Du verdammtes Schwein«, schrie Rita, »du Schuft, du Wichser, du grenzenloses Miststück«, und sie trat gegen einen Baum, bis ihr der Fuß weh tat. Der Hund stand ein Stück abseits mit eingeklemmtem Schwanz und angelegten Ohren.

Sie zog die Nase hoch und wischte sich mit dem Ärmel die Tränen ab. »Scheißkerl«, schrie sie und trat noch einmal gegen den Baum, ehe sie weiterging. Sie waren im Roxy damals, und es war fürchterlich gewesen. Ein Künstler machte eine Performance, eine unglaublich aggressive Geschichte: Auf großen Monitoren lief *The day after,* und aus vier Lautsprechern kam Bombenlärm. In der Mitte des Raums ein Maschendrahtkäfig mit Männern in olivgrünen Uniformen, die mit Knüppeln Männern in blauen Arbeitskitteln auf die Köpfe schlugen. Die Köpfe steckten unter roten Plastikeimern. Auf dem Boden Glasscherben, und daneben ein zweiter Maschendrahtkäfig, in dem ein nacktes Paar miteinander tanzte. Alles, wovor Rita Angst hatte, passierte hier in diesem Raum auf ein paar Quadratmetern, und plötzlich war Max wieder da und hatte den Arm um sie gelegt. Als Rita es nicht mehr aushalten konnte, war sie hinausgelaufen und über die Straße in die alte kleine Kirche gegenüber geflüchtet. Es war schon nach ein Uhr nachts, aber die Kirche war offen, kühl und still und voll von der zynischen Abwesenheit Gottes. Rita hatte am Seitenaltar alle Opferkerzen ausgeblasen, und eine Pennerin, die auf der letzten Bank schlief, hatte sie entsetzt angesehen und sich bekreuzigt.

Danach war Rita nicht mehr zurückgegangen ins alte Roxy, sondern hatte wieder ihre Kneipe angesteuert. An einer Stelle der Straße rissen ein paar Punks frisch gepflanzte junge Bäume aus und zertrampelten sie, stachen mit Messern in die Reifen eines angeketteten Fahrrads, pinkelten an eine Haustür. In der stillen, gepflegten Stadt, in der sie wohnte, hatte Rita immer Angst, aber hier war die Sache klar – Krach, Gewalt, Aggressivität, offen und unversteckt, damit kam sie zurecht und fühlte sich fast geborgen.

Die Kneipe hatte schon zu, aber Rita kannte den Weg über den Hof nebenan und durch die Küche, den nur die Stammgäste kennen. Lisa zog sich eine Linie Koks rein, Mascha und der mit den Narben hatten Champagner bestellt, der kleine Dichter war auf dem Fußboden eingeschlafen. Tom Waits sang »I never heard the melody till I needed the song«, und der hohläugige Alte spielte im Hinterzimmer Billard gegen die beiden Mädchen. Am Ecktisch saß der Kranke, seine Krücken neben sich gelehnt, und trank mit geschlossenen Augen Tee. Lisa machte Rita noch einen Wodka, drehte die Musik ab und schob das Video mit Tina Turner und David Bowie rein. Alle guckten hin, und plötzlich fing Mascha an, von ihren Ängsten und verlorenen Träumen zu reden, und der kleine Dichter wachte auf und zeichnete lallend ein düsteres Szenario der Welt, und der Kranke sagte: »Was ihr für Sorgen habt, ich leb vielleicht noch drei oder vier Jahre und bin froh über jeden Teller Suppe, den ich noch essen kann, ohne mich von oben bis unten vollzusauen.«

Danach hatten sie so lachen müssen, dass sie fast von den Stühlen fielen, und der Kranke lachte auch und schrie: »Hört auf, wenn ich lache, tun mir alle Knochen weh, ich darf nicht lachen! Was ist denn bloß so komisch daran, dass ich in drei Jahren tot bin?«

Max war gekommen, hatte sich ans Klavier gesetzt und gespielt, und es war ganz ruhig und friedlich gewesen, und ein Joint wanderte rum, ganz wie in den alten rührenden Zeiten, als wir noch keine anderen Sorgen hatten, als ein bisschen zu kiffen.

Ritas Atemlosigkeit wich, sie wurde weich und ruhig und dachte: Ich habe noch nie so geliebt wie in diesem Augenblick, dabei weiß ich nicht mal, wen.

Gegen halb drei klingelte das Telefon, und Lisa nahm ab. »Es ist Pit«, sagte sie und hielt den Hörer zu, »er will mal wieder aus dem zwölften Stock springen.«

Der kleine Dichter nahm das Telefon und sagte: »Pit, mach keinen Quatsch, ich nehm mir jetzt ein Taxi und komm bei dir vorbei, okay?« Und dann hörte er noch einen Moment zu und sagte: »Weißt du was, verarschen lass ich mich nicht«, und legte auf. »Wenn ich schon komme, sagt Pit, soll ich Pommes, Gyros und fünf Flaschen Bier mitbringen«, erklärte er uns, und wieder lachten wir uns halbtot, und der Kranke rief: »Der Trick ist super, den muss ich mir unbedingt merken!«

Der Hund war endlich müde geworden und schlich neben Rita her, als sie jetzt den Weg zurück ins Tal einschlug. Sie musste schließlich irgendwann wieder nach Hause, konnte nicht immer vor dem Anblick dieses Briefes weglaufen. Es war der letzte in einer langen Reihe von Briefen, manische Schreiber sie beide. Jeden zweiten Tag hatten sie sich in den vergangenen drei Jahren geschrieben, über Bücher und Filme, Musik, Beobachtungen, Menschen, über Träume und Pläne und das, was im

Kopf und auf der Straße passiert, und immer wenn ein Brief von ihm kam, hatte ihr Mann gelächelt und gesagt: »Du und dein Max.«

Einmal hatte Max sie richtig geküsst, da saßen sie zu dritt in einem Biergarten, und er hatte eine hässliche Freundin bei sich, die er mit einem Kuss kränken wollte. Er hatte sich über den Tisch gebeugt, Ritas Kopf in seine Hände genommen und sie lange und fest geküsst, nur um seine Freundin zu ärgern, aber Ritas Herz hatte geklopft, und es hatte ihr gefallen.

Manchmal waren sie am Rhein spazieren gegangen und hatten sich Dinge erzählt, die niemand sonst von ihnen wusste, sie hatten auf die Schiffe geschaut und sich leicht und schnell gefühlt. Doch, es war eine Liebesgeschichte gewesen. Eine ohne Bett. Aber er hatte das nicht verstanden und ihr diesen Brief geschrieben. Zu Hause matschte Rita dem Hund sein Futter aus Fleisch, Gemüse und Haferflocken zusammen und legte den Kopf auf den Brief, der vor ihr auf dem Tisch lag. Ihr Mann kam herein und fühlte ihre Stirn. »Krank?«, fragte er, und: »Fieber?«

»Nein«, sagte Rita, und sie machte das Fenster weit auf und ließ ihre Liebe hinausfliegen. »Dieser Frühling ist ein Frühling der aufgerissenen Fenster«, sagte sie zu ihrem Mann, aber der hatte sich eine Pfeife angezündet und saß schon wieder an seiner Arbeit.

Nach einem halben Jahr lag im Briefkasten ein Umschlag mit seiner schönen Schrift.

»Rita«, schrieb er, »Du kennst mich, immer zu schnell, zu heftig, zu endgültig. Natürlich ist nichts vorbei. Schreib schnell, Dein Max.«

Noch an diesem Abend schrieb sie an Ilse, dass dies der Frühling der aufgerissenen Fenster sei, und da fliege nun einiges raus, was schon lange angestaubt auf wackligen Beinen rumgestanden hätte, »so auch unsere Freundschaft, liebe Ilse, die nie eine Freundschaft war, leb wohl, Rita«. Erst zwei oder drei Jahre später traute sie sich wieder in die Kneipe, und Lisa sagte: »Du hättest ruhig früher kommen können, dein Max verkehrt hier nicht mehr. Er hat geheiratet und ist ziemlich dick geworden, und weißt du, zwei Kinder hat er auch.« Sie tippte sich an die Stirn und zapfte Rita ein Bier. Es lief *Heartattack and vine* von Tom Waits, und Lisa erzählte, dass der Kranke jetzt im Rollstuhl sitze und Essen auf Rädern kriege und die Treppe nur noch runterkomme, wenn ihn jemand trage. Pit war tatsächlich doch noch aus dem zwölften Stock gesprungen, und der kleine Dichter war endlich auf Entzug. Mascha war mit irgendeinem Typen nach Ibiza gezogen, angeblich hatte sie Aids, aber das wusste niemand so genau, und der experimentelle Musiker spielte jetzt mit Brian Eno zusammen und hatte endlich Erfolg.

Am Ecktisch saß der egozentrische Musiker und sagte: »Hey, Rita, hab ich dir schon erzählt, wie ich den Brasilianern mal beigebracht habe, was Tango ist?«

Und Rita sagte: »Nein, erzähl.«

Philippe Djian

Wie beim Tode meines Vaters

Ein ganzes Jahr lang war ich heimlich in Lisa Jordaens verliebt. Sie war nur zwei Jahre älter als ich, aber sie interessierte sich ganz und gar nicht für mich, und ich begnügte mich damit, sie stillschweigend zu begehren. Selbst David, ihr Bruder, der immerhin mein bester Freund war, wusste nichts davon.

Abends, bevor ich einschlief, legte ich die Hände unter meinen Kopf, schaute zur Decke und dachte an sie. Ganz langsam erschien mir ihr Gesicht, während mir das Herz stehenblieb. Ich schmiedete keinerlei Pläne, sie zu verführen, auf den Gedanken wäre ich nie gekommen. Ich verstand sehr gut, dass diese wenigen Jahre, die mir so grausam fehlten, die Sache unmöglich machten. Ich erhoffte nichts. Ich betete nicht, dass man mir auch nur die allerwinzigste Chance gewährte. Ich war schlicht glücklich, an sie denken zu dürfen, wenn ich einen Moment Zeit hatte.

Die Freundschaft, die mich mit David verband,

war keineswegs schändliche Berechnung. Er war dazu bestimmt worden, sich meiner anzunehmen, als ich neu auf die Schule kam, und wenngleich wir völlig verschieden waren, sah man uns doch die meiste Zeit zusammen, selbst als ich mich nicht mehr in den Gängen verlief, und auch lange bevor ich ein Auge auf Lisa geworfen hatte.

Ich wusste, dass er eine Schwester hatte. Ich hatte dem zunächst nicht viel Beachtung geschenkt und nicht mehr daran gedacht. Bis zu dem Tag, an dem ich ihr plötzlich gegenüberstand.

Ich war dreckig und stank. Die Jordaens bewohnten ein großes Haus im feinen Teil der Stadt, aber sie waren für einige Tage verreist, und David konnte mir eine Hose und alles leihen, was ich brauchte, um mich umzuziehen, damit wir Zeit gewannen. Es war das erste Mal, dass ich bei ihm zu Hause war. Wir waren rot und staubbedeckt. Gewisse Zänkereien mit ein paar Typen aus der elften Klasse waren etwas heftiger ausgefallen, und wir hatten kostbare Zeit verloren. David kochte vor Wut, er riss sich die Sachen vom Leib und schleuderte sie durchs Zimmer, er schwor, wenn wir wegen dieser Idioten nur eine Minute des Konzerts verpassen sollten ... Dann flitzte er unter die Dusche.

Ich ließ mich in einen Ledersessel fallen, der meines Erachtens bestimmt so viel gekostet hatte wie meine ganze Unterkunft und Verpflegung an der Schule, zumindest für ein Jahr plus Einschreibungskosten. Diese Schwachköpfe hatten uns ein ziemliches Stück verfolgt, und es war ein milder und lauer Herbsttag, der Schweiß lief mir noch über die Stirn, ich spürte, dass mir die Haare am Schädel klebten, als käme ich aus einem türkischen Bad, und riesige Kränze erschienen unter meinen schmutzstarrenden Armen. In diesem Zustand hätte ich mich niemandem zeigen mögen, ganz gleich, wem, der bloße Gedanke hätte mich krank gemacht. Ehrlich gesagt, ich war ein recht schüchterner Junge von eher reinlichem Naturell, ich wartete ungeduldig, dass mir David Platz machte.

In diesem Moment kam sie herein. Ich lächelte gerade idiotisch, weil ich an die kleine Keilerei denken musste und daran, wie David und ich die Beine in die Hand genommen hatten. Da zerriss etwas in meiner Brust. Ich senkte rasch die Augen und versuchte, sechs Fuß tief im Boden zu versinken, während sie durchs Zimmer ging. Ihr Blick hatte mich nur gestreift, aber das Blut hämmerte in meinen Schläfen, und mein ganzes Dasein widerte mich an. Sie fragte David, was wir hier verloren hätten. Sie hätte ebenso gut bemerken können, aus welcher Gosse man mich denn aufgelesen habe, oder sich die Nase zuhalten können – ich fühlte mich so unbehaglich, dass sich meine Verwirrung kaum noch zu steigern vermochte. Ich lag wie vom Blitz erschlagen in meinem Sessel. Und gleichzeitig wusste ich, dass ich sie bis ans Ende meiner Tage lieben würde. Nichts in meinem Leben war mir je so klar erschienen.

Ich war knapp sechzehn. Ich hatte es noch nie mit einem Mädchen gemacht. Jedes Mal, wenn ich Lisa in den Gängen der Schule begegnete, war meine Kehle wie zugeschnürt, und ich musste all meine Kräfte zusammennehmen, um meines Weges zu gehen, als ob nichts wäre. Eher hätte ich mich ins Feuer gestürzt, als dass ich mir irgendein Gefühl hätte anmerken lassen, ich verzehrte mich in unerschütterlicher Liebe zu ihr.

Nie redete sie ein Wort mit uns, wenn wir in ihrer Nähe waren. Für David war sie nur eine eingebildete Pute, in einer Art Übereinkunft ignorierten sie einander völlig oder wechselten nur einen dieser zerstreuten Blicke, die mich, der ich so beiläufig gestreift wurde, zutiefst betrübten. Aber ich war nicht böse. Typen, die älter waren, holten sie nach Schulschluss mit dem Wagen ab, und auch deswegen war ich ihr nicht böse. Sicher, mein Herz krampfte sich zusammen, aber ich verstand all das, ich wusste, dass ich nichts dagegen machen konnte.

Als mich David häufiger mit nach Hause nahm, lief die Sache ein wenig besser. Nicht, dass sie mir sonderlich Beachtung schenkte, aber mir schien, meine Anwesenheit störte sie nicht, und mehr verlangte ich nicht. Meistens spazierte sie im Bademantel herum, ungekämmt und mit nackten Füßen in alten Mokassins, bis dann die Stunde ihres nächsten Rendezvous nahte. Und wenn jemand an die Tür klopfte, ehe sie ganz fertig war – was ständig der Fall war –, verschwand sie sogleich in ihrem Zimmer und kam erst nach einigen Veränderungen wieder hervor, die dazu gedacht waren, ihre Vorzüge zu betonen. Der Typ, der auf sie wartete, machte Augen, die wie Speichel leuchteten. Ich, ich liebte sie, einerlei, ob sie nun aus der Dusche kam oder in ihr Schminktäschchen gegriffen hatte. Ich war der einzige Fremde im Haus der Familie Jordaens, der in ihrer Nähe geduldet war, wenn sie sich zum Beispiel am Rand des Swimmingpools die Beine enthaarte oder eine Maske aufs Gesicht auftrug oder irgendeine Mixtur auf den Schädel, die angeblich die Frauen im alten Ägypten benutzt hatten. Ich störte sie nicht. Ich war jederzeit bereit, ihr einen kleinen Gefallen zu tun, etwa, ihr ein Glas zu holen oder Zigaretten oder was immer ihr gerade in den Sinn kam.

Ich hütete mich aber, es zu übertreiben. Auch

wenn es mir schwerfiel, mäßigte ich doch den Umfang meiner Gefälligkeiten ihr gegenüber und erwies sie ganz genauso David und seinen Eltern, wenn ich Gelegenheit dazu hatte. Alle fanden mich sehr nett – was ich auch war, ohne mich dazu zwingen zu müssen –, und ich wusste, wie weit ich gehen konnte, ohne als Schwachkopf zu gelten. Und weil ich solch strenge Vorsichtsmaßnahmen ergriff, ahnte niemand etwas von dem Feuer, das mich verzehrte, nicht einmal die Betroffene, ich hätte darauf schwören können. Ich glaube nicht, dass man mich nur ein einziges Mal dabei ertappen konnte, dass ich ihr einen verliebten Blick zugeworfen oder mich auf eine etwas verdächtige Art an ihre Seite gedrängt hätte. Fest entschlossen, mein Geheimnis mit ins Grab zu nehmen, zügelte ich jedwede Aufwallung. Ich brachte ihr eine makellose Liebe entgegen, und ich war so stolz darauf, dass mir mein Martyrium mitunter eine Wonne schien.

Gegen Ende des Winters wunderte man sich bei den Jordaens, wenn ich nicht da war. Wenn ich gewollt hätte, dann hätte ihr Haus praktisch meines sein können, aber ich fürchtete, man könne meiner schließlich überdrüssig werden, und zwang mich regelmäßig, wenn ich die Kraft dazu hatte, einige Tage lang den Fuß nicht über ihre Schwelle zu setzen. Andererseits luden sie mich nicht selten zum

Abendessen ein, wenn ich noch da war, und das Gästezimmer stand mir stets offen, das hatte man mir oft genug gesagt, das sollte ich ein für alle Mal wissen.

Dieses Gästezimmer, mir brach der kalte Schweiß aus, wenn ich nur daran dachte. Entschied ich mich zu bleiben, erfasste mich eine Art Schwindel, wenn ich die Treppe hinaufging, und bei der Vorstellung, was mich erwartete, drehte sich mir alles im Kopf. Dieses Zimmer war mein Paradies und meine Hölle zugleich, der Ort, wo mein Schmerz und auch meine Glückseligkeit vollkommen waren.

Ich sank vor dem Schlüsselloch auf die Knie. Ich schloss einige Minuten lang die Augen oder drückte meine Stirn gegen die dünne Türfüllung, die unsere Zimmer trennte, und ich versuchte zu widerstehen. Ich hörte, wie sie sich bewegte, so wie ich auch eine Stimme hörte, die auf mich einredete und mir aufzustehen gebot, wenn ich etwas anderes sei als ein erbärmlicher Schweinehund. Ich rang die Hände, dann presste ich unversehens, eine leidenschaftliche Klage hinunterschluckend, mein Auge gegen das Loch.

Wenn ich Glück hatte, zog sie sich genau vor mir aus, und wenn mir der Himmel wirklich hold war, konnte ich nach ihrer Brust und den Härchen ihres

Unterleibes schielen, bis mir die Tränen in die Augen stiegen. Manchmal weinte ich regelrecht, ohne zu wissen, weshalb eigentlich, bittere Tropfen kullerten seelenruhig über meine Wangen, während ich sie beobachtete. Nie fühlte ich mich hilfloser als bei diesen Gelegenheiten. Nie war mir eine Prüfung schwerer erschienen.

Nach besonders erschöpfenden Nachtsitzungen zog ich mich in der Regel zurück. Für einige Nächte blieb ich in dem Zimmer, das ich mit einem Typ aus meiner Klasse teilte, und während ich auf den Schlaf wartete, dachte ich über mein Verhalten nach. »Wozu das Ganze, wo du sie doch nie bekommst...!«, sagte ich mir. »Findest du nicht, dass es so noch härter ist? Wäre es nicht besser, du begnügtest dich mit ihrem Gesicht, willst du denn ständig Salz in die Wunde streuen, willst du ihr weiter nachspionieren wie ein Geisteskranker, hast wohl in deinem Leben noch kein nacktes Mädchen gesehen...?«

Trotz alledem fing ich immer wieder damit an, ich konnte nicht anders. Ich wusste sehr wohl, dass es eine lächerliche Komödie war, dass mein Frust nur noch stärker wurde und dass mir diese Sache keineswegs Größe verlieh, dennoch fiel ich mit unfehlbarer Sicherheit wieder vor dieser verfluchten Tür auf die Knie, als wäre ich daran festgekettet.

Diese elende Versessenheit machte mich ganz hilflos.

Gab es hienieden Verrücktheiten, deren man nicht Herr zu werden vermochte?

Die Monate vergingen, doch das Leben stand still. David hatte sich eine Freundin zugelegt und vernachlässigte mich ein wenig. Das traf sich gut, ich wollte ohnehin nur die meiste Zeit allein sein, und ich sagte ihm, er solle sich um mich keine Gedanken machen. Doch das hatte auch Auswirkungen auf seine Noten, und so fanden wir uns, als es auf die Abschlussklausuren zuging, jeden Nachmittag bei ihm zu Hause ein, und ich half ihm, seine Mathekenntnisse aufzubessern, so sah ich Lisa täglich. Während dieser Idiot über seinen Aufgaben schwitzte, stand ich auf und ging in den Garten hinaus, und ich betrachtete sie unauffällig, und ich war immer noch unsterblich verliebt. Kein Mädchen meines Alters konnte ihr das Wasser reichen. Wie sehr langweilte ich mich in Gesellschaft der anderen, welch fahles Licht, verglichen mit Lisas Glanz! Ihr Vater neckte mich zuweilen, er wunderte sich, dass ich mir noch keine geangelt hatte, und ermahnte mich, nicht so schüchtern zu sein. Ich hasste ihn, wenn er mit diesem Thema anfing, ich wandte meinen Blick ab, worauf er, im Glauben, mich aufrichten zu müssen, seinen Arm um meine Schultern legte und irgendeinen Unfug über das Leben verzapfte.

Die Nächte waren still und warm. Ich mochte diese Familie aufrichtig, aber mitunter ertrug ich sie nicht mehr. Warum, wusste ich nicht so recht. Ich fühlte mich gereizt und musste so manche launische Anwandlung bezähmen. Ich verkürzte die Abende, soweit dies machbar war. Oder ich schloss mich im Gästezimmer ein, sobald ich mich davonmachen konnte. Dass sie abgeholt wurde und erst mitten in der Nacht zurückkam, war mir egal. Ich wartete auf sie. Ich war nicht eifersüchtig, ich quälte mich nicht damit, dass ich sie mir in den Armen eines anderen vorstellte. All das interessierte mich nicht, ich wartete auf sie, die Augen weit aufgerissen, auf meinem Bett ausgestreckt, ohne einen Ausweg zu wissen, doch um keinen Preis hätte ich meinen Platz aufgegeben, denn kaum hörte ich sie die Treppe hinaufsteigen – sie machte nicht das leiseste Geräusch, dennoch befiel mich ein langes Zittern –, kaum schlich sie sich in ihr Zimmer, richtete ich mich in der Dunkelheit auf und schritt wie ein Roboter zu ihrer Tür und beugte mich zu dem erleuchteten Schlüsselloch hinab.

Und dann passierte es. Das war, wie gesagt, in jener Zeit kurz vor den Prüfungen, die am Sommer nagten, und allmählich mangelte es mir an Schlaf,

Katja und Robert Jordaens waren eine Woche lang verreist gewesen, sie hatten uns das Haus mit den üblichen Ratschlägen überlassen und waren gerade erst zurückgekommen. Lisa war jeden Abend ausgegangen, und mehr als einmal hatte ich den Morgen dämmern sehen, bevor sie auf ihr Zimmer zurückkehrte. Ich weiß nicht, ob sie noch Zeit fand zu büffeln, da sie nie vor Mittag aufstand, ich jedenfalls stellte mir den Wecker und stürzte mich mit einem fürchterlichen Gähnen auf meine Unterlagen und kippte nach einigen matten Bahnen im Swimmingpool Kannen von Kaffee. An jenem Abend konnte ich mich kaum auf den Beinen halten. Ich war mir bewusst, dass ich an meine Grenzen gelangt war. Katja hatte das bereits bemerkt, als sie mir einen Begrüßungskuss gab. Sie hatte mich gefragt, ob mir nichts fehle, ob ich mir sicher sei. Und doch weigerte ich mich, klein beizugeben, ich war wie ein tollwütiger Hund, wo der geringste Funken Verstand genügt hätte, um wenigstens eine Nacht außerhalb dieses Hauses Ruhe zu suchen. Es war stärker als ich. Den ganzen Tag über lebte ich nur für diese wenigen Minuten, in denen ein Ozean aus Feuer über meinem Kopf zusammenschlug, und die Müdigkeit tat ein Übriges, dass dieses kleine Spiel zu einer fixen Idee wurde.

Bevor wir zu Tisch gingen, spritzte ich mir Wasser ins Gesicht, und nach dem Essen trank ich Kaffee, und ich hielt noch eine Stunde durch in Gesellschaft von David und seinen Eltern. Lisa hatte gelogen, sie hatte behauptet, sie sei die ganze Woche brav ins Bett gegangen, und ich hatte mich eingemischt, ich hatte gesagt, das sei die reine Wahrheit, ohne dafür nur das geringste dankbare Lächeln zu ernten, und sie war erneut losgezogen, und sie hatte mich ja auch um nichts gebeten. Ich zwickte mich, ich schlug die Beine übereinander, ich packte mich am Nacken. Dank meiner Hilfe hatten Davids Mathekenntnisse ein achtbares Niveau erlangt, und sein Vater verpasste mir ein paar liebevolle Klapse auf den Rücken, ohne die ich mich vermutlich der Länge nach auf den Teppich gelegt hätte, auch wenn er mir gerade irgendeinen Ferienaufenthalt gemeinsam mit ihnen anbot. Wenn ich es wünschte, wolle er gern mit meinem Stiefvater telefonieren und alles regeln. Es gab Momente, da schlief ich glatt mit offenen Augen.

Erst einmal auf dem Zimmer, sammelte ich meine letzten Kräfte. Ich tigerte um das Bett herum und taumelte in der Dunkelheit, denn natürlich durfte mich kein Licht bei ihrem Kommen verraten. So wie ich auch zögerte, die Dusche laufen zu lassen. Die Stille und die Finsternis waren meine einzigen Verbündeten, erwiesen sich jedoch auch als furchterregende Gesellen, erschossen, wie ich war. Ich kämpfte stundenlang, verbot mir, ruhig zu verharren, und wenn mich meine Beine nicht mehr trugen, setzte ich mich auf die Bettkante und biss mir in die Unterarme. Mir war, als nähme diese Nacht nie ein Ende und als stritte ich mit einem Feind, der schrecklicher war als der Schlaf. Mein Rücken schmerzte, mein Kopf baumelte hin und her, am liebsten hätte ich mir die Augen ausgerissen, so unerträglich brannten sie, und das ging so weiter, bis ich endlich hörte, dass sie zurückkam.

Es war drei Uhr morgens. Ich konnte nicht mehr. Dennoch schleppte ich mich auf meinen Posten, ich schnitt Fratzen vor Schwäche, war wie im Koma. Klar doch, ich hatte im Laufe dieser Woche höchstens zwanzig Stunden geschlafen, ich hätte jemand anders dabei sehen wollen. Eine einzige Strafe, eine solche Erschöpfung, und welch ein Pech, dass all diese angestaute Müdigkeit in ebendem Moment über mich herfiel, als meine Inniggeliebte mit ihrem Striptease loslegte! Kurz und gut, ich weiß nicht so recht, was eigentlich passiert ist. Ich muss eingeschlafen sein. Bin ich darauf schwer und schlaff gegen die Tür gesunken...? Habe ich einen quäkenden Seufzer ausgestoßen...? Jedenfalls ging das Ding auf, und ich flog der Länge nach in ihr Zimmer, nicht mehr und nicht weniger.

Mein ganzer Körper hallte noch von dem Sturz wider, als mich ein unsäglicher Schrecken ergriff. »Das ist furchtbar! Das ist entsetzlich...!«, dachte ich, bevor ich auch nur den Kopf hob. Ich krümmte mich wie ein Verrückter. Konnte man mir keine Decke zuwerfen, um mich ihrem Blick zu entziehen, konnte mich nicht augenblicklich ein Blitz treffen oder wenigstens die Sicherungen rausspringen lassen...?

»Ach nein...!«, sagte sie.

Sie hatte ihr Höschen noch an. Wenn sie ihre Brust verdecken wollte, dann verschränkte sie ihre Arme zu tief. Aber ich hielt mich nicht mit derlei Details auf, mein Atem setzte aus, und mein Herz klopfte so schnell, dass ich glaubte, mein letztes Stündlein habe geschlagen.

»Da schau her...!«, fügte sie hinzu.

Ich war wie ein Fuchs, den man, das Gewehr im Anschlag, im Hühnerstall erwischt. Meine Lippen zitterten, und ich fand nicht das geringste Wort der Entschuldigung. Ich war wie versteinert. Ich, der normalerweise unter solchen Umständen errötend die Augen niedergeschlagen hätte, ich starrte sie an, und garantiert war ich bleich wie der Tod.

Worauf wartete sie noch, dass sie nicht nach Hilfe rief oder mir irgendetwas auf den Schädel schmetterte? Das zweite wäre mir lieber gewesen, aber ich war bereit, meine gerechte Strafe zu empfangen, was es auch sei. Also, warum rührte sie sich nicht, warum drückte ihr Gesicht keinerlei Zorn aus, warum leuchtete ihr Blick so seltsam, mein Gott, warum war sie so hübsch ...? Ich hätte ihr gewiss einen Dolch gereicht, hätte ich einen zur Hand gehabt. Sie musste sich trotz allem beeilen, sonst würde ich erneut einschlafen.

Sie half mir auf. Bestens. Ich starb lieber stehend. Dann hat sie mich auf ihre Bettkante gedrückt. Sehr gut, es war an ihr, zu ermessen, welche Hinrichtung einem Elenden wie mir am ehesten zustand. Dann mit einem Mal pressten sich ihre Lippen auf meine, und ich spürte, wie ihre Zunge in meinen Mund eindrang.

Ich wäre fast in Ohnmacht gefallen, wie damals, als ich die Nachricht vom Tod meines Vaters erhielt. Im ersten Moment, während sich eine ihrer Hände unter mein T-Shirt schlängelte, hätte ich nicht sagen können, ob ich sehr glücklich oder sehr unglücklich war, meine Empfindungen waren viel zu heftig.

Ich muss zugeben, ich war sogar erschrocken. Das war das erste Mal, dass sich ein Mädchen derart wild an mich presste. Meine sämtlichen Erfahrungen auf diesem Gebiet, zumindest die wenigen Berührungen, die ich diesem Register hatte zuordnen können, erschienen mir jetzt lächerlich unbedeutend. Alles in allem war ich nicht so gewieft, wie ich es gern gewesen wäre. Zudem liebte ich sie so sehr, so rein, dass ich *darauf* nicht gefasst war. Und obendrein war ich dermaßen müde.

Nach einer Weile hat sie sich aufgerichtet, um zu sehen, was ich da eigentlich trieb. Ich wusste es selbst nicht. Ihre Wangen waren rosig. Ich hatte das Gefühl, sie war ein wenig gereizt. Wenn ich noch ganz richtig sah, hatte sich der Umfang ihrer Brüste verdoppelt, viel fehlte zumindest nicht. Ich lächelte sie an, dann gähnte ich fürchterlich. Das Letzte, was ich tun durfte, wenn man mich fragt.

Sie hat mich ganz merkwürdig angeschaut. Wir schwitzten beide, wenn auch aus verschiedenen Gründen. »Mach's jetzt!«, habe ich mir gesagt. »Nur Mut...!« Ich musste gegen so viele Dinge auf einmal ankämpfen...! Oh, und dieser Schlaf, der mich bestürmte, dass mir schwindlig wurde. Oh, mir war, als laste die gesamte Erde auf meinen Schultern, aber ich biss die Zähne zusammen und riss mich vom Bett los, um mich auf den Ellbogen zu stützen. Oh, welche Liebe, welche Müdigkeit, welches Mysterium, alles prasselte auf einmal auf mich ein.

Und das war noch nicht alles, denn mich erwartete eine weitere Überraschung. Ich war gerade dabei, mir einen Plan zurechtzulegen, wie ich dazu übergehen könnte, ihre Brust zu streicheln oder etwas in der Art, während ich sie mit meinen geschwollenen Augen verschlang – ein Fall von Myxomatose, könnte man sagen –, als mich ein Geistesblitz durchzuckte. Plötzlich kam mir ihr lasziver Blick ungeheuer suspekt vor, und ihr Atem noch mehr, wie sie da so nervös über mir atmete. Meine Güte, sie war blau! Ja, hatte sie zuviel getrunken oder was …? Erzählt mir doch so was nicht …!

Ein grässlich schwarzer Gram überflutete mich. Ich ließ mich auf das Bett fallen, aber ich spürte nichts in meinem Rücken, fiel immer weiter, endlos wie meine Bitterkeit.

Sie schüttelte mich. Ihr Gesicht war hart. Sie hatte ihren Bademantel um die Schultern und befahl mir mit leiser Stimme, schleunigst abzuhauen. Ich streckte lasch die Hand nach ihren Haaren aus, die auf meine Brust wallten und die ich noch nie berührt hatte. Sie stieß mich heftig zurück, bevor ich mein Ziel erreicht hatte. »Mach, dass du wegkommst, hörst du …? Raus aus meinem Zimmer!« Sie krallte sich mein T-Shirt und zerrte es hin und her, um mich aus dem Bett zu schleudern, dabei beschimpfte sie mich immer ärger. Gott ist mein Zeuge, dass ich, obwohl es den Anschein hatte, nicht versuchte, mich darin einzunisten, und dass ich am liebsten verschwunden wäre, noch bevor sie es wünschte, aber ich wog Tonnen, ich brauchte eine gewisse Zeit, um mich zu rühren. Glaubte sie, das sei so leicht, glaubte sie, ich könnte seelenruhig auf die Beine springen, wo ich am Boden zerstört war?

Am nächsten Morgen trat Robert Jordaens in mein Zimmer. Er hat sich vor meinem Bett aufgebaut und mir erklärt, dass ich dieses Haus verlassen müsse. Ich habe nichts erwidert. Ich wusste nicht, was sie erzählt hatte, und es interessierte mich nicht. Ich habe meine Sachen gepackt. Alles war still, und das Zimmer strahlte im Morgenlicht. Mir war, als hätte ich diesen Tag schon einmal erlebt. Ich begegnete keinem Mitglied der Familie, als ich ging, ein verlassener Ort, mochte man meinen, oder aber ich hätte die Pest.

T. C. Boyle

Moderne Liebe

Körperflüssigkeiten wurden keine ausgetauscht bei der ersten Verabredung, und das war uns beiden nur recht. Ich holte sie um sieben ab, ging mit ihr ins ›Mee Grop‹, wo sie sorgfältig jede einzelne Fleischfaser aus ihrem Phat Thai entfernte, sah zu, wie sie vier Flaschen Singha zu je drei Dollar leerte, und strich ihr dann im Kino des Circle-Einkaufszentrums sanft über das nach Balsam duftende Haar, während sie beim *Terminator* ruhig schlummerte. Danach nahmen wir noch einen Drink in ›Rigoletto's Pizza Bar‹ (und zweimal Pizza vom Blech, nur mit Käse belegt), und dann setzte ich sie zu Hause ab. Kaum hielten wir vor ihrer Wohnung, hatte sie die Tür schon aufgestoßen. Sie wandte mir das lange, elegante, melancholische Gesicht ihrer puritanischen Vorfahren zu und streckte die Hand aus.

»Hat Spaß gemacht«, sagte sie.

»Ja«, antwortete ich und gab ihr die Hand.

Sie trug Handschuhe.

»Ich ruf dich an«, sagte sie.

»Gut«, sagte ich und bedachte sie mit meinem strahlendsten Lächeln. »Und ich ruf dich an.«

Bei der zweiten Verabredung lernten wir einander näher kennen. »Ich kann dir gar nicht sagen, was für ein Stress das neulich abends für mich war«, sagte sie, während sie in ihren Schoko-Mokka-Karamell-Becher starrte. Es war früher Nachmittag, wir saßen in ›Helmut's Olde Tyme‹, einer Eisdiele in Mamaroneck, die Sonne strömte durch die dicken Milchglasscheiben und erhellte das Lokal, dass es aussah wie ein Genesungsheim. Die Armaturen hinter der Theke waren auf Hochglanz poliert, und alles roch nach Desinfektionsmittel. Wir waren die einzigen Gäste.

»Wie meinst du das?«, fragte ich. In meinem Mund klebten geschmolzene Marshmallows und Karamell.

»Ich meine das Thai-Restaurant, die Sitze im Kino, die *Damentoilette* in diesem Lokal da, um Himmels willen …«

»Das Thai-Restaurant?« Ich kam nicht ganz mit. Dann erinnerte ich mich an ihr Herumgefummel mit dem Schweinefleisch und daran, wie penibel sie die Glasnudeln seziert hatte. »Bist du Vegetarierin?«

Sie blickte verärgert auf und richtete dann die ganze Entrüstung ihrer weit aufgerissenen, eisblauen Augen auf mich. »Hast du dir schon mal die Statistiken des Gesundheitsministeriums über die sanitären Verhältnisse in ausländischen Spezialitätenrestaurants angesehen?«

Das hatte ich nicht.

Ihre Stirn legte sich in Falten. Sie meinte es ernst. Sie hielt einen Vortrag. »Diese Leute sind Flüchtlinge. Sie haben – nun ja, andere Maßstäbe. Die sind nicht mal geimpft.« Ich sah zu, wie sie mit dem schmalen Löffel in die Tiefen ihres Bechers fuhr und die Lippen für ein ordentliches viereckiges Stückchen Eiscreme mit Karamell öffnete.

»Die Illegalen jedenfalls nicht. Und die Hälfte von ihnen ist illegal hier.« Sie schluckte mit einer fast unmerklichen Bewegung, einem Schauer, bei dem ihr Kehlkopf sich hob und senkte wie der einer Gazelle. »Ich habe mich vor Angst richtig betrunken«, sagte sie. »Aus blinder Panik. Ich musste dauernd daran denken, dass ich mir vielleicht Hepatitis oder Dysenterie oder Dengue-Fieber einfangen könnte.«

»Dengue-Fieber?«

»Normalerweise habe ich im Kino immer ein Hygienetuch zum Wegwerfen dabei – denk bloß mal nach, wer da alles vor dir auf diesem Stuhl gesessen hat und wie oft, und was alles für üble kleine Kulturen von diesem und jenem da in diesen uralten Rückständen von Sirup und Coke und Popcorn mit extra viel Butter gedeihen – aber ich wollte nicht, dass du bei unserer ersten Verabredung findest, ich wäre zu extrem oder so was, deshalb hab ich's mir nicht hingelegt. Aber dann diese *Damentoilette*... Du findest doch wohl nicht, dass das eine Überreaktion war, oder?«

Im Grunde fand ich das schon. Natürlich fand ich das. Ich mochte das Essen in Thai-Restaurants – und Sushi und Krabben in Ingwer und fettiges Souvlaki von einer Bude am Straßenrand auch. Ihr Blick war der einer irren Heiligen, einer besessenen Asketin, die ihr Fleisch kasteit, aber das war mir egal. Sie sah gut aus, nicht mehr ganz jung, helläugig und rein, so kühl und einzigartig, als wäre sie gerade aus dem Gemälde eines Präraffaeliten herausgetreten, und ich war verliebt. Außerdem waren mir solche Anwandlungen nicht fremd. Hypochondrie. Anale Verklemmtheit. Geordnete Verhältnisse und alphabetische Reihenfolge. Ich war dreiunddreißig und unverheiratet, ich hatte ein paar Narben, und ich las Zeitung – Herpes, Aids, der asiatische Tripper, gegen den kein Antibiotikum der Welt eine Chance hatte. Ich war bereit, es ruhig angehen zu lassen. »Nein«, sagte ich, »ich finde überhaupt nicht, dass es eine Überreaktion war.«

Ich atmete so tief ein, dass es wie ein Seufzer klang. »Es tut mir leid«, sagte ich ganz leise und sah sie mit zerknirschtem Hundeblick an. »Ich hab es nicht gewusst.«

Da streckte sie den Arm aus, ergriff meine Hand – berührte sie, Haut auf Haut – und murmelte, es sei schon in Ordnung, sie habe schon Schlimmeres mitgemacht. »Wenn du es genau wissen willst«, sagte sie mit tiefer Stimme, »ich mag Lokale wie dieses hier.«

Ich sah mich kurz um. Das Eiscafé war immer noch leer, bis auf Helmut in seinem blendend weißen Overall und mit gestyltem Haarschnitt, der gewissenhaft die gefliesten Wände blank putzte. »Ich weiß, was du meinst«, sagte ich.

Wir gingen einen Monat lang miteinander aus – Museen, Autofahrten aufs Land, französische und deutsche Restaurants, Eissalons, Farn-Bars –, ehe wir uns das erste Mal küssten. Und als wir uns küssten, nach einer Aufführung von *David und Lisa* in einem Repertoirekino draußen in Rhinebeck und in einer Nacht, die so kalt war, dass kein Wald-und-Wiesen-Bakterium oder herkömmliches Virus eine Überlebenschance gehabt hätte, da streiften sich unsere Lippen nur ganz flüchtig. Sie trug einen Webpelzmantel mit wattierten Schultern und eine tief in die Stirn gezogene Strickmütze, und sie hatte sich bei mir untergehakt, als wir aus dem Kino in die bitterkalte Nacht hinaustraten. »Mein Gott«, sagte sie, »hast du gesehen, als er brüllte: ›Du hast mich berührt!‹? War das nicht einmalig?« Ihre Augen waren weit aufgerissen, und sie schien seltsam erregt. »Klar«, sagte ich, »ja, es war toll.« Und dann zog sie mich dicht an sich und küsste mich. Ich spürte, wie ihre Lippen sanft über die meinen strichen. »Ich liebe dich«, sagte sie, »glaube ich.«

Ein Monat Ausgehen und ein trockener, hingetupfter Kuss. Ab da könnte man wohl langsam anfangen, sich über mich zu wundern, aber es machte mir wirklich nichts aus. Wie gesagt, ich war bereit zu warten – ich hatte die Geduld eines Sisyphus –, und es genügte mir, nur so mit ihr zusammen zu sein. Wozu die Dinge überstürzen?, dachte ich. Es ist gut so, es ist angenehm, wie das langsame, bezaubernde Entstehen einer Romanze in einem Frank-Capra-Film, in denen stets Zauber und Licht dominieren. Sicher, sie hatte ihre Idiosynkrasien, aber wer hat die nicht? Ehrlich gesagt, mir hatte die Drei-Drinks-Abendessen-und-dann-ins-Bett-Tour nie so recht gefallen: Mädchen, die auf einen losgehen, als wären sie sechs Jahre im Gefängnis gewesen und gerade noch rechtzeitig entlassen worden, um ihr Make-up aufzulegen und einem auf den Beifahrersitz zu hüpfen. Breda – so hieß sie, Breda Drumhill, und allein dieser Klang, diese Silbenfolge ließen mich dahinschmelzen – war anders.

Endlich, zwei Wochen nach der Exkursion nach Rhinebeck, lud sie mich in ihre Wohnung ein. Cocktails, sagte sie. Abendessen. Ein ruhiger Abend vor dem Fernseher.

Sie wohnte in Croton, im Erdgeschoss eines renovierten Altbaus, eine halbe Meile vom Bahnhof entfernt, wo sie jeden Morgen in den Pendlerzug nach Manhattan stieg und zu ihrem Job als Redakteurin von *Ethnologie heute* fuhr. Den Job hatte sie, seit sie vor sechs Jahren am Barnard College ihr Examen gemacht hatte (Doppelhauptfach in Rhetorik und Fremden Kulturen), und er passte hervorragend zu ihrem Temperament. Ethnologen, die für ihre Feldstudien unter den Fluss-Dayak auf Borneo oder bei den Kurden in Kurdistan lebten, schickten ihr grammatikalisch haarsträubende Rohfassungen ihrer Beobachtungen, und sie gab den Texten den Schliff, den eine populärwissenschaftliche Zeitschrift erforderte. Natürlich spielten Schmutz und exotische Krankheiten in diesen Artikeln eine ebenso wichtige Rolle wie fremdartige Sitten und widerwärtige Bräuche. So etwa jeden zweiten Tag rief sie mich von der Arbeit aus an und teilte mir mit einer Stimme, die ihre Erregung kaum verbergen konnte, die Details irgendeiner grässlichen neuen Seuche mit, über die sie gerade las.

Als sie mich an der Tür empfing, trug sie einen Seidenkimono, der durch seinen tief geschwungenen Ausschnitt und zwei Drachen mit verschlungenen Schweifen auffiel. Das Haar hatte sie hochgesteckt, als wäre sie gerade aus der Badewanne gestiegen, und sie roch nach Desinfektionsmittel und pH-neutraler Seife. Sie küsste mich auf die Wange, nahm mir die Flasche Vouvray ab, die ich ihr entgegenhielt, und führte mich ins Wohnzimmer. »Chagas-Krankheit«, sagte sie mit einem breiten Lächeln, das ihre makellosen, ziemlich großen Zähne freilegte.

»Chagas-Krankheit?«, sprach ich ihr nach und wusste nichts Rechtes mit mir anzufangen. Der Raum war spartanisch wie eine Mönchszelle. Zwei Stühle, ein kleines Sofa mit Beistelltischchen, alles aus Glas, Chrom und schwarzem Hartplastik. Keine Pflanzen (»Der Himmel weiß, was für Insekten darauf herumkriechen – und dann die *Erde,* in der muss es ja vor Bakterien nur so wimmeln, ganz zu schweigen von Spinnen und Würmern und solchem Zeug«) und kein Teppich (»Eine Brutstätte für Flöhe, Zecken und Milben«).

Immer noch lächelnd geleitete sie mich zu dem Hartplastiksofa und setzte sich neben mich, den Vouvray im Schoß. »Südamerika«, flüsterte sie, und ihre Augen funkelten vor Erregung. »Im Dschungel. Man kriegt es von Wanzen – Raubwanzen heißen die, ist das nicht scharf? Diese Wanzen beißen einen, und dann, nachdem sie eine Weile gesaugt haben, machen sie dicht neben dem Einstich ihr großes Geschäft. Wenn man sich kratzt, kommt es in die Blutbahn, und irgendwann, etwa ein bis zwanzig Jahre später, kriegt man dann so eine Art Mittelding zwischen Malaria und Aids.«

»Und dann stirbt man«, sagte ich.

»Und dann stirbt man.«

Ihre Stimme klang jetzt düster. Sie lächelte nicht mehr. Was konnte ich sagen? Ich tätschelte ihre Hand und grinste sie an. »Schmatz«, sagte ich und zog eine Grimasse. »Was gibt's denn zum Essen?«

Sie servierte eine kalte Tofucreme-Suppe mit Karotten und kleine Sandwiches mit einem Linsenaufstrich als Horsd'œuvre und ein Knoblauchsoufflé mit biologisch angebautem Gemüse als Hauptspeise. Danach kam ein Gläschen Cognac, der Großbild-Farbfernseher und ein Film mit dem Titel *Jugend unter Glas,* über einen Jungen, der in vollkommen antiseptischer Umgebung aufwuchs, weil er ohne Immunsystem zur Welt gekommen war. Niemand konnte ihn berühren. Selbst das leiseste Niesen eines anderen Menschen hätte ihn umgebracht. Während der ersten halben Stunde schniefte Breda leise vor sich hin, dann drückte sie meine Hand und schluchzte lauthals, als der Junge endlich doch unter der Glasglocke hervorkroch, sich etwa siebenunddreißig verschiedene Krankheiten einfing und noch vor dem nächsten Werbeblock starb. »Ich sehe diesen Film jetzt zum sechsten Mal«, sagte sie und rang um Beherrschung, »und er nimmt mich immer wieder mit. Was für ein Leben«, sagte sie und deutete mit ihrem Cognacschwenker auf den Fernseher, »was für ein vollkommenes Leben. Beneidest du ihn nicht darum?«

Ich beneidete ihn nicht. Was ich beneidete, war der Jadeanhänger, der zwischen ihren Brüsten lag, und das sagte ich ihr auch.

Darauf hätte sie kichern oder tief Luft holen oder die Augen niederschlagen können, doch sie tat nichts dergleichen. Sie sah mich lange und bedächtig an, als träfe sie eine Entscheidung, dann errötete sie leicht, und das Blut verlieh ihrem Hals ein herrliches Fleckenmuster aus Rosa und Weiß. »Lass mir eine Minute Zeit«, bat sie geheimnisvoll und verschwand im Bad.

Ich war elektrisiert. Es war so weit. Endlich. Nach all den Schwüren, dem Händchenhalten, den kleinen Scherzen und Spielchen, nach all den zurückgelegten Meilen, verzehrten Mahlzeiten, durchmessenen Museen und gesehenen Filmen sollten wir uns nun endlich, ganz natürlich und würdevoll, vereinigen im höchsten Akt von Intimität und Liebe.

Mir war heiß. Auf meiner Stirn standen Schweißtropfen. Ich wusste nicht, ob ich aufstehen oder sitzen bleiben sollte. Und dann wurde das Licht schwächer, und da stand sie am Dimmerschalter.

Sie trug immer noch den Kimono, aber ihr Haar war nun noch fester hochgesteckt, in einem festen Knoten auf den Kopf gebunden, als hätte sie sich für eine Schlacht gerüstet. Und sie hielt etwas in der Hand – ein flaches, in Plastik gewickeltes Päckchen. Es raschelte in ihrer Hand, als sie durchs Zimmer kam.

»Wenn man verliebt ist, dann liebt man sich«, sagte sie und ließ sich neben mir auf dem steinharten Sofa nieder, »das ist ganz natürlich.« Sie reichte mir das Päckchen. »Ich möchte nicht, dass du einen falschen Eindruck von mir bekommst«, sagte sie mit heiserer, rauher Stimme, »nur weil ich vorsichtig und zurückhaltend bin und weil es auf der Welt so viel, na ja, Dreck gibt, aber ich habe auch meine leidenschaftliche Seite. Wirklich. Und ich liebe dich. Glaube ich.«

»Ja«, sagte ich und fasste nach ihr. Das Päckchen hatte ich fast wieder vergessen.

Wir küssten uns. Als ich ihr über den Nacken strich, fühlte ich etwas Seltsames, etwas sonderbar Reibendes, Faltiges, als wäre ihre Haut plötzlich zu Frischhaltefolie geworden, und dann lag ihre Hand auf meiner Brust.

»Warte«, raunte sie, »das, das Ding.«

Ich fuhr hoch. »Was für ein Ding?«

Trotz des gedämpften Lichtes sah ich, wie sie jetzt errötete. Sie war einfach süß, meine kleine Freundin, meine viktorianische Prinzessin. »Es kommt aus Schweden«, sagte sie.

Ich blickte auf das Päckchen in meinem Schoß. Es war eine durchsichtige, hauchdünne Plastikfolie, die in dem transparenten Päckchen zusammengefaltet lag wie eine Tüte für gefährlichen Sondermüll. Ich hielt es in die Höhe, vor ihre großen, unruhigen Augen. Ein verrückter Gedanke schoss mir durch den Kopf. Nein, dachte ich.

»Es ist das Neueste«, sagte sie und sprach jetzt ganz schnell, »das Sicherste ... ich meine, da kann einfach gar nichts mehr –«

Mein Gesicht brannte. »Nein«, sagte ich.

»Es ist ein Kondom«, erklärte sie mit ersten Tränen in den Augen, »mein Arzt hat sie für mich bestellt, sie... sie sind aus Schweden.« Ihr Gesicht legte sich in Falten, und sie begann zu weinen. »Es ist ein Kondom«, weinte sie, und sie schluchzte so heftig, dass ihr Kimono aufging und ich die Konturen des Dings auf der Rundung ihrer Brustwarzen sehen konnte, »ein Ganzkörperkondom.«

Ich war beleidigt. Das gebe ich zu. Es lag weniger an ihrer Angst vor Keimen und Ansteckung als daran, dass sie mir nach so langer Zeit noch nicht traute. Ich war sauber. Von Grund auf sauber. Ich war ein Mann von gemäßigten Gewohnheiten und guter Gesundheit, ich wechselte Unterwäsche und Socken täglich – bisweilen zweimal täglich –, und ich arbeitete mit sauberen, glasklaren, unzweideutigen Ziffern in einem Büro, von dem aus ich die Schuhhandelskette meines verstorbenen Vaters managte (und der war seinerseits sauber gestorben, an Herzinfarkt, mit fünfundsiebzig). »Aber Breda«, sagte ich und streckte die Hand nach ihr aus, um sie zu trösten und dabei ihre weiche, plastikumhüllte Brust zu streicheln, »vertraust du mir denn nicht? Glaubst du nicht an mich? Ich meine, liebst du mich etwa nicht?« Ich packte sie an den Schultern, hob ihren Kopf hoch und zwang sie, mir in die Augen zu sehen. »Ich bin sauber«, sagte ich. »Vertrau mir.«

Sie blickte beiseite, »Tu es für mich«, sagte sie ganz leise, »wenn du mich wirklich liebst.«

Letztendlich tat ich es. Ich sah sie an, wie sie weinte, für mich weinte, und ich sah auf die dünne Plastikschicht, die an ihr klebte, und ich tat es. Sie half mir in das Ding hinein, pikte zwei Atemlöcher für die Nase hinein, machte den Reißverschluss auf dem Rücken zu und zog es mir fest über den Kopf. Es passte wie ein Taucheranzug. Und alles in allem – das Streicheln und die Zärtlichkeit und das allmähliche Nachgeben – war es genau so, wie ich es mir erhofft hatte.

Fast.

Am nächsten Tag rief sie mich von der Arbeit aus an. Ich tüftelte gerade mit den Verkaufszahlen herum und dachte an sie. »Hallo«, sagte, vielmehr hauchte ich in den Hörer.

»Du musst dir etwas anhören.« Ihre Stimme überschlug sich vor Begeisterung.

»Du«, unterbrach ich sie in leidenschaftlichem Flüsterton, »gestern Abend, das war wirklich etwas Besonderes.«

»Ach ja«, sagte sie, »gestern Abend. Ja, das war es. Und ich liebe dich, ja, schon…« Sie machte eine Pause und atmete tief durch. »Aber jetzt hör dir das hier an: Gerade vorhin kam ein Text von einem

Mann an, der mit seiner Frau in Niger bei den Tuareg lebt – das sind diese Leute, die mit ihrem Vieh herumziehen und den Dung für ihre Kochfeuer aufsammeln, ja?«

Ich zeigte meine Aufmerksamkeit mit einem leisen Brummen.

»Also, die bauen auch ihre Hütten aus Dung – ist das nicht irre? Und jetzt pass auf: Wenn die Zeiten hart sind, wenn die Ernte verdorrt und die Rinder fast umfallen vor Schwäche, weißt du, was sie dann essen?«

»Lass mich raten«, sagte ich. »Dung?«

Sie stieß einen Juchzer aus. »Ja! Ja! Ist das nicht einfach unglaublich? Die *essen* Dung!«

Ich hatte mir etwas für sie aufgespart, eine Krankheit, von der mir ein befreundeter Arzt erzählt hat. »Onchozerkose«, sagte ich. »Weißt du, was das ist?«

Ihre Stimme klang gespannt. »Erzähl's mir!«

»Gibt's in Südamerika und auch in Afrika. Eine winzige Mücke sticht einen, ihre Eier gelangen in die Blutbahn, und wenn die Eier schlüpfen, dann wandern die Larven – das sind so kleine weiße Würmer – zu den Augen hinauf, bis in die Bindehaut, so dass man direkt sehen kann, wie sie sich da drin ringeln.«

Am Ende der Leitung war es völlig still.

»Breda?«

»Das ist ekelhaft«, sagte sie. »Das ist wirklich ekelhaft.«

Aber ich dachte doch –? Ich brach rasch ab. »Entschuldige«, sagte ich.

»Hör mal«, begann sie mit neuer Schärfe, »weswegen ich dich anrufe: Also, weil ich dich liebe, ich glaube, ich liebe dich, und ich möchte, dass du mit jemandem redest.«

»Klar«, sagte ich.

»Ich möchte, dass du mit Michael redest. Michael Maloney.«

»Klar. Wer ist das?«

Sie zögerte, überlegte einen kurzen Moment, so als wüsste sie, dass sie damit zu weit ging. »Mein Arzt«, sagte sie.

In die Liebe muss man investieren. Man muss sich fügen, sich unmerklich anpassen, Opfer bringen – die Liebe ist nichts ohne Opfer. Ich ging also zu Dr. Maloney. Warum nicht? Ich hatte Tofu gegessen, hatte Witze über Lepra und Bilharziose gerissen, als wäre ich immun, hatte in einer Plastiktüte gevögelt. Wenn es Breda glücklich machte – wenn es die nagende Furcht besänftigte, die sie Tag und Nacht quälte –, dann war es die Mühe wert.

Die Praxis war in Scarsdale in seinem Privathaus,

einem zweifarbigen Gebäude im pseudoklassischen Stil mit gewundener Auffahrt und von Eichen umgeben, die so alt waren wie der Chrysler meines Großvaters. Maloney war ein junger Mann – ich schätzte ihn auf Ende dreißig – mit rotem Bart, kahlrasiertem Kopf und einer übergroßen Brille mit durchsichtigem Plastikgestell. Er gab mir sofort einen Termin – noch am Tag meines Anrufs – und empfing mich selbst an der Tür. »Breda hat mir von Ihnen erzählt«, sagte er, während er mich in das flutlichterhellte Gewölbe seiner Praxis geleitete. Er sah mich einen Augenblick lang prüfend an, murmelte dabei »Ja, ja« in seinen Bart und jagte mich dann, mit Hilfe seiner zwei Arzthelferinnen, Miss Archibald und Miss Slivovitz, durch eine ganze Serie von Tests, die einen Astronauten in Verlegenheit gebracht hätten.

Zuerst wurde ich überall vermessen, einschließlich Fingergelenke, Oberkiefer, Schädeldecke, Penis und Ohrläppchen. Als Nächstes kamen Rektaluntersuchungen, EEG und Urinprobe. Und dann die Tests selbst. Stresstests, Epikutantests, Reflextests, Vitalkapazitätstests (ich blies gelbe Luftballons auf, bis sie platzten, dann pustete ich in eine Maschine von der Größe einer Hammondorgel), dann Röntgen, Spermaauszählen und ein eng bedruckter, vierundzwanzigseitiger Fragebogen mit

Abschnitten über Träume, Abstammung, Logik und Denkvermögen. Natürlich nahm er mir auch Blut ab – um meine Organfunktionen zu überprüfen und frühere Erkrankungen zu verifizieren. »Wir testen Sie auf Antikörper gegen mehr als fünfzig Krankheiten«, sagte er, und seine Augen wichen mir hinter den Glaswänden seiner Brille aus. »Sie würden staunen, wie viele Leute sich anstecken, ohne es überhaupt zu merken.« Ich war mir nicht sicher, ob er scherzte oder nicht. Beim Hinausgehen ergriff er mich am Arm und sagte, er hätte die Ergebnisse in einer Woche.

Diese Woche war die glücklichste meines Lebens. Ich verbrachte jede Nacht mit Breda, und übers Wochenende fuhren wir nach Vermont in ein Hygiene-Zentrum, von dem ihr eine Cousine erzählt hatte. Wir aßen bei Kerzenlicht zu Abend – richtiges Essen –, und später zogen wir uns die Frischhaltefoliendinger über und liebten uns beschwingt und keimfrei. Ich wollte natürlich mehr – die Berührung von Haut auf Haut –, doch ich gab mich zufrieden, und ich war glücklich. Keine Eile, sagte ich mir. Alles zu seiner Zeit. Eines Nachts, als wir aneinandergekuschelt in der großen weißen Festung ihres Bettes lagen, zog ich mir die Kapuze des Plastikanzugs vom Kopf und fragte sie, ob sie irgendwann einmal genügend Vertrauen in mich haben würde, um auf die jahrhundertelang bewährte Weise mit mir zu schlafen, nackt und ungeschützt. Sie machte sich mühsam aus ihrer eigenen Hülle frei und sah zur Seite, wobei sie mir das unvergleichliche Patrizierprofil zuwandte. »Ja«, sagte sie ganz leise, »ja, natürlich. Sobald die Ergebnisse da sind.«

»Ergebnisse?«

Sie drehte sich zu mir und sah mir prüfend in die Augen. »Erzähl mir nicht, dass du das vergessen hast.«

Hatte ich aber. So hingerissen, so fieberhaft und leidenschaftlich, vor Liebe übersprudelnd, wie ich war, hatte ich es vergessen.

»Du Dummerchen«, murmelte sie und fuhr mit dem schmalen, plastikgeschürzten Finger die Linie meiner Lippen nach. »Sagt dir denn der Name Michael Maloney nichts?«

Und dann brach alles über mir zusammen.

Ich rief sie an, und niemand hob ab. Ich versuchte es in der Redaktion, und die Sekretärin sagte, sie sei ausgegangen. Ich hinterließ Nachrichten für sie. Sie rief nie zurück. Es war, als hätten wir einander nie gekannt, als wäre ich ein Fremder, ein Vertreter an der Haustür, ein Bettler auf der Straße.

Ich begann mit der Überwachung ihrer Wohnung. Eine volle Woche lang saß ich in meinem Auto und beobachtete ihre Haustür mit der fanatischen Inbrunst eines Pilgers vor dem heiligen Schrein. Nichts. Weder kam sie noch ging sie. Ich ließ ihr Telefon stundenlang klingeln, quetschte ihre Freunde aus, suchte den Fahrstuhl, den Korridor und das Vorzimmer in ihrer Redaktion heim. Sie war verschwunden.

Verzweifelt rief ich schließlich bei ihrer Cousine in Larchmont an. Ich hatte sie einmal kennengelernt – ein biederes Hausmütterchen mit ausgebeulten Pullovern und finsterer Miene, bei der in den Genen ganz offenkundig alles schiefgelaufen war, was in Breda so glänzende Vollendung erlangt hatte – und wusste nicht, was ich zu ihr sagen sollte. Ich hatte mir eine Ansprache zurechtgelegt, in der meine Mutter in Phoenix im Sterben lag und die Firma kurz vor dem Konkurs stand, ich selbst zu viel trank und mich düsteren Gedanken an Selbstmord, Zerstörung und das Jüngste Gericht hingab, so dass ich einfach noch ein letztes Mal mit Breda sprechen müsse, ehe alles vorbei sei, und ob sie vielleicht zufällig etwas über ihren Verbleib wisse? Wie sich herausstellte, konnte ich auf die Ansprache verzichten. Breda hob den Hörer ab.

»Breda, ich bin's«, stieß ich gepresst hervor. »Ich

habe dich wie ein Verrückter gesucht.« Schweigen. »Breda, was ist denn los? Hast du meine Nachrichten nicht bekommen?«

Ihre Stimme klang zögernd und fern. »Ich kann mich nicht mehr mit dir treffen«, sagte sie.

»Nicht mehr mit mir treffen?« Ich war durcheinander, verletzt, wütend. »Wieso denn nicht?«

»All die vielen Füße«, sagte sie.

»Füße?« Ich brauchte eine Weile, bis mir klar wurde, dass sie meine Schuhfirma meinte. »Aber ich habe doch überhaupt nichts mit Füßen zu tun – ich arbeite in einem Büro. Wie du. Mit Klimaanlage und luftdichten Fenstern. Ich habe keinen fremden Fuß mehr angefasst, seit ich sechzehn war.«

»Fußfäule«, sagte sie. »Schuppenflechte. Ekzeme. Hautmykose.«

»Was ist denn los? Die Untersuchung?« Meine Stimme überschlug sich vor Empörung. »Bin ich bei dieser blöden Untersuchung durchgefallen? Ist das der Grund?«

Sie antwortete einfach nicht.

Ein Schauer durchfuhr mich. »Was hat er gesagt? Was hat der Dreckskerl gesagt?«

In der Leitung ertönte ein fernes Ticken, der Puls von Zeit und Raum, das leise Schwingen von hundert Millionen Meilen Draht der Bell Telephone Company.

»Hör zu«, flehte ich, »treffen wir uns noch einmal, nur ein einziges Mal – mehr verlange ich nicht. Wir reden über alles. Wir könnten ein Picknick machen. Im Park. Wir könnten eine Decke ausbreiten und, und da könnten wir jeder auf einer Seite sitzen –«

»Lyme-Arthritis«, sagte sie.

»Lyme-Arthritis?«

»Durch Zecken übertragen. Von denen wimmelt es nur so im Gras. Später kriegt man Fazialislähmung und Meningitis: Die Außenhaut des Gehirns geht auf wie Hefeteig.«

»Na, dann im Rockefeller Center«, schlug ich vor. »Beim Springbrunnen.«

Ihre Stimme war tonlos. »Tauben«, sagte sie. »Das sind praktisch fliegende Ratten.«

»Bei Helmut. Wir können uns in Helmuts Eisdiele treffen. Bitte. Ich liebe dich.«

»Tut mir leid.«

»Breda, bitte hör mich an. Wir waren uns doch so nahe –«

»Ja«, sagte sie, »wir waren uns nahe«, und ich dachte an jene erste Nacht in ihrer Wohnung, an *Jugend unter Glas* und an den Plastikfolienanzug, an das ganze wirbelnde Spektakel unserer Romanze, als ihre Stimme wie ein Hammer den Nachsatz anfügte: »Aber so nahe nun auch wieder nicht.«

Patricia Highsmith

Vögel vor dem Flug

Jeden Morgen sah Don im Briefkasten nach, aber nie war ein Brief von ihr da.

Sie hatte keine Zeit gehabt, sagte er sich dann. In Gedanken rekapitulierte er alles, was sie tun musste – ihre sämtlichen Habseligkeiten von Rom nach Paris schaffen, in Paris eine Wohnung suchen und einen neuen Job finden, bevor sie sich hinsetzen und seinen Brief beantworten konnte. Alle erdenklichen Hindernisse erwog er – anfangs verletzt und verärgert und dann, je mehr Zeit verstrich, mit wachsender Besorgnis, denn sie waren alles, woran er sich klammern konnte.

Doch schließlich war selbst die großzügigste Zeitspanne, die sich für diese Hindernisse veranschlagen ließ, überschritten, und zwar schon um drei Tage, und noch immer war kein Brief von ihr da.

»Sie will in Ruhe darüber nachdenken«, sagte er sich. »Natürlich will sie sich ihrer Gefühle sicher sein, bevor sie schreibt.«

Don hatte ihr vor dreizehn Tagen geschrieben, dass er sie liebe und sie heiraten wolle. Selbstverständlich machte es ihm nichts aus zu warten. Er wollte sie nicht drängen.

Seit seiner Rückkehr aus Europa vor zwei Wochen hatte er nur wenige seiner Freunde gesehen. An Rosalind zu denken war ihm Beschäftigung genug. Er hatte den Eindruck, als könne er sein Glück noch gar nicht fassen. Jeder Tag war, als werde ein Vorhang, hinter dem sich eine herrliche Landschaft entfaltete, ein Stück höher gehoben. Er wollte, dass sie bei ihm war, wenn er das ganze Panorama sehen konnte. Nur eines hielt ihn davon ab, beglückt und zuversichtlich diese Landschaft zu betreten: der Umstand, dass er nicht einmal einen Brief von ihr mitnehmen konnte. Er schrieb noch einmal nach Rom und vermerkte »Bitte weiterleiten« auf dem Umschlag. Gewiss hatte sie eine Anschrift hinterlegt, an die ihre Post nachgesendet werden sollte.

Am fünfzehnten Tag war noch immer kein Brief von ihr da. Es gab nur einen Brief von seiner Mutter in Kalifornien, die Reklame eines Spirituosengeschäfts und eine Wahlwerbung. Mit einem verzerrten und erschrockenen Lächeln klappte er den Briefkasten zu, schloß ihn ab und ging zur Arbeit. Der Moment, wenn er feststellte, dass kein Brief gekommen war, stimmte ihn nie traurig. Es war eher ein lustvolles Erschrecken, als wolle sie ihn foppen und halte deshalb den Brief noch einen Tag länger zurück. Dann senkte sich die Erkenntnis, dass er neun Stunden warten musste, bis er nach Hause kommen und nachsehen konnte, ob eine Eilsendung eingetroffen war, wie eine schwere Last auf ihn, und ganz unvermittelt fühlte er sich erschöpft, unglücklich und lustlos. Rosalind würde ihm keinen Eilbrief schicken, nicht nach so langer Zeit. Es blieb ihm nichts anderes übrig, als auf den nächsten Morgen zu warten.

Am nächsten Morgen sah er einen Brief im Briefkasten. Es war nur eine Einladung zu einer Vernissage. Er zerriss sie in kleine Fetzen, die er zusammenknüllte.

Im Briefkasten daneben steckten drei Briefe. Die waren doch schon seit gestern Morgen dort. Was für ein Bursche war dieser Dusenberry, dass er es nicht für nötig befand, seinen Briefkasten zu leeren?

An diesem Vormittag kam ihm im Büro die Erleuchtung, die sofort seine Lebensgeister weckte: Vielleicht war ihr Brief versehentlich in den Briefkasten neben seinem gelangt. Der Briefträger öffnete alle Briefkästen gleichzeitig, in einer Reihe, und hin und wieder hatte Don Briefe für jemand anderen in seinem Briefkasten vorgefunden. Seine Gedanken begannen, einen optimistischen Reigen zu tanzen. In ihrem Brief würde stehen, dass sie ihn auch liebte. Wie sollte es anders sein, wo sie doch in Juan-les-Pins so glücklich gewesen waren? Er würde »Ich liebe Dich, ich liebe Dich« zurücktelegrafieren. Nein, er würde sie anrufen, denn auf ihrem Brief würde ihre Pariser Adresse stehen, so dass er wüsste, wo er sie erreichen konnte.

Er hatte Rosalind vor zwei Jahren in New York kennengelernt; sie waren einmal essen und ins Theater gegangen. Seine nächsten Einladungen hatte sie abgelehnt, und Don hatte daraus geschlossen, dass es jemand anderen auf der Bildfläche gab, den sie lieber mochte. Damals hatte ihn das nicht weiter gestört. Doch als sie ihm in Juan-les-Pins über den Weg gelaufen war, hatte die Sache anders ausgesehen. Es war Liebe auf den zweiten Blick gewesen, unerwartet, überwältigend und unstreitig. Der Beweis war, dass Rosalind sich von den drei anderen, mit denen sie gekommen war – einem Mädchen und zwei Männern –, abgesetzt hatte, sie allein nach Cannes hatte fahren lassen und mit ihm in Juan-les-Pins geblieben war. Es waren fünf ausgesprochen paradiesische Tage gewesen, und Don hatte gesagt: »Ich liebe dich«, und Rosalind hatte es auch einmal gesagt. Aber Zukunftspläne hatten sie nicht geschmiedet, und er hatte nicht vom Heiraten gesprochen. Jetzt wünschte er, er hätte es getan.

An diesem Abend suchte Don Dusenberrys Klingel auf der Liste gegenüber den Briefkästen und drückte sie entschlossen.

Keine Reaktion.

Dusenberry oder Familie Dusenberry waren offensichtlich verreist.

Würde ihn der Hausmeister wohl – ganz gewiss nicht. Außerdem hatte der Hausmeister keinen Generalschlüssel für die Briefkästen.

Inzwischen steckten vier Briefe in Dusenberrys Kasten, nur zwei Fingerbreit von seinen Fingern entfernt, und einer dieser Briefe konnte ihrer sein. Er hatte das Recht, sich zu vergewissern. Dusenberry hatte heute offenbar zweimal Post bekommen. Es war zum Rasendwerden. Er steckte einen Finger in einen der Schlitze der glatten Metalltür und versuchte, sie aufzuziehen. Er zwängte seinen eigenen Schlüssel ins Schlüsselloch und versuchte, ihn gewaltsam zu drehen. Das Schloss klickte, und der Riegel bewegte sich ein Stück. Dann steckte Don seinen Haustürschlüssel in den Spalt und benutzte ihn als Hebel. Der Riegel brach ab, und der Briefkasten war offen. Er nahm die Briefe heraus. Keiner war für ihn bestimmt. Er sah sie zweimal durch, zitternd wie ein Dieb. Dann steckte er einen in seine Manteltasche, legte die anderen zurück und ging zum Aufzug.

Sein Herz klopfte, als er die Wohnungstür hinter sich schloss. Warum hatte er bloß den Brief genommen? Es war eine ganz automatische Handlung gewesen, so als hätte er, nachdem er den Kasten aufgestemmt hatte, auch etwas mitnehmen müssen. Selbstverständlich würde er den Brief zurücklegen. Er betrachtete die Anschrift in zarter blauer Handschrift. Und den Absender in der linken oberen Ecke: Edith W. Whitcomb, 717 Garfield Drive, Scranton, Pa. Dusenberrys Liebste, dachte er sofort. Jedenfalls zweifellos ein persönlicher Brief. Ein dicker Brief in einem quadratischen Umschlag. Er würde ihn sofort zurückbringen. Und der demolierte Briefkasten? Tja, gestohlen hatte er schließlich nichts.

Er nahm einen Anzug aus dem Schrank, den er sowieso in die Reinigung bringen wollte, und griff nach Dusenberrys Brief. Doch sobald er den Brief in der Hand hielt, war er plötzlich neugierig auf den Inhalt. Bevor er sich dafür schämen konnte, trat er zum Herd und setzte Wasser auf. Die Umschlaglasche rollte sich im Dampf sauber zurück. Der Brief bestand aus drei handgeschriebenen Seiten.

»Liebster«, begann er.

»Du fehlst mir so sehr, dass ich Dir schreiben muss. Bist Du Dir wirklich sicher, was Du fühlst? Du hast gesagt, für beide von uns würde sich alles in Luft auflösen. Weißt Du, wie mir zumute ist? Genauso, wie mir an dem Abend zumute war, als wir auf der Brücke standen und sahen, wie in Bennington die Lichter angingen…«

Gebannt und ungläubig las er weiter. Das Mädchen war bis über beide Ohren in ihn verliebt. Sie wartete nur auf eine Antwort, auf ein Zeichen. Sie schrieb von dem Ort in Vermont, wo sie gewesen waren, und er fragte sich, ob sie sich dort kennengelernt hatten oder gemeinsam hingefahren waren. Mein Gott, dachte er, wenn nur Rosalind ihm so einen Brief schreiben würde! Dusenberry würde ihr vermutlich nicht antworten, denn dem Brief nach zu schließen, hatte er ihr bisher kein einziges Mal geschrieben.

Don steckte den Brief in den Umschlag zurück. Der letzte Absatz ging ihm nicht aus dem Sinn:

Ich hätte nicht gedacht, dass ich Dir noch einmal schreiben würde. Jetzt habe ich es getan. Ich muss ehrlich sein. Ich kann nicht anders.

Und Don hatte das Gefühl, dass auch er nicht anders konnte.

Erinnerst Du Dich, oder hast Du's vergessen? Willst Du mich wiedersehen oder nicht? Wenn ich in den nächsten Tagen nichts von Dir höre, weiß ich Bescheid.

In Liebe, Liebster,
Edith

Er sah nach dem Datum des Poststempels. Der Brief war vor sechs Tagen aufgegeben worden. Und er malte sich aus, wie sie die Tage dehnte und in die Länge zog und sich einzureden versuchte, dass die Verzögerung seiner Antwort gewichtige Gründe hatte. Sechs Tage. Doch natürlich hoffte sie immer noch. Hoffte in diesem Augenblick dort in Scranton, Pennsylvania. Was war dieser Dusenberry bloß für ein Mensch. Ein Casanova? Ein verheirateter Mann, der einen in seinen Augen törichten Flirt beenden wollte? Welcher der sechs oder acht Männer, die ihm in diesem Haus aufgefallen waren, mochte Dusenberry sein?

Ihm stockte der Atem. Einen Augenblick spürte er die Einsamkeit des Mädchens wie am eigenen Leib, den Hoffnungsschimmer, wie er ein letztes Mal aufflackerte. Mit einem Wort konnte er sie so glücklich machen. Oder vielmehr, Dusenberry konnte es.

»So ein Schwein!«, flüsterte er.

Er trat zum Schreibtisch, nahm ein Blatt Papier und schrieb »Edith, ich liebe Dich« darauf. Es gefiel ihm, die Worte geschrieben zu sehen, lesbar und an sie gerichtet. Er hatte das Gefühl, damit eine wichtige Sache entschieden zu haben, die zuvor gefährlich in der Schwebe gewesen war. Er zerknüllte das Blatt und warf es in den Papierkorb.

Dann ging er hinunter, steckte den wiederzugeklebten Brief in den Briefkasten und brachte seinen Anzug in die Reinigung. Er wanderte lange die Second Avenue hinauf, wurde müde und ging weiter, bis er in Harlem ankam, wo ihn die vielen Lichter störten und er einen Bus nach Downtown nahm. Er war hungrig, hatte aber keinen Appetit auf irgendetwas. Er bemühte sich, an nichts zu denken. Er wartete darauf, dass die Nacht verging und der Morgen die nächste Postsendung brachte. Undeutlich dachte er an Rosalind. Und an das Mädchen in Scranton. Zu traurig, dass die Leute so unter ihren Gefühlen zu leiden hatten. Wie er. Denn obwohl Rosalind ihn so glücklich gemacht hatte, konnte er nicht leugnen, dass die letzten Wochen eine wahre Folter gewesen waren. Ja, siebzehn Tage, wahrhaftig! Er empfand eine merkwürdige Scham bei dem

Eingeständnis, dass es jetzt siebzehn Tage waren. Merkwürdig? Genau besehen, war daran nichts merkwürdig. Er schämte sich bei der Vorstellung, Rosalind möglicherweise verloren zu haben. Er hätte ihr in Juan-les-Pins ohne Umschweife sagen sollen, dass er sie nicht nur liebte, sondern heiraten wollte. Vielleicht hatte er sie jetzt verloren, weil er das nicht getan hatte.

Bei diesem Gedanken hielt es ihn nicht mehr im Bus. Die schreckliche, tödliche Vorstellung verbannte er aus seinen Gedanken und hielt sie sich vom Leibe, indem er zu Fuß ging.

Plötzlich kam ihm ein Einfall. Unausgegoren zuerst und vage, aber immerhin etwas, womit er sich heute Abend beschäftigen konnte. Er begann damit, dass er sich auf dem Nachhauseweg so genau wie möglich vorzustellen versuchte, was Dusenberry Miss Whitcomb schreiben würde, wenn er ihren letzten Brief gelesen hätte, und ob er ihr schreiben würde, dass er sie zwar nicht unbedingt liebe, sie ihm aber so viel bedeute, dass er sie wiedersehen wolle.

Er brauchte eine Stunde, um den Brief aufzusetzen. Er schrieb, er habe die ganze Zeit nichts von sich hören lassen, weil er sich weder seiner noch ihrer Gefühle sicher gewesen sei. Er wolle sie wiedersehen, bevor er mehr sagen könne, und fragte, wann sie ihn treffen könne. Er konnte sich nicht an Dusenberrys Vornamen erinnern oder daran, ob das Mädchen ihn in ihrem Brief überhaupt verwendet hatte, erinnerte sich aber an die Initialen R. L. Dusenberry auf dem Umschlag und unterschrieb einfach mit »R.«.

Während er den Brief schrieb, hatte er nicht ernsthaft beabsichtigt, ihn abzuschicken. Doch als er die anonymen, mit Schreibmaschine geschriebenen Worte las, wurde er unschlüssig. Es war so wenig und kam ihm so harmlos vor. Andererseits war es völlig sinnlos. Dusenberry machte sich offenkundig nichts aus ihr, und daran würde sich auch nichts ändern. Schickte er den Brief ab, nährte er nur Illusionen, falls Dusenberry nicht dort weitermachte, wo er aufhörte. Er starrte die Unterschrift »R.« an, und in seinem Herzen wusste er, dass er unbedingt eine Antwort von ihr haben wollte, eine einzige bejahende, glückliche Antwort.

»P.S.«, fügte er noch an: »Wegen Komplikationen, die ich jetzt nicht erklären kann, bitte ich Dich, mir unter der Anschrift c/o Brantner Associates, Chanin Building, New York, zu schreiben.«

So würde der Brief schon irgendwie zu ihm gelangen. Es würde nur dieser eine Brief sein. Und einige Tage später würde ihr Schweigen bedeuten, dass Dusenberry ihr tatsächlich geschrieben hatte.

Und falls doch noch ein Brief von ihr kommen sollte, würde er die Sache von sich aus so sauber und schmerzlos wie möglich beenden. Doch der Brief, den er da eben geschrieben hatte, der konnte unmöglich groß Schaden anrichten.

Nachdem er ihn abgeschickt hatte, fühlte er sich völlig befreit und in gewisser Weise auch erleichtert. Wahrhaftig, er fühlte sich insgesamt besser. Er schlief gut, und als er erwachte, glaubte er felsenfest, dass ihn im Briefkasten unten ein Brief erwartete. Als er sah, dass keiner da war, befiel ihn jähe Enttäuschung oder etwas wie Erbitterung, die ihm in diesem Zusammenhang neu war. Jetzt gab es einfach keinen Grund mehr, warum er keinen Brief bekommen sollte.

Mittwochvormittag erwartete ihn im Büro ein Brief aus Scranton.

»Liebster«, begann der Brief, und Don, dem es fast peinlich war, die sentimentalen Ergüsse zu lesen, faltete das Blatt zusammen, bevor irgendjemand in der Konstruktionsabteilung, in der er arbeitete, ihn bei der Lektüre ertappen konnte.

Es gefiel ihm und missfiel ihm zugleich, den Brief in der Tasche zu haben. Er sagte sich immer wieder, dass er nicht wirklich einen Brief erwartet hätte, wusste aber, dass er sich etwas vormachte. Warum hätte sie nicht antworten sollen? Sie schlug vor, am nächsten Wochenende irgendwohin zu fahren (offenbar war Dusenberry Herr seiner Zeit), und bat ihn, Zeit und Ort zu nennen.

Er dachte an sie, während er über seiner Arbeit saß, an dieses leidenschaftliche, bebende, gesichtslose weibliche Wesen in Scranton, das er mit einem Wort manipulieren konnte. Welche Ironie! Er, der sie nicht dazu bewegen konnte, ihm aus Paris zu antworten!

»Mein Gott!«, murmelte er und stand auf. Grußlos eilte er aus dem Büro.

Ihm war soeben etwas Schreckliches eingefallen. Ihm war soeben der Gedanke gekommen, dass Rosalind möglicherweise die ganze Zeit überlegte, wie sie ihm zartfühlend eröffnen konnte, dass sie ihn nicht liebte, nie geliebt hatte und nie lieben würde. Jetzt sah er statt ihrer glücklichen, ratlosen oder insgeheim amüsierten Miene vor seinem inneren Auge, wie sie mit gerunzelter Stirn über der unangenehmen Aufgabe brütete, einen Brief zu verfassen, in dem sie mit ihm Schluss machte. Er spürte, wie sie über die Sätze nachgrübelte, mit denen das am schonendsten zu bewerkstelligen wäre.

Dieser Gedanke war so verstörend, dass er an diesem Abend zu nichts mehr imstande war. Je länger er darüber nachdachte, desto wahrscheinlicher erschien es ihm, dass sie ihm gerade schrieb oder schreiben wollte, um Schluss zu machen. Er konnte sich ausmalen, wie sie Schritt für Schritt zu ihrem Entschluss gelangt war: Nach dem ersten kurzen und intensiven Trennungsschmerz hatte sie offenbar gemerkt, dass sie ohne ihn leben konnte, abgelenkt durch ihre Arbeit und ihre Freunde in Paris, wie er sich lebhaft vorstellen konnte. Dann der gewichtige Umstand, dass er in Amerika war und sie in Europa und dass zwangsläufig einige Zeit vergehen würde, bis sie einander wiedersahen. Und schließlich die tiefgreifenden Veränderungen, die einer von ihnen auf sich nehmen musste, wenn sie zusammenleben wollten. Aber mehr als all das wog ihre Erkenntnis, dass sie ihn nicht wirklich liebte. Das zumindest musste stimmen, denn niemand versäumte es so lange, jemandem zu schreiben, an dem ihm lag.

Unvermittelt stand er auf und starrte die Uhr an, als müsse er ihr die Stirn bieten. Zwanzig Uhr siebzehn am 15. September. Ihr ganzes Gewicht lastete auf seinem verspannten Körper und seinen verkrampften Händen. Neunzehn Tage, soundso viele Stunden und soundso viele Minuten … Sein Geist schüttelte das unerträgliche Gewicht ab und heftete sich an das Mädchen in Scranton. Er fand, dass er ihr eine Antwort schuldete. Er las ihren Brief noch einmal, sorgfältiger, verweilte versonnen bei mancher Formulierung, als berühre ihre hoffnungslose und anhängliche Liebe ihn zutiefst, fast wie seine eigene. Hier war jemand, der ihn anflehte, ihm Zeit und Ort für ein Treffen zu nennen. Leidenschaftlich, inbrünstig, eine Gefangene ihrer selbst, war sie wie ein Vogel, der die Flügel breitet. Plötzlich trat er ans Telefon und gab ein Telegramm auf:

Treffpunkt Freitag achtzehn Uhr Grand Central Station Ausgang Lexington Avenue. In Liebe, R.

Freitag war übermorgen.

Am Donnerstag kam wieder kein Brief, kein Brief von Rosalind, und mittlerweile hatte er weder den Mut noch die Kraft, sich in Bezug auf sie noch irgendetwas auszumalen. Nur seine Liebe erfüllte ihn, ungemindert und so schwer wie ein Pflasterstein. Freitagmorgen dachte er schon beim Aufstehen an das Mädchen in Scranton. Jetzt würde sie wohl aufstehen und packen und dann, falls sie überhaupt zur Arbeit ging, den ganzen Tag in ihrer Dusenberry-Traumwelt verbringen.

Als er nach unten kam, lugte der rot-blaue Rand eines Luftpostbriefs aus seinem Briefkasten, und ihn beschlich ein fast schmerzhaftes Entsetzen. Er öffnete den Kasten und fischte den länglichen dünnen Umschlag heraus; seine Hände zitterten so sehr, dass er die Schlüssel fallen ließ. Es waren nur etwa zwanzig getippte Zeilen.

15. September

Don,

Wie soll ich mir je verzeihen, dass ich so lange gewartet habe, bis ich Dir schreibe – aber hier geht alles drunter und drüber. Bin erst heute überhaupt in der Lage, mit der Arbeit zu beginnen. Zuerst in Rom aufgehalten, dann die katastrophale Wohnungssituation hier wegen neuer algerischer Einwanderer, usw.

Don, Du bist ein Schatz, das weiß ich und werde es nie vergessen. Auch Juan-les-Pins werde ich nie vergessen. Aber Liebling, trotzdem kann ich mich nicht so recht mit dem Gedanken anfreunden, mein ganzes Leben auf den Kopf zu stellen und hier oder sonstwo zu heiraten. Weihnachten kann ich unmöglich in die Staaten kommen, ich habe einfach zu viel zu tun. Und bis dahin oder bis Du diesen Brief erhältst, haben sich Deine Gefühle vielleicht auch ein bisschen verändert.

Schreibst Du mir trotzdem wieder? Und versprichst Du mir, dass mein Brief Dich nicht trau-

rig macht? Können wir uns irgendwann wiedersehen? Vielleicht so unerwartet und wunderbar wie in Juan-les-Pins?

Rosalind

Er stopfte den Brief in die Tasche und stürzte zur Tür hinaus. Seine Gedanken waren ein einziges Chaos, Signale einer tödlichen Verwundung, stumme Todesschreie, wirre Befehle an eine versprengte Armee, sich zu sammeln, bevor es zu spät war, nicht aufzugeben, nicht zu sterben.

Nur ein Gedanke drang deutlich durch: Er hatte sie verschreckt. Sein törichter plumper Antrag und seine maßlosen Zukunftspläne hatten sie zweifellos abgeschreckt. Hätte er nur halb so viel gesagt, wäre ihr klargeworden, wie sehr er sie liebte. Aber er war mit der Tür ins Haus gefallen. Er hatte geschrieben: »Liebling, ich bin verrückt nach Dir. Kannst Du Weihnachten nach New York kommen? Wenn nicht, kann ich nach Paris fliegen. Ich will Dich heiraten. Wenn Du in Europa leben willst, kann ich es einrichten, dort zu leben.«

Was für ein Idiot war er gewesen!

Im Geist korrigierte er seinen Fehler bereits und setzte den nächsten unaufgeregten, liebevollen Brief auf, der ihr mehr Luft zum Atmen lassen würde. Er wollte ihn noch heute Abend schreiben.

Er würde Stunden darüber verbringen und genau den richtigen Ton treffen.

Am Nachmittag verließ er das Büro verhältnismäßig früh, und um zehn vor fünf war er zu Hause. Die Uhr erinnerte ihn daran, dass das Mädchen aus Scranton um sechs Uhr am Grand Central warten würde. Er dachte, er müsse hingehen und sie treffen, obwohl er nicht wusste, warum. Ansprechen würde er sie jedenfalls bestimmt nicht. Er würde sie ja nicht einmal mit Sicherheit erkennen, wenn er sie sah. Und dennoch, der Grand Central Terminal – nicht etwa das Mädchen – zog ihn sanft und stetig an wie ein Magnet. Er begann sich umzuziehen, schlüpfte in seinen besten Anzug, fingerte zögernd am Krawattenhalter und zerrte schließlich ein solides Stück aus blauer Seide herunter. Er fühlte sich unsicher und schwach, ganz so, als wäre er dabei, sich zu verflüchtigen wie der kühle Schweiß, der sich fortwährend auf seiner Stirn bildete und verdunstete.

Er ging in Richtung Forty-second Street.

Am Ausgang des Bahnhofs zur Lexington Avenue sah er mehrere junge Frauen, die Edith W. Whitcomb hätten sein können. Er achtete darauf, ob eine von ihnen irgendetwas mit Initialen bei sich hatte, aber das war nicht der Fall. Dann wurde eines der Mädchen von der Person abgeholt, auf die es gewartet hatte, und plötzlich war er überzeugt, dass Edith das blonde Mädchen im schwarzen Stoffmantel und mit der schwarzen Baskenmütze mit Militärabzeichen war. Ja, in ihren aufgerissenen runden Augen lag ein Sehnen, das einzig in der Vorfreude auf einen Menschen gründen konnte, den sie liebte, sehnsüchtig liebte. Sie sah aus wie zweiundzwanzig, unverheiratet, frisch und voller Hoffnung – Hoffnung, das war ihr Hauptcharakteristikum –, und sie hatte einen kleinen Koffer bei sich, genau richtig für ein Wochenende. Er hielt sich ein paar Minuten lang in ihrer Nähe auf, ohne dass sie ihn im Geringsten beachtete. Sie stand innen am rechten Eingang und reckte sich hin und wieder auf die Zehenspitzen, um über die eiligen, drängelnden Menschenmassen hinwegzusehen. Der Lichtschein von drinnen zeigte ihre rundlichen, rosigen Wangen, ihr schimmerndes Haar, die Inbrunst in ihrem suchenden Blick. Es war bereits fünf nach halb sieben.

Vielleicht war sie es auch gar nicht, dachte er. Dann verlor er plötzlich das Interesse, schämte sich auch ein wenig und ging zur Third Avenue, um etwas zu essen oder wenigstens eine Tasse Kaffee zu trinken. Er betrat eine Cafeteria. Er hatte eine Zeitung gekauft, die er auf dem Tisch anlehnte und zu lesen versuchte, während er auf die Bedienung wartete. Doch als sie kam, wurde ihm klar, dass er nichts wollte, und er stand mit einer hingemurmelten Entschuldigung auf. Er wollte zurückgehen und nachsehen, ob das Mädchen noch immer wartete, dachte er. Er hoffte, dass sie nicht mehr da war; er hatte ihr einen ausgemacht schäbigen Streich gespielt. Sollte sie noch immer warten, müsste er ihr eigentlich reinen Wein einschenken.

Sie wartete noch immer. Als er sie erblickte, ging sie mit ihrem Köfferchen zum Informationsschalter. Er beobachtete, wie sie um den Schalter herumging und wieder herauskam, zuerst zur gleichen Stelle an der Tür ging und sich dann auf die andere Seite stellte, als bringe das mehr Glück. Und nun waren die schöngeschwungenen Linien ihrer Augenbrauen ganz gerunzelt vom quälenden Warten, vom beinahe hoffnungslosen Hoffen.

Doch ein Rest Hoffnung bleibt immer, dachte er, und so schlicht dieser Gedanke war, erschien er ihm als die unumstößlichste Wahrheit und die überzeugendste Erkenntnis, die ihm je untergekommen war.

Er ging dicht an ihr vorbei, und diesmal sah sie ihn flüchtig an und sogleich an ihm vorbei. Jetzt starrte sie über die Lexington Avenue ins Leere. In ihren jungen, geweiteten Augen schimmerten Tränen.

Mit den Händen in den Taschen schlenderte er vorbei, sah ihr direkt ins Gesicht, und als sie ihn mit einem gereizten Blick bedachte, lächelte er sie an. Ihr Blick kehrte schockiert und verletzt zu ihm zurück, und er lachte, ein kurzes Lachen, das er nicht unterdrücken konnte. Doch er hätte ebenso gut in Tränen ausbrechen können, dachte er. Stattdessen hatte er eben gelacht. Er wusste, was das Mädchen empfand. Er wusste es ganz genau.

»Tut mir leid«, sagte er. Sie zuckte zusammen und blickte ihn verwirrt und überrascht an. »Tut mir leid«, wiederholte er.

Als er zurückschaute, sah sie ihm mit verblüfftem Stirnrunzeln nach, so verwirrt, dass es fast schon so aussah, als fürchtete sie sich. Dann wandte sie den Blick ab und reckte sich auf die Zehenspitzen, um über das Gewirr der Köpfe zu spähen – und das Letzte, was er von ihr sah, waren ihre entschlossenen, in sinnloser, selbstvergessener Hoffnung glänzenden Augen.

Als er die Lexington Avenue entlangging, weinte er. Jetzt, das wusste er, sahen seine Augen genauso aus wie die des Mädchens, glänzend und voll unerschütterlicher Hoffnung. Stolz hob er den Kopf. Heute Abend würde er den Brief an Rosalind schreiben. Und er begann, sich die Worte zurechtzulegen.

O. Henry

Liebesgeschichte eines vielbeschäftigten Börsenmaklers

Pitcher, Prokurist in der Firma des Börsenmaklers Harvey Maxwell, gestattete seinem sonst ausdruckslosen Gesicht, mildes Interesse und eine leichte Überraschung zu zeigen, als sein Brotherr um halb zehn in Begleitung seiner jungen Sekretärin das Büro betrat. Mit einem forschen »Guten Morgen, Pitcher« rannte Maxwell auf seinen Schreibtisch zu, als hätte er die Absicht, diesen im Sprung zu nehmen, und stürzte sich in einen hohen Stoß von Briefen und Telegrammen, die ihn dort erwarteten.

Die junge Dame war seit einem Jahr Maxwells Sekretärin. Sie war auf eine Weise schön, die mit Kurzschrift entschieden nichts zu tun hatte. Sie verzichtete auf den Pomp der verführerischen Pompadour, trug weder Ketten, Armbänder noch Medaillons. Sie gab sich nicht den Anschein, als erwarte sie eine Einladung zum Mittagessen. Ihr Kleid war schlicht und grau, es umschloss ihre Gestalt knapp, aber mit Geschmack. Den zierlichen, schwarzen, turbanartigen Hut schmückte eine goldgrüne Vogelschwinge. An diesem Morgen strahlte sie auf eine weiche und scheue Art. Ihre Augen hatten einen träumerischen Glanz, ihre Wangen trugen einen echten Pfirsichhauch, ihr Ausdruck war glücklich, aber ein wenig nachdenklich.

Pitcher, immer noch von einer leichten Neugierde geplagt, fand ihre Art heute Morgen ein wenig verändert. Statt geradewegs in den Nebenraum zu gehen, wo sich ihr Schreibtisch befand, drückte sie sich ein wenig unentschlossen im äußeren Büro herum. Einmal trat sie an Maxwells Schreibtisch heran, so nahe, dass er ihre Gegenwart bemerken musste.

Die Maschine, die an diesem Schreibtisch saß, war kein Mensch mehr; es war ein vielbeschäftigter New Yorker Börsenmakler, der von schnurrenden Rädern und wippenden Stahlfedern in Bewegung gehalten wurde.

»Nun – was ist denn? Ist irgendwas?«, fragte Maxwell scharf. Die geöffnete Post lag wie eine künstliche Schneewehe auf seinem vollgepackten Schreibtisch. Seine scharfen grauen Augen hoben sich kurz und blitzten sie brüsk und ungeduldig an.

»Nichts«, antwortete die Sekretärin und trat mit einem leisen Lächeln weg.

»Mr. Pitcher«, sagte sie zu dem Prokuristen, »hat Mr. Maxwell gestern etwas davon gesagt, dass er eine neue Sekretärin einstellen will?«

»Ja«, sagte Pitcher, »er hat mich beauftragt, eine neue zu engagieren. Ich habe die Agentur gestern Nachmittag beauftragt, heute Morgen ein paar zur Vorstellung herzuschicken. Es ist jetzt 9.45, und kein einziger Florentinerhut, kein einziger Kaugummi mit Ananasgeschmack ist bis jetzt aufgetaucht.«

»Dann will ich wie sonst die Arbeit tun«, sagte die junge Dame, »bis jemand da ist, der meine Stelle einnimmt.« Und sie ging sofort an ihren Schreibtisch und hängte den schwarzen Turban mit der goldgrünen Vogelschwinge an seinen gewohnten Platz.

Derjenige, der noch nie einen vielbeschäftigten Manhattan-Börsenmakler im Drang der Geschäfte erlebt hat, ist für den Beruf eines Anthropologen ungenügend ausgerüstet. Der Dichter singt von der »erfüllten Stunde des herrlichen Lebens«. Die Stunde des Maklers ist nicht nur ausgefüllt, die Minuten und Sekunden hängen an allen Halteriemen und füllen dicht gedrängt sowohl die vordere wie die hintere Plattform. Und dieser Tag war für Harvey Maxwell ein vollbesetzter Tag. Der Fernschreiber spuckte stotternd die Stöße sich rollender Papierstreifen aus, das Telefon auf dem Schreibtisch summte in chronischen Anfällen. Menschen begannen in das Büro zu strömen und ihm über das Absperrungsgitter hinweg in munterem, scharfem, boshaftem, aufgeregtem Ton etwas zuzurufen. Botenjungen liefen mit Nachrichten und Telegrammen ein und aus. Die Angestellten im Büro sprangen herum wie Matrosen während eines Sturms. Sogar Pitchers Gesicht entspannte sich und zeigte so etwas wie Leben.

An der Börse gab es Stürme und Bergstürze, Schneestürme, Vereisungen und Vulkanausbrüche, und all diese Naturkatastrophen wiederholten sich in Miniatur im Büro des Maklers. Maxwell schob seinen Stuhl gegen die Wand und vollführte seine Geschäfte in der Art eines Balletttänzers. Er sprang mit der geübten Wendigkeit eines Harlekins vom Telefon zum Fernschreiber, vom Schreibtisch zur Tür.

In der Mitte dieses wichtigen und immer noch zunehmenden Getümmels gewahrte der Makler plötzlich eine hochgetürmte Rolle von goldenem Haar unter einem wippenden Baldachin von Samt und Straußenfedern, eine Jacke aus imitiertem Seal und eine Kette von walnussgroßen Perlen, die in

Bodennähe in einem silbernen Herzen endete. Eine selbstbewusste Dame war mit diesen Zutaten verknüpft, und Pitcher war dabei, das Phänomen zu erklären.

»Hier ist eine Dame von der Agentur wegen der Stellung«, sagte Pitcher.

Maxwell, die Hände voll von Papieren und Streifen aus dem Fernschreiber, wandte sich halb um.

»Was für eine Stellung?«, fragte er stirnrunzelnd.

»Stellung als Sekretärin«, sagte Pitcher. »Sie haben mir doch gestern gesagt, ich solle anrufen und für heute Morgen jemanden herbestellen.«

»Sie sind wohl nicht ganz bei Verstand, Pitcher«, sagte Maxwell. »Warum sollte ich Ihnen einen solchen Auftrag gegeben haben? Miss Leslie hat während des Jahres, das sie hier ist, zu meiner vollen Zufriedenheit gearbeitet. Sie behält die Stelle, solange sie Wert darauf legt. Wir haben keine freie Stelle, Fräulein. Widerrufen Sie den Auftrag bei der Agentur, Pitcher, und bringen Sie keinen mehr hier rein.«

Das silberne Herz verließ das Büro, schwang dabei hin und her und knallte gegen die Büromöbel, während es aufgebracht verschwand. Pitcher benutzte die Pause, um dem Buchhalter zuzuflüstern, der »Alte« käme ihm jeden Tag zerstreuter und vergesslicher vor.

Der Andrang und das Tempo der Geschäfte wurden wüster und schneller. Auf dem Fußboden stapelten sich ein halbes Dutzend verschiedener Aktien, in die Maxwells Kunden eifrig investierten. Aufträge zum Kauf und Verkauf kamen und gingen so schnell wie die Schwalben. Einige seiner eigenen Bestände kamen in Gefahr, und der Mann arbeitete wie eine hochgezüchtete, empfindliche, starke Maschine – in höchster Anspannung, in vollem Tempo, genau, niemals zögernd, das richtige Wort, die richtige Entscheidung, die richtige Handlung kamen mit der Genauigkeit eines Uhrwerks. Aktien und Pfandbriefe, Anleihen und Hypotheken, Spielraum und Sicherheiten – das hier war eine Welt der Finanzen, hier war kein Raum für eine menschliche Empfindung oder für die Natur.

Als die Mittagszeit sich näherte, ließ der Aufruhr ein wenig nach.

Maxwell stand an seinem Schreibtisch, die Hände voller Telegramme und Merkzettel, eine Füllfeder hinter dem rechten Ohr. Das Haar hing ihm in unordentlichen Strähnen ins Gesicht. Das Fenster stand offen, denn der gütige Hausmeister Frühling hatte die Heizungsventile der Welt ein wenig geöffnet.

Und durch das Fenster strömte ein – vielleicht verlorener – zarter, süßer Hauch von Flieder, der den Makler für einen Augenblick erstarren ließ. Denn dieser Duft gehörte zu Miss Leslie; er gehörte ihr, nur ihr allein.

Der Duft drang lebhaft, fast körperhaft auf ihn ein. Die Welt der Finanzen schrumpfte plötzlich zu einem Fleckchen. Und sie war im Nebenzimmer – nur zwanzig Schritte entfernt.

»Mein Gott, jetzt wag ich es«, sagte Maxwell halblaut, »jetzt frage ich sie. Warum habe ich es nicht schon längst getan?«

Er eilte in das innere Büro, als müsste er sich wichtige Effekten sichern. Er stürzte auf den Schreibtisch der Sekretärin zu.

Sie blickte lächelnd zu ihm auf. Eine sanfte Röte stieg ihr in die Wangen, und ihr Blick war freundlich und offen. Maxwell stützte sich mit einem Ellbogen auf ihren Schreibtisch. Beide Hände umklammerten immer noch flatternde Papiere, und die Feder steckte noch hinter seinem Ohr.

»Miss Leslie«, begann er atemlos, »ich habe nur einen Moment Zeit. In diesem Moment muss ich Ihnen etwas sagen. Wollen Sie meine Frau werden? Ich habe nicht die Zeit gehabt, Ihnen in der üblichen Weise den Hof zu machen, aber ich liebe Sie wirklich. Bitte – sagen Sie es schnell – diese Burschen reißen noch die Füllung aus ›Union Pacific‹ raus.«

»Wovon redest du eigentlich?«, rief die junge Dame. Sie war aufgesprungen und starrte ihn mit runden Augen an.

»Verstehen Sie denn nicht?«, sagte Maxwell beunruhigt. »Ich möchte, dass Sie mich heiraten. Ich liebe Sie, Miss Leslie. Das wollte ich Ihnen sagen, und ich habe mir eine Minute dazu gestohlen, als alles ein bisschen ruhiger wurde. Jetzt klingelt das Telefon schon wieder. Pitcher, sie sollen einen Augenblick warten. Wollen Sie, Miss Leslie?«

Die Sekretärin benahm sich sehr seltsam. Zuerst schien sie vor Erstaunen überwältigt; dann entströmten Tränen ihren ratlosen Augen, dann brach ein sonniges Lächeln durch die Tränen, und sie legte zärtlich einen Arm um den Hals des Maklers.

»Jetzt weiß ich es«, sagte sie sanft. »Dieses blöde Geschäft hat dich für den Augenblick alles vergessen lassen. Zuerst bin ich erschrocken. Weißt du es denn nicht mehr, Harvey? Gestern Abend um acht haben wir in der kleinen Kirche um die Ecke geheiratet.«

Anton Čechov

Teure Stunden

Bei einem gebildeten Menschen wirkt sich das Fehlen von Sprachkenntnissen sehr unangenehm aus. Vorotov, der die Universität mit dem Grad eines Kandidaten verlassen hatte, spürte das sehr deutlich, als er sich einer kleinen wissenschaftlichen Arbeit zuwandte.

»Das ist ja schrecklich!«, keuchte er (obwohl er erst sechsundzwanzig Jahre zählte, war er schon aufgedunsen und schwer und litt unter Atemnot). »Das ist ja schrecklich! Ohne Sprachen bin ich wie ein Vogel ohne Flügel. Ich könnte geradezu die Arbeit aufgeben.«

Und er beschloss, die angeborene Trägheit um jeden Preis zu überwinden und die französische und deutsche Sprache zu erlernen; er sah sich nach Lehrern um.

Als Vorotov an einem Wintertag mittags in seinem Arbeitszimmer saß und arbeitete, meldete ihm der Lakai, ein Fräulein frage nach ihm.

»Bitte sie herein«, sagte Vorotov.

Ein junges Fräulein, mit ausgesuchtem Geschmack und nach der letzten Mode gekleidet, trat ein. Sie stellte sich als Alisa Osipovna Enquette, Lehrerin der französischen Sprache, vor und sagte, einer von Vorotovs Freunden habe sie hergeschickt.

»Sehr angenehm! Nehmen Sie Platz«, keuchte Vorotov und verdeckte den Kragen seines Nachthemds mit der Hand (damit es sich leichter atmete, arbeitete er stets im Nachthemd).

»Dann hat Sie also Pëtr Sergeič hergeschickt? Ja, ja ... ich hatte ihn darum gebeten ... Sehr erfreut!«

Während er mit Mademoiselle Enquette verhandelte, blickte er sie schüchtern und neugierig an. Sie war eine echte, ausgesprochen elegante Französin und noch sehr jung. Nach ihrem blassen und schmachtenden Gesicht, dem kurzen gelockten Haar und der übernatürlich schmalen Taille zu urteilen, konnte man sie auf höchstens achtzehn Jahre schätzen; als aber Vorotov mit einem Blick ihre breiten, wohlgeformten Schultern, den schönen Rücken und die strengen Augen gestreift hatte, sagte er sich, sie sei bestimmt nicht jünger als dreiundzwanzig, vielleicht sogar volle fünfundzwanzig Jahre; doch dann schien ihm wieder, sie könne nicht älter als achtzehn sein. Ihr Gesichtsausdruck war kühl und sachlich wie bei einem Menschen, der gekommen ist, um über Geld zu reden. Sie lächelte kein einziges Mal und verzog auch keine Miene; sie stutzte nur kurz, als sie erfuhr, sie solle nicht Kinder, sondern einen dicken erwachsenen Mann unterrichten.

»Somit, Alisa Osipovna«, sagte Vorotov, »werden wir täglich von sieben bis acht Uhr abends unsere Studien treiben. Was Ihren Vorschlag betrifft, die Stunde mit einem Rubel zu honorieren – dagegen habe ich nichts einzuwenden. Bleiben wir also bei einem Rubel…«

Und er fragte sie noch, ob sie vielleicht eine Tasse Tee oder Kaffee wünsche und ob das Wetter draußen schön sei; er strich gutmütig lächelnd über das Tuch des Schreibtisches und erkundigte sich freundschaftlich, wer sie sei, wo sie den Kursus absolviert habe und wovon sie lebe.

Alisa Osipovna entgegnete mit kühler, sachlicher Miene, sie habe den Kursus in einer Privatpension absolviert und besitze die Zulassung als Hauslehrerin, ihr Vater sei vor kurzem an Scharlach gestorben, ihre Mutter jedoch lebe und stelle Blumen her, während sie, Mademoiselle Enquette, vormittags in einer Privatpension unterrichte, danach aber bis in den Abend hinein in guten Häusern Stunden gebe.

Sie ging, wobei sie einen leichten, sehr zarten Duft von Frauenkleidung hinterließ. Vorotov saß danach lange am Tisch, arbeitete aber nicht, sondern strich mit den Händen über das grüne Tuch und grübelte.

Sehr angenehm, junge Mädchen zu sehen, die selber ihr Brot verdienen, dachte er. Sehr unangenehm andererseits, dass selbst so elegante und hübsche Mädchen wie diese Alisa Osipovna von Not nicht verschont werden und dass auch sie den Kampf ums Dasein bestehen müssen. Schlimm...!

Er hatte noch nie eine tugendhafte Französin gesehen und sagte sich, dass die geschmackvoll gekleidete Alisa Osipovna mit ihren wohlgeformten Schultern und ihrer übertrieben schmalen Taille sich aller Wahrscheinlichkeit nach außer mit Stundengeben auch noch mit anderem befasse.

Am folgenden Abend, als die Uhr fünf Minuten vor sieben zeigte, war Alisa Osipovna zur Stelle; sie schlug, noch rosig vom Frost, den mitgebrachten Margot auf und begann ohne Vorrede:

»Die französische Grammatik kennt sechsundzwanzig Buchstaben. Der erste Buchstabe heißt A, der zweite B...«

»Verzeihung«, unterbrach sie Vorotov lächelnd. »Ich muss Sie darauf aufmerksam machen, Mademoiselle, dass Sie Ihre Methode im Hinblick auf meine Person wohl doch ein wenig ändern müssen. Die Sache ist die, dass ich die russische, lateinische und griechische Sprache gut kenne... und vergleichende Sprachenkunde getrieben habe; ich glaube, wir könnten den Margot überspringen und gleich mit der Lektüre eines Autors beginnen.«

Und er erläuterte der Französin, wie Erwachsene Sprachen lernen.

»Ein Bekannter von mir«, sagte er, »der sich in neueren Sprachen vervollkommnen wollte, nahm sich das Evangelium in französischer, deutscher und lateinischer Sprache vor, las alle drei nebeneinander und ging jedem Wort genauestens auf den Grund. Und mit welchem Erfolg? Er erreichte sein Ziel in weniger als einem Jahr. Machen wir es wie er! Nehmen wir uns irgendeinen Autor vor und lesen wir ihn!«

Die Französin sah ihn befremdet an. Offenbar erschien ihr Vorotovs Vorschlag äußerst naiv und unsinnig. Hätte ein Minderjähriger diesen Vorschlag gemacht, wäre sie böse geworden und hätte ihn zurechtgewiesen, da es sich hier jedoch um einen Erwachsenen, dazu sehr dicken Mann handelte, den man nicht gut anschreien konnte, zuckte sie nur kaum merklich mit den Schultern und sagte:

»Wie Sie wünschen.«

Vorotov wühlte ein Weilchen in seinem Bücherschrank und brachte ein zerlesenes französisches Buch zum Vorschein.

»Eignet sich das?«, fragte er.

»Das ist mir einerlei.«

»Gut, fangen wir also an. In Gottes Namen! Beginnen wir mit dem Titel... ›Mémoires‹.«

»Erinnerungen«, übersetzte Mademoiselle Enquette.

»Erinnerungen...«, wiederholte Vorotov.

Gutmütig lächelnd und schwer atmend, hielt er sich eine Viertelstunde bei dem Wort ›mémoires‹ und ebenso lange bei dem Wörtchen ›de‹ auf; das ermüdete Alisa Osipovna. Sie antwortete nur lustlos auf seine Fragen, verwirrte sich, verstand den Schüler wohl nicht recht und gab sich auch keine Mühe, ihn zu verstehen.

Vorotov stellte ihr Fragen, blickte ganz nebenbei auf ihren Blondkopf und dachte: Die Locken hat sie nicht von Natur, die brennt sie sich. Erstaunlich! Arbeitet von morgens bis in die Nacht und findet noch Zeit, sich Locken zu brennen!

Punkt acht erhob sie sich und ging mit einem trockenen, kühlen »Au revoir, monsieur« aus dem Zimmer; sie hinterließ denselben zarten und feinen, erregenden Duft wie am Tag zuvor. Und wieder tat der Schüler eine Weile gar nichts, saß nur am Tisch und sann.

In den folgenden Tagen überzeugte er sich davon, dass seine Lehrerin ein liebes, ernstes, pflichtbewusstes Mädchen, aber sehr ungebildet war und dass sie sich für das Unterrichten von Erwachsenen nicht eignete; er beschloss, keine Zeit zu verlieren, sich von ihr zu trennen und einen anderen Lehrer zu nehmen. Als sie zum siebenten Mal kam, zog er einen Briefumschlag, der sieben Rubel enthielt, aus der Tasche, wurde sehr verlegen und begann, den Briefumschlag in der Hand: »Entschuldigen Sie, Alisa Osipovna, ich muss Ihnen sagen … ich bin vor die unangenehme Notwendigkeit gestellt …«

Als die Französin den Briefumschlag sah, verstand sie, was das bedeutete; zum ersten Mal seit dem Beginn der Stunden ging ein Zucken über ihr Gesicht, und der kühle, sachliche Ausdruck verschwand. Sie errötete ein wenig, senkte den Blick und nestelte nervös an ihrer langen goldenen Kette. Und Vorotov, der ihre Verwirrung sah, begriff, was ein Rubel für sie bedeutete und wie schwer es sie traf, diesen Verdienst zu verlieren.

»Ich muss Ihnen sagen …«, murmelte er und wurde immer verlegener; irgendetwas in seiner Brust zog sich zusammen; er steckte den Briefumschlag rasch in die Tasche und fuhr fort: »Entschuldigen Sie … ich muss Sie zehn Minuten allein lassen …« Er tat, als hätte er ihr keineswegs kündigen, sondern sie nur um Erlaubnis bitten wollen, sie kurze Zeit allein zu lassen, ging in ein anderes Zimmer und wartete dort die zehn Minuten ab. Dann kehrte er noch verlegener zurück, denn ihm war zum Bewusstsein gekommen, dass seine kurze Abwesenheit auch anders gedeutet werden könnte; das war ihm peinlich.

Der Unterricht begann aufs Neue.

Vorotov hatte nicht die geringste Lust mehr zum Lernen. Da er wusste, dass bei alledem nichts herauskommen würde, ließ er die Französin gewähren, fragte nach nichts und unterbrach sie nicht. Sie übersetzte, wie sie gerade wollte, manchmal zehn Seiten in einer Unterrichtsstunde; er hörte ihr nicht zu, atmete schwer, betrachtete, da er ja weiter nichts zu tun hatte, bald ihren Lockenkopf und ihren Hals, bald ihre zarten weißen Hände und atmete den Duft ihres Kleides ein…

Er ertappte sich bei unschönen Gedanken und schämte sich oder war gerührt und fühlte Bitterkeit und Ärger darüber, dass sie ihn kalt und sachlich, nur als Schüler behandelte, nie lächelte und offenbar fürchtete, er könne sie unverhofft berühren. Er überlegte in einem fort, wie er ihr Vertrauen gewinnen, näher mit ihr bekannt werden, ihr schließlich helfen, ihr zu verstehen geben könne, wie schlecht sie Ärmste doch unterrichte.

Eines Tages kam Alisa Osipovna in einem schmucken rosa Kleid und mit kleinem Ausschnitt zum Unterricht; der Duft, den sie verbreitete, war so stark, dass er sie wie eine Wolke umgab; es schien, man brauche sie nur anzuhauchen, und sie würde davonfliegen und sich wie Rauch verflüchtigen. Sie entschuldigte sich und sagte, sie könne nur eine halbe Stunde bleiben, da sie gleich vom Unterricht aus zu einem Ball wolle.

Er starrte auf ihren Nacken, den um den Nacken herum entblößten Rücken und glaubte zu verstehen, warum diese Französinnen im Ruf leicht zugänglicher und leichtsinniger Frauen standen; er versank in einer Wolke von Düften, Schönheit und Nacktheit, während sie seine Gedanken nicht ahnte und sich vermutlich auch nicht im Geringsten dafür interessierte, rasch die Seiten umschlug und hemmungslos übersetzte:

»Er ging auf der Straße, traf den Herrn, seinen Bekannten, und sagte: ›Wo richten Sie sich hin? Sehend Ihr Gesicht als ein so bleiches, tut es mir weh.‹«

Die ›Mémoires‹ hatte man längst hinter sich, und Alisa übersetzte jetzt aus einem anderen Buch. Eines Tages erschien sie eine Stunde vor der Zeit und entschuldigte sich damit, dass sie um sieben in das Kleine Theater müsse. Vorotov begleitete sie nach der Stunde bis an die Tür, zog sich dann um und fuhr ebenfalls ins Theater. Er glaubte sich nur erholen, nur zerstreuen zu wollen, er dachte dabei nicht im Geringsten an Alisa. Er konnte sich nicht eingestehen, dass ein seriöser, etwas schwerfälliger Mann, der sich auf eine wissenschaftliche Laufbahn vorbereitete, die Arbeit Arbeit sein ließ und ins Theater fuhr, nur um ein kaum bekanntes, durchaus nicht kluges, wenig intelligentes Mädchen zu treffen...

Und doch klopfte ihm in den Pausen aus irgendeinem Grunde das Herz; er lief, ohne es zu bemerken, wie ein kleiner Junge durch Foyer und Gänge und spähte ungeduldig nach jemand aus; er wurde traurig, wenn die Pause zu Ende war; und als er dann schließlich das ihm bekannte rosa Kleid und die schönen, von Tüll verschleierten Schultern erblickte, presste sich ihm das Herz wie im Vorgefühl von Glück zusammen; er lächelte freudig und verspürte zum ersten Mal im Leben ein wenig Eifersucht.

Alisa war in Begleitung zweier hässlicher Studenten und eines Offiziers. Sie lachte, sprach mit lauter Stimme und kokettierte offenbar; so hatte Vorotov sie nie gesehen. Augenscheinlich war sie glücklich und zufrieden, aufrichtig und herzlich. Warum? Weshalb? Vielleicht, weil diese Leute ihr nahestanden, dem gleichen Kreis angehörten wie sie … Und Vorotov fühlte den furchtbaren Abgrund zwischen diesem Kreis und ihm. Er verbeugte sich vor seiner Lehrerin, doch sie nickte nur kühl und ging rasch vorbei; offenbar wünschte sie nicht, dass ihre Kavaliere erführen, sie habe Schüler und sei genötigt, Stunden zu geben.

Nach der Begegnung im Theater wurde Vorotov klar, dass er verliebt war… In den folgenden Stunden verschlang er seine elegante Lehrerin mit den Blicken und rang nicht mehr mit sich selbst, sondern ließ seinen reinen und weniger reinen Gedanken freien Lauf. Alisa Osipovnas Gesicht blieb weiterhin kühl, jeden Abend Punkt acht sagte sie ruhig »Au revoir, monsieur«, und er fühlte, dass er ihr gleichgültig war und gleichgültig bleiben würde; seine Lage schien aussichtslos.

Manchmal träumte er während der Stunde, hoffte, schmiedete Pläne, fasste im Geist eine Liebeserklärung ab und erinnerte sich daran, dass Französinnen als leichtsinnig und entgegenkommend gelten, doch ein Blick in das Gesicht seiner Lehrerin genügte, um diese Gedanken sofort zum Erlöschen zu bringen – wie eine Kerze erlischt, wenn man sie draußen in der Sommerfrische auf die windige Terrasse mitnimmt. Eines Tages hielt er es nicht aus, vergaß sich, vertrat ihr wie im Rausch oder Fieberwahn den Weg, als sie nach beendetem Unterricht aus seinem Arbeitsraum ins Vorzimmer wollte, und ließ sich stotternd und atemlos in eine Liebeserklärung ein:

»Sie sind mir teuer! Ich ... ich liebe Sie! Erlauben Sie mir zu sprechen!«

Alisa wurde blass – vermutlich aus Angst, da sie sogleich begriff, sie werde nach einer solchen Erklärung nicht wieder herkommen und einen Rubel für jede Stunde erhalten können. Sie machte erschrockene Augen und flüsterte:

»Ach, das darf nicht sein! Sprechen Sie bitte nicht weiter! Es darf nicht sein!«

Vorotov fand die ganze Nacht keinen Schlaf, Scham quälte ihn, er haderte mit sich selbst und dachte angestrengt nach. Ihm schien, er habe das Mädchen durch seine Erklärung beleidigt und sie werde nun nicht mehr kommen.

Er beschloss, am nächsten Morgen zum Adressbüro zu gehen, ihre Adresse zu erfragen und einen Entschuldigungsbrief zu schreiben. Doch Alisa kam wieder, auch ohne Brief. Im ersten Augenblick war sie verlegen, schlug dann aber das Buch auf und übersetzte rasch und fließend wie immer:

»O junger Herr, zerreißen Sie nicht diese Blumen in meinem Garten, die ich will geben meiner kranken Tochter...«

Sie geht bis auf den heutigen Tag zu Vorotov. Vier Bände sind bereits übersetzt, aber Vorotov hat außer dem Wort ›mémoires‹ nichts gelernt, und wenn man ihn nach seiner wissenschaftlichen Arbeit fragt, winkt er nur ab, geht über die Frage hinweg und bringt das Gespräch aufs Wetter.

F. Scott Fitzgerald

Drei Stunden zwischen zwei Flügen

Er musste es einfach auf gut Glück versuchen – Donald, gesund und gelangweilt, hatte das befriedigende Gefühl, eine lästige Pflicht erfüllt zu haben, und war entsprechend in Stimmung. Jetzt würde er sich belohnen. Vielleicht.

Nach der Landung trat er in die Sommernacht des Mittelwestens hinaus und steuerte den einsamen ländlichen Flughafen an, der wie ein altes rotes Bahnhofsgebäude aussah. Er wusste nicht, ob sie noch lebte, ob sie noch in dieser Stadt wohnte oder wie sie jetzt hieß. Mit wachsender Erregung suchte er im Telefonbuch nach ihrem Vater, der womöglich inzwischen auch gestorben war, es war schließlich zwanzig Jahre her. – Nein. Richter Harmon Holmes – Hillside 3194.

Eine belustigte Frauenstimme beantwortete seine Frage nach Miss Nancy Holmes.

»Nancy ist jetzt Mrs. Walter Gifford. Wer spricht denn da?«

Aber Donald legte auf, ohne zu antworten. Er

hatte erfahren, was er hatte wissen wollen, und er hatte nur drei Stunden zur Verfügung. An einen Walter Gifford konnte er sich nicht erinnern, und einen Augenblick war noch einmal alles in der Schwebe, als er erneut das Telefonbuch durchsuchte. Möglich, dass sie nach der Heirat weggezogen war.

Nein. Walter Gifford – Hillside 1191. Das Blut kehrte in seine Fingerspitzen zurück.

»Hallo?«

»Hallo. Ist Mrs. Gifford da? Hier spricht ein alter Freund von ihr.«

»Hier ist Mrs. Gifford.«

Da war der seltsame Zauber in der Stimme, an den er sich erinnerte oder zu erinnern meinte.

»Hier Donald Plant. Ich hab dich zuletzt gesehen, als ich zwölf war.«

»Oh-h-h-h.« Das klang äußerst überrascht und sehr höflich, aber er konnte darin weder Freude ausmachen noch erkennen, ob sie ihn überhaupt noch einzuordnen wusste.

»...Donald«, fügte die Stimme an. Diesmal schwang mehr darin als mühsames Erinnern.

»Seit wann bist du zurück?« Und ausgesprochen herzlich: »Wo bist du überhaupt?«

»Am Flughafen. Nur für ein paar Stunden.«

»Dann komm doch bei mir vorbei.«

»Wenn du nicht gerade ins Bett gehen wolltest?«

»Du lieber Himmel, nein!«, beteuerte sie. »Ich sitze hier allein vor einem Highball. Sag dem Taxifahrer...«

Auf der Fahrt ging Donald das Gespräch noch mal durch. Sein »am Flughafen« signalisierte, dass er seine Position im oberen Mittelstand hatte halten können. Dass Nancy allein war, konnte bedeuten, dass sie eine unattraktive Frau ohne Freunde und Bekannte geworden war. Ihr Mann war möglicherweise entweder außer Haus oder im Bett. Und weil sie in seinen Träumen immer noch zehn Jahre alt war, schockierte ihn der Highball. Aber er besann sich mit einem Lächeln: Sie war fast dreißig.

Am Ende einer geschwungenen Auffahrt sah er eine dunkelhaarige kleine Schönheit – ein Glas in der Hand – im Licht stehen, das durch die geöffnete Haustür fiel. Leicht verunsichert, da er sie nun leibhaftig vor sich sah, stieg Donald aus und fragte: »Mrs. Gifford?«

Sie schaltete die Verandabeleuchtung ein und sah ihn unentschlossen mit großen Augen an. Ein Lächeln durchbrach die Ratlosigkeit.

»Donald... du bist das... wir haben uns alle so verändert. Also das ist wirklich erstaunlich.«

Als sie das Haus betraten, redeten beide davon,

»wie doch die Zeit vergeht...«, und Donald hatte plötzlich ein flaues Gefühl im Magen. Ein Grund dafür war das Bild von ihrer letzten Begegnung, das ihm vor Augen stand – als sie auf einem Fahrrad an ihm vorbeigefahren war und ihn wie Luft behandelt hatte –, andererseits befürchtete er, sie könnten sich nichts zu sagen haben. Es war wie bei einem Klassentreffen, dort aber wurde die Unmöglichkeit, die Vergangenheit wiederzufinden, durch Hast und Ausgelassenheit überdeckt. Erschrocken begriff er, dass er womöglich eine lange, leere Stunde vor sich hatte. Mit dem Mut der Verzweiflung stürzte er sich hinein.

»Hübsch warst du schon immer. Aber dass du so eine Schönheit geworden bist, wirft mich fast um.«

Es funktionierte. Durch die prompte Anerkennung ihrer veränderten Umstände und das gewagte Kompliment waren aus verlegenen Jugendfreunden interessante Fremde geworden.

»Einen Highball?«, fragte sie. »Nein? Bitte denk nicht, dass ich zur heimlichen Trinkerin geworden bin, ich war heute Abend nur ein bisschen down. Eigentlich hatte ich meinen Mann erwartet, aber er hat telegraphiert, dass er erst in zwei Tagen kommt. Er ist sehr nett, Donald, und sieht gut aus. Ähnlich wie du, auch die Haarfarbe.« Sie zögerte. »...und ich glaube, es gibt da jemanden in New York, aber ich weiß es nicht.«

»Wenn ich dich so sehe, halte ich das für unwahrscheinlich«, beteuerte er. »Ich war sechs Jahre verheiratet, und eine Weile habe ich mich so gequält wie du. Eines Tages habe ich dann die Eifersucht für immer aus meinem Leben verbannt. Nach dem Tod meiner Frau war ich sehr froh darüber. Dadurch blieb eine sehr erfüllte Erinnerung, da gab es nichts, was getrübt oder verpatzt war, nichts, woran man ungern zurückgedacht hätte.«

Sie betrachtete ihn aufmerksam und mit zunehmender Anteilnahme.

»Es tut mir sehr leid«, sagte sie, und nach einer angemessenen Pause: »Du hast dich sehr verändert. Dreh mal den Kopf. Ich weiß noch, dass Vater sagte: ›Der Junge hat Hirn.‹«

»Da hast du vermutlich widersprochen.«

»Es hat mir imponiert. Bis dahin hatte ich gedacht, dass jeder Mensch ein Hirn hat. Deshalb ist es mir in Erinnerung geblieben.«

»Was ist dir noch in Erinnerung geblieben?«, fragte er lächelnd. Nancy stand unvermittelt auf und tat ein paar rasche Schritte von ihm weg.

»Das ist nicht fair«, sagte sie vorwurfsvoll. »Das klingt, als ob ich ein schlimmes Mädchen gewesen wäre.«

»Warst du nicht«, widersprach er entschieden. »Und jetzt würde ich doch gern was trinken.«

Während sie, immer noch mit abgewandtem Gesicht, den Drink einschenkte, fuhr er fort:

»Bildest du dir ein, dass du das einzige kleine Mädchen warst, das je einen Kuss bekommen hat?«

»Du kommst wohl von dem Thema nicht los.« Dann schmolz der momentane Ärger dahin, und sie sagte: »Ach, was soll's! Wir haben wirklich Spaß gehabt. Wie in dem Song.«

»Beim Schlittenfahren.«

»Genau. Und bei dem Picknick von ... ja, von Trudy James. Und in Frontenac, in jenem – jedem Sommer damals.« An die Schlittenfahrt erinnerte er sich am deutlichsten – wie er im Stroh, in einer Ecke, ihre kühlen Wangen geküsst hatte, während sie lachend zu den kalten weißen Sternen hochgesehen hatte. Das Pärchen neben ihnen hatte ihnen den Rücken zugewandt, und er hatte ihren kleinen Hals und ihre Ohren geküsst, aber nicht die Lippen.

»Und bei der Party von den Macks, als sie Post gespielt haben und ich nicht hingehen konnte, weil ich Mumps hatte«, sagte er.

»Das weiß ich nicht mehr.«

»Du warst aber da. Und du bist geküsst worden, und ich war so rasend eifersüchtig, wie ich es seitdem nie mehr gewesen bin.«

»Komisch, dass ich das nicht mehr weiß. Vielleicht wollte ich es vergessen.«

»Aber warum?«, fragte er belustigt. »Wir waren doch zwei unschuldige Kinder. Wenn ich mit meiner Frau über die Vergangenheit sprach, habe ich ihr immer gesagt, dass ich dich fast so sehr geliebt habe wie sie. Aber ich glaube, ich habe dich genauso sehr geliebt. Als wir wegzogen, hab ich dich wie eine Kanonenkugel im Bauch gehabt.«

»Warst du so … aufgewühlt?«

»Mein Gott, natürlich …« Er merkte plötzlich, dass kaum ein halber Meter sie trennte, dass er redete, als liebte er sie jetzt, dass sie ihn mit halbgeöffneten Lippen und verschleiertem Blick betrachtete. »Sprich weiter«, sagte sie. »Ich muss gestehen, dass ich das gern höre. Dass dich das so mitgenommen hat, wusste ich nicht. Ich dachte immer, dass nur ich darunter gelitten hätte.«

»Du!«, stieß er hervor. »Weißt du nicht, wie du mich im Drugstore hast abblitzen lassen?« Er lachte. »Die Zunge hast du mir rausgestreckt.«

»Das weiß ich nicht mehr. Ich hatte den Eindruck, dass du mich hast abblitzen lassen.« Ihre Hand legte sich leicht, fast tröstend auf seinen Arm. »Ich hab oben ein Fotoalbum, das ich seit Jahren nicht mehr angeschaut habe, das kram ich mal raus.«

In den folgenden fünf Minuten beschäftigte Donald, während er dasaß und wartete, zum einen die absolute Unmöglichkeit, die Erinnerungen zweier Menschen an denselben Abend in Einklang zu bringen, und zum anderen die erschreckende Tatsache, dass Nancy ihn als Frau so anrührte, wie sie es als Kind getan hatte. Binnen einer halben Stunde hatte sich ein Gefühl entwickelt, das er seit dem Tod seiner Frau nicht mehr kannte und das er gehofft hatte, ein für allemal los zu sein.

Sie setzten sich nebeneinander auf die Couch und schlugen das Album auf. Nancy sah ihn glücklich lächelnd an.

»Wie schön das ist«, sagte sie. »Wie schön, dass du so nett bist, dass du so – so liebe Erinnerungen an mich hast. Ich wünschte, das hätte ich damals gewusst. Als du fort warst, habe ich dich gehasst.«

»Ein Jammer«, sagte er sanft.

»Aber jetzt nicht«, versicherte sie, und dann platzte sie heraus: »Gib mir einen Kuss. Zur Versöhnung.«

»Eine gute Ehefrau macht so was nicht«, sagte sie nach einer Minute. »Ich glaube, seit meiner Heirat habe ich keine zwei Männer mehr geküsst.«

Er war erregt, vor allem aber verwirrt. Wen hatte er geküsst? Nancy? Oder eine Erinnerung? Oder diese bildhübsche bebende Fremde, die rasch wegsah und eine Albumseite umblätterte?

»Warte«, sagte er. »Ich könnte im Moment kein Foto erkennen.«

»Wir tun das nicht noch mal. Ich bin auch nicht gerade die Ruhe selbst.«

Donald machte eine dieser trivialen Bemerkungen, die so weitreichende Folgen haben können.

»Wäre es nicht schrecklich, wenn wir uns wieder ineinander verlieben würden?«

»Hör auf!« Sie lachte atemlos. »Das ist vorbei. Es war ein Augenblick. Ein Augenblick, den ich werde vergessen müssen.«

»Sag deinem Mann nichts.«

»Warum nicht? Ich sage ihm sonst alles.«

»Es wird ihm weh tun. Du darfst einem Mann nie solche Sachen sagen.«

»Gut, ich sag's ihm nicht.«

»Küss mich noch einmal«, sagte er gegen die Abmachung, aber Nancy hatte weitergeblättert und zeigte eifrig auf ein Bild.

»Da bist du«, rief sie. »Wie du leibst und lebst.«

Er sah hin. Ein kleiner Junge in Shorts stand auf einem Pier, im Hintergrund war ein Segelboot.

»Ich weiß noch ganz genau, an welchem Tag das entstanden ist«, lachte sie triumphierend. »Kitty hat es gemacht, und ich hab es ihr stibitzt.«

Zunächst konnte Donald sich auf dem Foto nicht erkennen. Er beugte sich tiefer herunter und erkannte sich überhaupt nicht mehr.

»Das bin nicht ich«, sagte er.

»Doch. Es war in Frontenac. In dem Sommer, als wir … als wir immer in die Höhle gegangen sind.«

»Was für eine Höhle? Ich war nur drei Tage in Frontenac.« Wieder bemühte er sich, das leicht vergilbte Foto zu erkennen. »Das bin ich nicht. Das ist Donald Bowers. Wir sahen uns wirklich ziemlich ähnlich.«

Jetzt sah sie ihn mit großen Augen an, rückte von ihm weg, schien fast abzuheben.

»Aber du bist doch Donald Bowers!« Ihre Stimme war lauter geworden. »Oder – nein: Du bist Donald Plant.«

»Das habe ich dir doch schon am Telefon gesagt.«

Sie war aufgesprungen und machte ein ziemlich entsetztes Gesicht.

»Plant! Bowers! Ich muss verrückt geworden sein. Oder ist es der Whiskey? Ich war ein bisschen daneben, als ich dich vorhin gesehen habe. Hör mal, was hab ich dir erzählt?«

Er rang um mönchische Ruhe, während er weiter in dem Album blätterte.

»Überhaupt nichts«, sagte er. Fotos, auf denen nicht er zu sehen war, zogen an ihm vorbei – Frontenac – eine Höhle – Donald Bowers – »Du hast *mich* abblitzen lassen!«

»Du wirst diese Geschichte niemandem erzählen«, sagte sie vom anderen Ende des Zimmers her. »So was spricht sich sonst herum.«

»Geschichte? Was für eine Geschichte?«, sagte er zögernd. Aber dann dachte er: Sie war also wirklich ein schlimmes kleines Mädchen.

Und jäh erfüllte ihn rasende Eifersucht auf den kleinen Donald Bowers – ihn, der die Eifersucht für immer aus seinem Leben verbannt hatte. Mit den fünf Schritten, die er durchs Zimmer tat, zertrat er zwanzig Jahre und die Existenz von Walter Gifford.

»Küss mich noch einmal, Nancy.« Er ließ sich vor ihrem Sessel auf ein Knie nieder und legte seine Hand auf ihre Schulter. Aber Nancy machte sich los.

»Du hast gesagt, dass du das Flugzeug kriegen musst.«

»Kein Problem. Den Flug kann ich sausen lassen, das spielt keine Rolle.«

»Bitte geh«, sagte sie frostig. »Und versuch dir bitte vorzustellen, wie mir zumute ist.«

»Aber du tust ja, als würdest du dich nicht an

mich erinnern«, empörte er sich. »Als würdest du dich nicht an Donald *Plant* erinnern.«

»Doch, an dich erinnere ich mich auch. Aber das ist alles so lange her.« Und wieder ganz sachlich: »Die Taxinummer ist Crestwood 8484.«

Auf dem Weg zum Flughafen kam Donald aus dem Kopfschütteln nicht heraus. Er hatte sich inzwischen wieder gefangen, verdaut hatte er das Erlebnis aber noch lange nicht. Erst als die Maschine sich donnernd in den dunklen Himmel erhob und die Passagiere eine von der festgefügten Welt dort unten getrennte Einheit bildeten, zog er Parallelen zu ihrem Flug. Fünf funkelnde Minuten lang hatte er wie ein Irrer in zwei Welten zugleich gelebt, waren der zwölfjährige Junge und der zweiunddreißigjährige Mann untrennbar und hoffnungslos miteinander verquickt gewesen.

In diesen Stunden zwischen den Flügen hatte Donald viel verloren – aber da die zweite Lebenshälfte ohnehin ein langer Prozess des Loslassens ist, war das für ihn wahrscheinlich gar nicht weiter von Belang.

Leon de Winter

Eifersucht

Es war jetzt mehr als acht Jahre her, dass Kaplan in der Umgebung von Assisi eine Zirkusvorstellung besucht hatte.

Die Trapeznummer wurde dort von zwei Männern und einer Frau geboten, in enge weiße Trikots gehüllten Luftakrobaten. Kaplan war aufgefallen, dass die Frau und einer der beiden Männer sich auf besondere Weise anfassten. Der Mann, ein schnurrbärtiger Casanova, war aber nicht der Ehemann der Frau gewesen, das war der andere, ein sehniger Typ mit sich lichtendem Haar, ohne das frauenverschlingende Etwas des Casanovas.

Was war aus diesen Artisten geworden?

Es ließ sich nicht leugnen, Casanova und Bianca hatten was miteinander. Der ganze Zirkus witterte es, nur Biancas Mann Alessandro merkte nichts. War er denn ein solcher Trottel, dass er nicht sah, was sich zwischen seiner Frau und Casanova abspielte?

Nein, er war kein Trottel. Keiner wagte Alessandro über Biancas vermeintliche Untreue aufzuklären, weil man fürchtete, er könnte Casanova während ihrer Nummer in die Manege hinunterbefördern. Und oben vom Trapez aus konnte man nicht sehen, was man von den Tribünen her sehr wohl sehen konnte, wenn Bianca neben Casanova auf den Artistenstand sprang, wie ihre liebliche Hand um seine Taille glitt, wie seine muskulöse Hand ihren nackten Rücken tätschelte.

Trotzdem entdeckte Alessandro eines Tages, dass die Beziehungen zwischen seiner Frau und Casanova nicht ausschließlich kollegialer Natur waren. Wodurch, wie? Zufall natürlich, dummer, dummer Zufall.

Alessandro hatte sich das Fußgelenk verletzt. Das war ihm, seit er mit Casanova und Bianca am Trapez hing, noch nie passiert. Er war ein gelenkiger, athletischer Mensch, der jeden Tag trainierte und nie krank war. Seinem Spitznamen »Der Adler« machte er wirklich alle Ehre. Er ernährte sich gesund, rauchte nicht, trank nicht, lebte für seine Frau und seinen Beruf – na ja, Beruf, es war eher eine Lebensart. Wenn er nach den Gefahren seiner Arbeit gefragt wurde, antwortete er, die gebe es nicht. Er war Perfektionist. Timing, Gelenkigkeit, Disziplin, das war ihm in die Wiege gelegt, und diese

Eigenschaften vereinigten sich bei ihm mit einer großen Liebe zu Vögeln.

Der Wohnwagen, in dem er mit Bianca lebte, stand voller ausgestopfter Vögel. Die staubte er jeden Tag mit einem Staubwedel ab. Im Grunde seines Herzens war er davon überzeugt, ein reinkarnierter Adler zu sein, der im Himmel versehentlich mit dem Körper eines Menschen ausgestattet worden war. So sagte er es gelegentlich im Scherz, doch in Wirklichkeit entsprach dieser Gedanke seinem persönlichen Glauben. Alessandro war ein Adler.

Eines schönen Tages war er nun also ein Adler mit verstauchtem Knöchel. Und zum ersten Mal seit Jahren konnte er nicht trainieren. Niedergeschlagen, verärgert über die dummen Menschenfüße, die er schon zweiundvierzig Jahre mit sich herumschleppte, saß er in seinem Wohnwagen zwischen den ausgestopften Tieren, während Bianca und Casanova ihre Übungen am Trapez machten. Alessandro hielt es nicht aus. Er hinkte zu dem neuen Zelt hinüber, das der Zirkus nach dem Feuer gekauft hatte, und schaute seiner Frau und dem dritten Luftakrobaten von unten her zu.

Alessandro spürte, dass irgendetwas nicht stimmte. Aber was? Die beiden dort oben fassten sich anders an, als es im Interesse von Sicherheit und Eleganz unbedingt notwendig gewesen wäre. Die Arbeit auf dem Trapez hatte von jeher etwas Körperliches, man fasste einander an, war vom Körper des anderen abhängig. Doch Bianca und Casanova schienen bei jeder Berührung vor Wonne zu erbeben. Dem Adler kam eine beunruhigende Vermutung.

Während der zwei Wochen, die sie ihre Nummer nicht zeigen konnten, verfolgte Alessandro von einem versteckten Ort zwischen den Tribünen aus das Training von seiner Frau und diesem Charmeur. Seine Vermutung gewann schmerzlich an Konturen. Bianca war ihm untreu. Er versuchte, sie bei intimen Handlungen zu ertappen, hinkte hinter Bianca her, wenn sie den Wohnwagen verließ und Besorgungen machte oder eine Freundin in einem anderen Wohnwagen besuchen ging.

Es wurmte ihn, den stolzen Trapezkünstler, dass man ihn vor seiner Nase betrog, ohne dass er einen schlüssigen Beweis dafür finden konnte. Könnte er sie ertappen, bei einer Umarmung oder Schlimmerem, hätte er eine Antwort parat. Der Adler würde Casanova vernichten, den Liebhaber seiner Frau mit nur einer Bewegung auf seinen letzten Flug ins Sägemehl hinabbefördern. Doch abgesehen von den zweideutigen Zärtlichkeiten unter der Kuppel des Zirkuszelts konnte Alessandro nichts ausfindig machen.

Sein Knöchel heilte, und ihre Nummer wurde wieder zum festen Bestandteil des Programms. Nun fiel ihm auch oben, am Trapez hängend, auf, wie sie sich anfassten, einander kaum verhohlen streichelten. Aber unten am Boden bekam er sie nicht zu fassen. Bianca gegenüber sagte er kein Wort. Er war davon überzeugt, dass sie alles abstreiten würde, und auch Casanova konnte er ohne einen überzeugenden Beweis nicht beikommen.

Die Ruhe, mit der er früher ins Scheinwerferlicht über den faszinierten Gesichtern der Zuschauer, die auf einen tödlichen Sturz warteten, hinaufgestiegen war, war einem Gefühl des Unbehagens gewichen. Er war der größte Luftakrobat Italiens, aber er war unfähig, die Untreue seiner Frau aufzudecken.

Der Adler begann, kleine Fehler zu machen, von niemandem bemerkt, doch er selbst erschrak darüber. Seine Wut auf Bianca und deren Liebhaber wuchs. Sie waren die Ursache für seine Flüchtigkeitsfehler. Noch krampfhafter als zuvor bespitzelte er seine Frau, folgte er Casanovas Spuren. Aber Fehlanzeige.

Eines Abends dann stürzte Alessandro während einer Vorstellung in Ferrara ab. Er ließ wie sonst auch sein Trapez los, drehte sich in der Luft akrobatisch um die eigene Achse und schwebte auf Casanova zu, der mit dem Kopf nach unten am anderen Trapez hing und Alessandro mit ausgestreckten Händen entgegenschwang. Da fühlte der Adler sich plötzlich von tiefem Hass erfasst, von einem Widerwillen, der alles überstieg, was sein Körper noch ertragen konnte, und er versagte sich Casanovas einladenden Händen und schoss an ihm vorbei. Er hörte dessen erschrockenen Aufschrei und nahm sich vor, noch ein letztes Mal über der Manege zu kreisen, ehe er das Zelt durch das Loch in der Kuppel verlassen würde. Doch aus irgendeinem Grund wurde der Adler vom Boden angezogen. Er versuchte zu fliegen, diesem Ehebruchtheater den Rücken zu kehren, doch es schien, als wäre er in einer eisernen Rüstung gefangen und würde von einem unter dem Sägemehl versteckten Magneten angezogen. Er hörte das Aufschreien der Zuschauer, die endlich bekamen, weswegen sie gekommen waren, und er brach sich auf dem harten Boden Genick und Schädel und alles, was sonst noch zu brechen war.

Bianca weinte sich bei seiner Beerdigung die Augen aus.

Aufrichtig oder gespielt?

Aufrichtig. Sie war ihm niemals untreu gewesen. In den ganzen zehn Jahren ihrer Ehe hatte sie nie mit einem anderen geschlafen. Gewiss, sie war in Casanova verliebt, und in der Luft, unmittelbar unter dem Zirkuszelt, liebkosten sie einander, doch ihren Schoß hatte sie ihm nie geschenkt. Sie hatte ihren Mann *und* Casanova geliebt. Ihrem Mann hatte sie im Wohnwagen gehört, ihrem Liebhaber auf dem Trapez. Die krankhafte Eifersucht, der Alessandro zum Opfer fiel, war zugleich begründet und unbegründet gewesen. Bianca war ihm treu und untreu gewesen. Die krampfhafte Suche nach einem nicht zu findenden Beweis für ihren Ehebruch hatte ihn am Ende ins Sägemehl befördert. Er hatte nicht erkannt, dass die ganze Untreue seiner Frau in dem bestand, was dort oben zu sehen gewesen war. Dem Adler war das nicht klar gewesen. Uns jetzt schon.

Doris Dörrie

Frauen allein in Hotelzimmern

Fanny war einfach unfähig zu Affären, sie verliebte sich, und wenn es nur für eine Nacht war. Vielleicht nicht unbedingt in den ganzen Mann, manchmal reichte ihr auch schon die Art, wie er lachte, wie kraftvoll seine Hände auf dem Lenkrad aussahen oder wie rührend er nackt wirkte. Jedes Mal wieder wälzte sie sich begeistert in ihren Liebesgefühlen wie ein Pferd auf einer Frühlingswiese, sie stand am nächsten Tag bei dem Geliebten vor der Tür, ihre gesamte Habe in ein paar Plastiktüten gestopft, und bot romantische Liebe an wie andere Zeitschriftenabonnements. Bisher hatten alle Männer Fanny geschmeichelt die Tür geöffnet und sie in ihr Leben hereingelassen. Alle. Fanny war so hingebungsvoll, so begeisterungsfähig, so rückhaltlos. Aber sie forderte auch rückhaltlose Gefühle. Und wenn sie sie nicht bekam, wurde sie anstrengend. Dann zerrte sie wütend an der Seele ihres Geliebten wie ein Hund an seiner Beute, nie mochte sie glauben, dass dort vielleicht gar nicht so viel verborgen war, wie sie angenommen hatte. Sie gab erst auf, wenn sie vollkommen erschöpft war, wenn nichts mehr da war, in das sie ihre Zähne schlagen konnte, nur noch matte, pappige Wiederholung. Dann verliebte sie sich in den Nächsten, packte ihre Plastiktüten und verschwand.

Klaus begriff erst Tage später, dass sie wirklich fort war, denn sie war mit ihren Tüten aus der Tür gegangen, als wolle sie nur schnell den Abfall hinunterbringen.

Als die Tür ins Schloss fiel, atmete er auf. Er war es leid, ständig lieben zu sollen. Er wollte in Ruhe dasitzen, aus dem Fenster schauen, ein Buch lesen, schweigen.

Paul war das vollkommene Gegenstück zu Klaus. Während Klaus Fanny immer vorgekommen war wie ein Stier (nicht nur wegen seines Sternzeichens), erinnerte Paul sie an eine Giraffe. Er war blond, zart und bleich, heimlicher Dichter und Volvofahrer.

Zum Broterwerb arbeitete Paul für die Hörfunkreihe »Kultur«, Fanny war Tontechnikerin bei demselben Sender. Durch die Glasscheibe im Studio hatten sie sich monatelang beäugt wie Fische in zwei angrenzenden Aquarien. Ihre Stimmen drangen durch die Mikrophone, als gehörten sie nicht zu ihnen, das machte sie mutig. Bald flüsterten sie sich ihre Arbeitsanweisungen zu wie Liebkosungen, Sätze wie »Könnte ich von Ihnen bitte eine Sprechprobe haben?« und »Können Sie den Versprecher vielleicht rausschneiden?« klangen in ihren Ohren wie ein Versprechen wilder Leidenschaft.

Als sie dies dann das erste Mal einzulösen versuchten, erschrak Fanny über Pauls zerbrechlichen Kinderkörper und er über ihre Masse. Während Klaus Häuser im Landhausstil in den Münchner Vororten verkaufte, lagen Paul und Fanny in seinem Bett, in seiner Wohnung. Es fiel Fanny schwer, sich nach Klaus an Pauls dünnen Körper zu gewöhnen, ihre Bewegungen fielen immer etwas zu groß und weiträumig aus, sie war erstaunt, wie weit sie ihre Arme um seinen knochigen Rücken schlingen konnte. Sie flüsterten etwas von Liebe, aber ohne Mikrophone klangen ihre Stimmen seltsam flach. Als sie sich wieder anzogen und Paul nackt vor ihr stand, fand sie ihn plötzlich erschreckend hässlich. Er sah aus wie ein halbverhungerter Vogel, das T-Shirt, das er sich überstreifte, hätte einem Sechsjährigen gepasst, er grinste sie schüchtern an, hielt seine Unterhose in der Hand und schlenkerte sie hin und her. Fanny erschrak über seinen Anblick so sehr, dass ihre ganze Liebe zu ihm aus ihr entwich wie die Luft aus einem Luftballon. Sie hörte förmlich, wie es pffffffft machte. Aber da sie Paul zu ihrem Befreier von Klaus auserkoren hatte und sie jetzt nicht plötzlich das Stück umschreiben und sich eine neue Besetzung für die Rolle des edlen Ritters suchen konnte, sprang sie auf Paul zu und überschüttete ihn mit Liebesschwüren, schmiegte sich an ihn, schnurrte und ließ sich liebkosen, bis sie endlich wieder etwas für ihn empfand.

Eine Woche später verließ Fanny Klaus' Wohnung, stieg samt ihrer Plastiktüten in Pauls Volvo, und er fuhr mit ihr davon. Nicht besonders weit allerdings. Fanny hätte Pauls Automarke vielleicht ein bisschen mehr Beachtung schenken sollen. Klaus fuhr BMW. Das passte zu ihm. Sportlich, eine Spur angeberisch, potent. Und Paul einen alten Volvo. Er war eben ein vorsichtiger Mensch. Während Fanny noch seine schlanken, weißen Hände auf dem Steuerrad bewunderte (wie drei Jahre zuvor Klaus' kräftige Pranken auf einem anderen Steuerrad), da hielt Paul vor einer Pension.

»Ich kann mir vorstellen, dass ich vielleicht irgendwann auch mit dir zusammenleben möchte«, sagte Paul, »aber nicht jetzt.«

Das war neu für Fanny. Sie verstand nicht, wie

man denn nicht Tag und Nacht zusammen sein wollte, wenn man schon ineinander verliebt war.

»Verstehe«, sagte sie schwach.

Das Zimmer in der Pension war groß und hübsch, eine rosa Nelke stand auf dem Tisch, auf einem riesigen Bild über dem Bett tummelten sich nackte, mit Blumenkränzen behängte Kinder um einen Weiher. Zum ersten Mal seit ihrem Auszug aus dem Elternhaus mit neunzehn Jahren war Fanny Finck allein. Sie kaufte sich sofort einen tragbaren Fernseher, um der Einsamkeit zuvorzukommen, und sagte mehrmals laut in den Raum, als sie abends, die Fernbedienung in der Hand, auf dem Bett lag und von einem Kanal zum nächsten schaltete: »Endlich allein.«

Es überfiel sie sogar eine gewisse Euphorie. Jahrelang hatte sie all die tapferen Frauen in den Büchern von Doris Lessing, Jean Rhys, Ingeborg Bachmann und Marguerite Duras bewundert und beneidet, jetzt war sie eine von ihnen. So etwa bis zehn, elf Uhr abends. Dann war ihre Kraft erschöpft, und sie rief Paul an.

»Ich wollte nur hören, wie's dir geht.«

»Geht so. Was machst du?«, fragte er zurück.

»Warum interessiert dich das?«, sagte Fanny und seufzte ein bisschen.

»Was ist los?«

»Nichts ist los.«

»Ich höre doch, dass du was hast«, sagte Paul.

»Nein«, sagte sie, »es geht mir gut.«

»Warum sagst du mir nicht die Wahrheit?«

»Ach«, stöhnte Fanny, und ihre Stimme zitterte ein bisschen, »es macht mich traurig, dass alles immer so schön anfängt und so hässlich endet.«

»Es ist seltsam«, sagte Paul, »ich lerne Frauen immer dann kennen, wenn es ihnen schlecht geht. Und wenn es ihnen wieder besser geht, verlassen sie mich.«

»Ich nicht«, sagte Fanny.

Stumm schlenderten sie durch die nassen Straßen, die Sommerblätter an den Bäumen glänzten fettig im Neonlicht, Paul trug dünne Lederstiefeletten, die ihm etwas Verschrobenes gaben. Als er in seine Straße einbog, anstatt Fanny zuerst bei ihrer Pension abzuladen, dachte sie schon, sie habe gewonnen.

»Willst du heute Nacht bei mir bleiben?«, fragte Paul und sah sie dabei nicht an.

»Wie du willst«, sagte Fanny, um nicht zu bedürftig zu erscheinen, und lächelte ihn sanft an.

»Nein, wie du willst.« Er lächelte zurück. O Gott, dachte Fanny, warum nimmt er mich nicht einfach mit, warum zwingt er mich, mich zum Narren zu machen?

»Du musst mir schon sagen, was du willst«, sagte Paul.

Fanny sah auf ihren roten Seidenrock, den Klaus ihr geschenkt hatte, als sie zusammen in Verona waren. Warum nur habe ich Klaus verlassen, dachte sie und konnte sich im Moment nicht mehr dran erinnern.

»Ich glaube«, sagte sie schließlich, »dass du eigentlich lieber allein wärst.«

»Woher willst du das wissen?«

»Doch, doch«, sagte Fanny und versuchte, klug und gelassen auszusehen, »du möchtest eigentlich viel lieber allein sein.«

»Na ja«, sagte Paul, »ich könnte dann noch mein Feature über den russischen Film fertig schreiben.«

»Siehst du«, sagte sie.

»Ich liebe dich«, sagte er.

Als Paul in seinem Haus verschwunden war, setzte sie sich auf einen Mauervorsprung und heulte vor Wut. War es denn so unmöglich, einfach und gemütlich geliebt zu werden? Fanny bot sich doch dafür an wie ein großes, weiches Sofakissen.

»Du Idiot! Du verdammter Idiot!«, schrie sie zu Pauls erleuchtetem Fenster hinauf. Eine kleine, alte Frau mit Hund kam vorbei, die sie nicht weiter beachtete. Der Hund schnüffelte gleichgültig an Fannys Schuhen, als ein nachtblaues BMW-Cabrio um die Ecke bog und ganz langsam die Straße entlangfuhr. Ein blauer BMW, wie Klaus ihn hat, dachte Fanny und sehnte sich nach Klaus wie nach einem alten, löchrigen, aber bequemen Pullover. Erst als das Auto schon fast an ihr vorbeigefahren war, erkannte sie ihn. Er sah nicht zu Fanny, sondern zur gegenüberliegenden Straßenseite, er presste sich dicht an die Scheibe, um zu Pauls Wohnung hochzusehen. Fanny wagte kaum zu atmen vor Anspannung. Sie drückte sich in einen Hauseingang und wartete. Dreimal noch fuhr Klaus um den Block und wieder die Straße entlang, ganz langsam an Pauls Wohnung vorbei, in der er sicherlich auch Fanny vermutete. Fanny konnte Klaus' Gesicht nicht erkennen, nur sein eckiges Profil, seine breiten Schultern. Sie stellte sich vor, wie Klaus mit einem Beil in der Hand in Pauls Wohnung einbrechen würde, um beide, Paul und Fanny, zu erschlagen. Nein, nicht sie, nur Paul. Natürlich nur Paul. Sie gehörten doch zusammen, Klaus und Fanny, Fanny und Klaus. O Gott, stöhnte Fanny, warum besteht das Gehirn so lange auf dem gewohnten Zeug? Wie ein kleines, nervtötendes Kind. Warum? Warum ist es nicht mehr so, wie es mal war? Warum, warum?

Oben in seiner Wohnung setzte Paul sich gerade an seinen Schreibtisch. Seine blonden Haare leuchteten im Schein der Schreibtischlampe. Er beugte sich über seine Schreibmaschine.

Lange stand Fanny noch da. Sie hoffte und fürchtete gleichzeitig, Klaus möge noch einmal vorbeikommen. Sie wäre dann zu ihm ins Auto gestiegen, als wäre nie etwas geschehen.

In einer Kneipe betrank sie sich innerhalb einer halben Stunde mit Wodka-Tonic.

Zurück in ihrer Pension kam sie sich vor wie die Hauptdarstellerin in einem tschechischen Film, Verzweiflung in Schwarzweiß.

Zum ersten Mal in ihrem Leben ließ der Schlaf sie im Stich. Schon ganz früh, als Schulkind, hatte sie ein Stillhalteabkommen mit der Welt geschlossen, indem sie einfach so viel wie möglich von ihr verschlief.

»Du verschläfst ja dein halbes Leben!«, hatte ihre Mutter immer gerufen und energisch die Vorhänge aufgerissen.

»Ich muss«, hätte Fanny ihr gern erklärt, »nur so kann ich diese beschissene Welt ertragen.« Im Schlaf fühlte sie sich nie allein. Im Schlaf war ihr Leben angenehm, bunt und interessant. Und ausgerechnet jetzt ließ der Schlaf, ihr alter Verbündeter, sie im Stich. Er kam nur noch als dünner Schleier, der sie nicht von sich selbst erlöste wie sonst, sondern ihr ihre schlimmsten Kindheitsphantasien immer wieder vorspielte. Alle Menschen um sie herum starben, zuerst ihre Eltern, dann ihre Geschwister, ihre Tanten und Onkel, Klaus, immer wieder Klaus, die Leute in dem Haus, in dem sie mit Klaus gewohnt hatte, die Gemüsefrau an der Ecke, ihre beste Freundin, die Bauarbeiter von gegenüber, ihre alte Lehrerin Frau Miel, ihre verflossenen Liebhaber, Paul, alle, die sie kannte, und schließlich die ganze Stadt, die ganze Menschheit. Sie ließen Fanny kaltlächelnd zurück, sie war die Einzige, die übrigblieb. Allein auf der Welt. Von ihrem eigenen Weinen wachte sie meist auf und hörte sich verwundert zu, wie sie so heftig schluchzte, dass ihr davon schon die Kehle rauh und das Kopfkissen nass war.

Paul erkannte in ihrem Alptraum ihren Trennungsschmerz von Klaus. Wie ungemein klug, dachte Fanny und sah ihm zu, wie er redete und redete, wie er sich die Haare mit seinen langen, dünnen Fingern aus dem Gesicht strich, sie beobachtete seinen Mund, sie konzentrierte sich darauf, wie sich seine Lippen öffneten und schlossen, wie die Zunge zwischen sie fuhr, sie befeuchtete und wieder verschwand in der dunklen Mundhöhle.

Schließlich stand sie auf, legte ihre Arme um seinen Hals, küsste ihn leicht, knöpfte sein Hemd auf, fuhr ihm durch die spärlichen Brusthaare, strich ihm spielerisch über die Schenkel. Sie knabberte an seinem Ohr und legte seine Hände auf ihre Brust. Er sah sie nachsichtig an wie ein Kind, das zum hundertsten Mal das gleiche Spiel spielen will.

»Warum liest du nicht lieber ein gutes Buch?«, fragte er und nahm ihre Arme von sich, als nehme er einen Schal ab. Sie las eine Menge guter Bücher in dieser Zeit. Manchmal konnten sie sie davon überzeugen, dass sie doch genau das Leben führte, von dem sie immer geträumt hatte: allein in einem Hotelzimmer, unabhängig, frei, ein gutes Buch, das Nachmittagskonzert im Radio, ein Stück Erdbeerkuchen mit Sahne, Schnee und dunkle Kälte vorm Fenster. Genau dahin, wo sie jetzt war, hatte sie sich doch immer hingeträumt, wenn sie sich von all ihren Männern zu wenig – oder falsch – geliebt fühlte. Aber jetzt empfand sie die so oft ersehnte Insel nur als einsam und öd. Sie kam nicht dahinter, warum in den Romanen Frauen allein in Hotelzimmern immer so romantisch wirkten, so beneidenswert selbstbewusst und edel. Fanny fühlte sich allein nur unattraktiv und irgendwie nicht ganz existent. Wie eine Seifenblase, die jeden Moment zerplatzen konnte.

Das alles war nur Pauls Schuld.

»Du liebst mich nicht«, schrie sie ihn an.

»Doch«, antwortete er ruhig, »bloß nicht so, wie du es gewohnt bist. Du glaubst nur demjenigen, der dir Gewalt antut. Du willst das große Drama mit Blut und Tränen.«

»Blödsinn. Nur ein bisschen mehr Leidenschaft.«

»Die Leiden schafft«, sagte er. Wenn sie seine Teller an die Wand warf, addierte er nur leise lächelnd den Preis. Sie hätte ihn gern geschlagen, einen Funken Leidenschaft aus ihm herausgeprügelt, einen Hauch Wahnsinn nur, eine Spur von Gefahr. Aber er, da war sie sicher, würde nicht zurückschlagen. Vor Klaus hatte sie sich gefürchtet und ihn gleichzeitig immer wieder so lange gereizt, bis er zuschlug. Sie prügelten sich in regelmäßigen Abständen, und wenn sie sich dann versöhnten, weinte Fanny zum Steinerweichen und fühlte sich hinterher wie neugeboren. Über die Jahre brauchte es dazu allerdings immer härtere Kämpfe und immer mehr Tränen, und manchmal dachte Fanny gelangweilt, während sie noch schluchzte und sich die blauen Flecken rieb, wie lange muss ich jetzt noch heulen, bis endlich alles wieder gut ist.

»Was willst du bloß von mir?«, fragte Klaus.

»Dass du mich liebst«, antwortete sie.

»Mit Liebe hat das alles nichts zu tun«, sagte Paul und fegte die Krümel auf dem Tisch zu einem kleinen Häufchen zusammen, nahm ein Stück Papier, schob es sorgfältig unter die Krümel und trug es zum Abfalleimer.

In ihren schlaflosen Nächten beobachtete sie Paul von der gegenüberliegenden Straßenseite aus, wie er an seinem Schreibtisch saß, die blonden Haare im Schein der Lampe fast weiß, tief vornübergebeugt, in seine Arbeit versunken, völlig geborgen in seiner Einsamkeit. Beneidenswert, romantisch allein, so wie die Romanfiguren. Sie begann ihn dafür zu hassen, dass sie darunter litt, allein zu sein.

Wenn er seine Artikel und Kritiken im Funk vorlas, schaltete sie das Studiomikrophon aus und überschüttete ihn mit Verwünschungen. Dabei lächelte sie ihm durch die Glasscheibe zu, und er lächelte arglos zurück. Sie zwang ihn, indem sie technische Schwierigkeiten vortäuschte, seinen Artikel drei-, vier-, fünfmal zu lesen. Wenn er sich verhedderte und wieder von vorne anfangen musste, wies sie ihn darauf hin, dass die gebuchte Studiozeit bald ablief und er seinen Beitrag leider nicht pünktlich würde abliefern können. Sie hoffte, betete, flehte, er möge einmal wütend werden, einmal die Kontrolle verlieren, einmal leidenschaftlich werden, aber es geschah nichts. Er räusperte sich nur, mahnte sie freundlich, doch nicht nervös zu werden, kratzte sich mit dem Stift am Kopf, dass es durchs Mikrophon donnerte wie ein Gewitter, und fing von vorne an. In der Rundfunkkantine eröffnete er ihr, während er ein Viertel Schnitzel und ein Salatblatt zu Mittag aß (mir sind Menschen, die nie hungrig sind, unsympathisch, dachte Fanny), dass er übers Wochenende nach London fliege, um über eine Ausstellung der deutschen Expressionisten zu berichten.

»Du könntest mitkommen«, sagte er. Sie schwieg verstockt. Sie wollte keine Angebote im Konditional.

»Aber vielleicht hast du ja schon anderweitige Pläne«, fuhr er fort. Du Idiot, dachte sie, schnapp mich doch einfach und nimm mich mit, nimm mich doch einfach mit! Sie schwiegen beide. Dann stand er auf und nahm sein Tablett. »Ich schätze, ich sehe dich dann am Montag«, sagte er.

»Ja«, stotterte sie, »wenn du mir früher etwas von der Reise gesagt hättest... aber ich habe schon so viele Verabredungen...«

»Na ja, dann vielleicht ein andermal«, sagte er.

»Isst du dein Schnitzel nicht mehr?«, fragte sie. Erstaunt sah er auf sein Tablett. »Du hast recht, wäre jammerschade drum«, sagte er, gab ihr den

Teller, winkte noch einmal und verschwand. Ich hasse ihn, dachte Fanny. Später rief sie ihn an und erbot sich, ihn zum Flughafen zu fahren.

Auf dem Weg dorthin erzählte er ihr den jüdischen Witz von dem Mann, der eine Geliebte hat und, als seine Frau dahinterkommt, sich damit entschuldigt, dass schließlich jeder Mann im Ort eine Geliebte habe, und er sehe sie ja auch nur zweimal im Jahr, denn sie sei – wie die Geliebten der anderen Männer auch – Tänzerin in der Ballettgruppe, die zweimal im Jahr am Ort zu gastieren pflegte. Seine Frau besteht darauf, das nächste Mal mit ihrem Mann ins Ballett zu gehen. Sie mustert alle Tänzerinnen eingehend, dann fragt sie ihren Mann: »Wer ist die zweite von links?«

»Das ist die Geliebte vom Bäcker.«

»Und die dritte von rechts?«

»Die vom Arzt.«

»Und die in der Mitte?«

»Die Geliebte vom Lehrer.«

»Und wer ist die ganz außen?«

»Das... das... na ja... das ist meine.«

Seine Frau schweigt einen Moment, dann sagt sie aufatmend: »Unsere ist die schönste.«

Warum, dachte Fanny, während sie lachte, erzählt er mir ausgerechnet diesen Witz?

Bis zum letzten Augenblick, bis Paul schließlich durch die Passkontrolle verschwand, glaubte sie, er würde irgendwann ein zweites Ticket aus der Tasche ziehen, und sie sah sich bereits lächeln und ihm um den Hals fallen. Verloren stand sie in der Abflughalle herum, dann rief sie Klaus an.

»Ja?«, sagte er knapp. Bei dem Klang seiner Stimme, bei diesem winzigen Wort »ja?« fiel ihr mit einer solchen Macht ihr ganzes Unglück mit ihm wieder ein, wie sonst nur ein Geruch Erinnerungen zurückbringen kann. Sie legte so schnell auf, als hätte sie sich am Telefonhörer die Hand verbrannt.

Sie setzte sich an die Flughafenbar ›Take Off‹ und trank drei Cognac. Neben ihr saß ein stämmiger, dunkelhaariger Mann Mitte dreißig, der sie stark an Klaus erinnerte, aber eben nicht Klaus war.

Er hieß Xaver, war Modedesigner und wartete auf einen Geschäftspartner aus Mailand. Als der Flug aus Mailand wegen Nebel nach Frankfurt umgeleitet wurde, fuhr Fanny mit ihm zurück in die Stadt und ging mit ihm ins Bett.

Als Paul am Montag aus London zurückkehrte, war sie verliebt und hatte bereits ihre Sachen aus der Pension in Xavers Wohnung gebracht.

Als sie abends neben Xaver im Bett lag, schloss

sie die Augen und sah eine Frau in einem Hotelzimmer allein auf dem Bett liegen, eine Frau mit rostroten Haaren in einem hellblauen Bademantel, sie las ein Buch, im Radio gab es das Klassikkonzert am Nachmittag, neben ihr auf dem Nachttisch stand ein Teller mit Erdbeerkuchen.

»Beneidenswert«, dachte Fanny. Dann schlief sie ein.

Bernhard Schlink

Der Andere

1

Wenige Monate nach seiner Pensionierung starb seine Frau. Sie hatte Krebs, nicht mehr zu operieren oder sonst zu behandeln, und er hatte sie zu Hause gepflegt. Als sie tot war und er sich nicht mehr um ihr Essen, ihre Notdurft und ihren ausgezehrten, wundgelegenen Körper kümmern musste, musste er sich um das Begräbnis kümmern, um Rechnungen und Versicherungen und darum, dass die Kinder bekamen, was sie ihnen zugedacht hatte. Er musste ihre Kleider reinigen lassen und ihre Wäsche waschen, ihre Schuhe putzen und alles in Kartons packen. Ihre beste Freundin, Inhaberin eines Secondhandladens, holte die Kartons ab; sie hatte seiner Frau versprochen, dass die edle Garderobe von schönen Frauen getragen würde.

Auch wenn es sich bei alledem um Verrichtungen handelte, die ihm ungewohnt waren, war ihm doch so vertraut, im Haus geschäftig zu sein, während aus ihrem Krankenzimmer kein Laut drang, dass er immer wieder das Gefühl hatte, er müsse nur die Treppe hinaufsteigen, die Tür öffnen und könne sich auf ein Wort, einen kurzen Bericht, eine Frage zu ihr ans Bett setzen. Dann traf ihn das Bewusstsein, dass sie tot war, wie ein Schlag. Oft ging es ihm auch so, wenn er telefonierte. Er lehnte neben dem Telefon an der Wand zwischen Küche und Wohnzimmer, ganz normal, sprach über Normales, fühlte sich normal, und dann fiel ihm ein, dass sie tot war, und er konnte nicht weiterreden und musste auflegen.

Eines Tages war alles erledigt. Er fühlte sich, als seien die Seile gekappt, der Ballast abgeworfen und er treibe mit dem Wind über das Land. Er sah niemanden und vermisste niemanden. Seine Tochter wie auch sein Sohn hatten ihn eingeladen, einige Zeit mit ihnen und ihren Familien zu verbringen, aber obwohl er seine Kinder und Enkel zu lieben meinte, war ihm die Vorstellung, bei ihnen zu leben, unerträglich. Er wollte nicht in einer Normalität leben, die nicht seine alte war.

Er schlief schlecht, stand früh auf, trank Tee, spielte ein bisschen Klavier, saß über dem einen und anderen Schachproblem, las und machte Notizen für einen Artikel zu einem Thema, das ihm in den letzten Jahren seiner beruflichen Tätigkeit begegnet war und ihn seitdem begleitete, ohne ihn wirklich zu beschäftigen. Am späten Nachmittag begann er zu trinken. Er nahm ein Glas Sekt mit ans Klavier oder Schachbrett; beim Abendessen, einer Suppe aus der Dose oder ein paar Scheiben Brot, trank er die Flasche Sekt aus und machte eine Flasche Rotwein auf, die er über seinen Notizen oder einem Buch leerte.

Er machte Spaziergänge durch die Straßen, in die oft verschneiten Wälder und entlang dem Fluss, dessen Ränder manchmal gefroren waren. Er brach auch nachts auf, zunächst ein bisschen torkelig, hier und da stolpernd und an einem Zaun, einer Mauer entlangschrammend und bald mit klarem Kopf und sicherem Schritt. Er wäre gerne am Meer gewesen und am Strand gelaufen, Stunden um Stunden. Aber er konnte sich nicht entschließen, das Haus zu verlassen, diese Hülle seines Lebens.

2

Seine Frau war nicht besonders eitel gewesen. Jedenfalls war sie ihm nicht besonders eitel erschienen. Schön, ja, schön hatte er sie gefunden, und er hatte ihr seine Freude an ihrer Schönheit auch gezeigt. Sie hatte ihm gezeigt, dass sie sich über seine

Freude freute – mit einem Blick, einer Geste, einem Lächeln. Anmutig waren diese Blicke und Gesten, dieses Lächeln gewesen und auch die Art, wie sie sich im Spiegel musterte. Aber nicht eitel.

Und doch war sie an ihrer Eitelkeit gestorben. Als der Arzt einen Knoten in ihrer rechten Brust festgestellt und eine Operation angeraten hatte, war sie aus Angst, ihr werde die Brust abgenommen, nicht mehr zu ihm gegangen. Dabei hatte sie mit ihren hohen, vollen, festen Brüsten nie geprahlt, und sie hatte auch nicht geklagt, als sie in den letzten Monaten vor ihrem Tod abmagerte und die Brüste an ihr wie leere Hosentaschen hingen, die einer nach außen kehrt, um zu zeigen, dass er nichts hat. Sie hatte ihm immer den Eindruck gemacht, sie habe ein ganz selbstverständliches Verhältnis zu ihrem Körper, im Guten wie im Schlechten. Erst nach ihrem Tod, als er durch eine angelegentliche Bemerkung des Arztes von der vermiedenen Operation erfuhr, fragte er sich, ob das, was er für ein selbstverständliches Verhältnis gehalten hatte, nicht lange ein verwöhntes und am Ende ein resigniertes gewesen war.

Er machte sich Vorwürfe, dass er damals, als die Operation anstand, nichts gemerkt hatte und dass sie nicht mit ihm hatte reden, ihre Angst teilen und ihre Entscheidung finden wollen. Damals – er hatte keine spontane Erinnerung an die Zeit, zu der sie die Nachricht vom Knoten und die Aufforderung zur Operation bekommen haben musste. Er fügte die Erinnerung Stück um Stück zusammen und fand nichts Auffälliges. Sie waren einander damals so vertraut wie immer, er war beruflich weder besonders stark unter Druck noch besonders viel auf Reisen gewesen, und auch sie hatte ihren Beruf versehen wie immer. Sie war Geigerin im städtischen Orchester, zweite Geige, erstes Pult, und gab daneben Unterricht. Ihm fiel ein, dass sie damals nach Jahren, in denen sie nur davon geredet hatten, sogar wieder gemeinsam musizierten, die Sonate »La folia« von Corelli.

Über den Erinnerungen verstummten seine Selbstvorwürfe und machten einem Unbehagen Platz, das der Vertrautheit zwischen ihm und ihr galt. Hatte er sich etwas vorgemacht? Waren sie einander gar nicht so vertraut gewesen? Aber woran sollte es gemangelt haben? Hatten sie nicht ein gutes Leben gehabt? Und sie hatten miteinander geschlafen, bis sie schwer krank wurde, und geredet bis zu ihrem Tod.

Auch das Unbehagen verschwand. Oft hatte er ein Gefühl der Leere, bei dem er selbst nicht wusste, was ihm fehlte. Auch wenn ihm unvorstellbar war, die Probe aufs Exempel zu machen, fragte er sich dann, ob er wirklich seine Frau vermisste oder nicht einfach einen warmen Körper im Bett und jemanden, mit dem er ein paar Worte wechseln konnte, der leidlich interessant fand, was er zu sagen hatte, und dem umgekehrt er mit leidlichem Interesse zuhören mochte. Er fragte sich auch, ob die Sehnsucht, die er gelegentlich nach seiner Arbeit hatte, wirklich seiner Arbeit galt und nicht vielmehr einem beliebigen sozialen Kontext und einer Rolle, die er gut spielen konnte. Er wusste, dass er langsam war, langsam im Wahrnehmen und im Verarbeiten, langsam im Sicheinlassen wie im Sichlösen.

Manchmal war ihm, als sei er aus seinem Leben gefallen, falle immer noch, werde aber bald unten anlangen und könne unten wieder von vorne anfangen, ganz klein, aber von vorne.

3

Eines Tages kam ein Brief für seine Frau, dessen Absender er nicht kannte. Immer wieder einmal kam Post für sie, Drucksachen, Rechnungen für Zeitschriften und Mitgliedschaften, der Brief einer Freundin, an die er beim Verschicken der Todesanzeigen nicht gedacht hatte, an die er sich angesichts des Briefs aber sofort erinnerte, die Todesanzeige eines ehemaligen Kollegen oder eine Einladung zu einer Vernissage.

Der Brief war kurz, in flüssiger Schrift mit Füller geschrieben.

Liebe Lisa,

Du findest, ich hätte es Dir damals nicht so schwermachen sollen, ich weiß. Ich stimme Dir nicht zu, auch heute nicht. Und doch bin ich, wie ich damals nicht wusste und heute weiß, schuldig geworden. Auch Du bist es. Wie lieblos sind wir beide damals mit unserer Liebe umgegangen! Wir haben sie erstickt, Du mit Deiner Ängstlichkeit und ich mit meinen Forderungen, und hätten sie wachsen und blühen lassen können.

Es gibt die Sünde des ungelebten Lebens, der ungeliebten Liebe. Du weißt, dass eine gemeinsam begangene Sünde die, die sie gemeinsam begangen haben, auf immer verbindet?

Vor ein paar Jahren habe ich Dich gesehen. Es war bei einem Gastspiel Deines Orchesters in meiner Stadt. Du bist älter geworden. Ich habe Deine Falten und die Müdigkeit Deines Körpers gesehen und an Deine Stimme gedacht, wie sie in Ängstlichkeit und Abwehr schrill wird. Aber es hat nichts geholfen; wenn es sich ergeben hätte, wäre ich mit Dir wieder einfach ins Auto gestiegen oder in den Zug und losgefahren und hätte wieder Nächte und Tage im Bett mit Dir verbracht. Du kannst mit meinen Gedanken nichts anfangen? Aber mit wem soll ich sie teilen, wenn nicht mit Dir!

Rolf

Die Anschrift im Absender lautete auf eine große Stadt im Süden. Als er den Brief gelesen hatte, holte er einen Plan der Stadt, suchte die Straße und fand sie an einem Park. Er stellte sich den Schreiber des Briefs vor, am Schreibtisch mit Blick auf den Park. Er selbst sah in die Wipfel der Bäume an der Straße vor seinem Haus. Sie waren noch kahl.

Er kannte die Stimme seiner Frau nicht schrill. Er hatte nie Nächte und Tage im Bett mit ihr verbracht. Er war mit ihr nie einfach ins Auto oder in den Zug gestiegen und losgefahren. Er war zuerst nur verwundert, dann fühlte er sich betrogen und bestohlen; seine Frau hatte ihn um etwas betrogen, was ihm gehört hatte oder doch gebührt hätte, und der andere Mann hatte es ihm gestohlen. Er wurde eifersüchtig.

Es blieb nicht bei der Eifersucht auf das, was seine Frau mit dem anderen geteilt und was er nicht gekannt hatte. Woher sollte er wissen, ob sie ihm die Eine und dem Anderen eine Andere gewesen war? Vielleicht war sie dem Anderen auch die gewesen, die sie ihm gewesen war. Wenn Lisa und er in einem Konzert waren und ihre Hände sich fanden, weil sie beide das Stück mochten, wenn er ihr beim morgendlichen Schminken zusah und sie ihm einen kleinen Blick und ein kleines Lächeln zuwarf, ehe sie wieder mit Konzentration auf ihr Bild im Spiegel schaute, wenn sie morgens aufwachte und sich zugleich an ihn kuschelte und von ihm weg reckte und streckte, wenn er ihr von einem Problem seiner Arbeit erzählte und sie scheinbar kaum zuhörte, um ihn Stunden oder Tage später mit einer Bemerkung zu überraschen, die ihre Aufmerksamkeit und Anteilnahme zeigte – in solchen Situationen hatte sich ihm die Vertrautheit ihres gemeinsamen Lebens offenbart. Dass es eine exklusive Vertrautheit sei, hatte sich für ihn von selbst verstanden. Jetzt aber war ihm nichts mehr selbstverständlich. Warum sollten sie und der Andere nicht ebenso vertraut miteinander gewesen sein? Warum sollte sie nicht auch mit dem Anderen Hand in Hand im Konzert gesessen haben, nicht auch ihm beim Schminken zugeblinzelt und zugelächelt, nicht auch in seinem Bett und an ihn sich gekuschelt, gereckt und gestreckt haben?

4

Der Frühling kam, und er wachte morgens vom Zwitschern der Vögel auf. Es war jeden Morgen dasselbe. Er wachte auf, glücklich, die Vögel zu hören und den Schein der Sonne im Zimmer zu sehen, und für einen Moment schien die Welt in Ordnung. Aber dann kam es ihm wieder in den Sinn: der Tod seiner Frau, der Brief des Anderen, die Affäre der beiden und dass seine Frau in dieser Affäre eine ganz andere als die, die ihm vertraut war, und überdies auch noch genau die gewesen sein musste. Affäre – so hatte er das, was der Brief enthüllte, zu nennen begonnen, und aus der Frage, ob seine Eifersucht doppelten Anlass habe, hatte er die Gewissheit gemacht, dass es so sei. Manchmal fragte er sich, was schlimmer sei: dass der, den man liebt, mit einem anderen ein anderer oder dass er eben der ist, der einem vertraut ist. Oder ist das eine so schlimm wie das andere? Weil einem so oder so etwas gestohlen wird – das, was einem gehört, und das, was einem gehören sollte? Es war wie bei einer Krankheit. Auch der Kranke wacht auf und braucht einen Moment, bis er wieder weiß, dass er krank ist. Und wie eine Krankheit vergeht, vergehen auch Trauer und Eifersucht. Das wusste er, und er wartete darauf, dass es ihm bessergehe.

Mit dem Frühling wurden seine Spaziergänge länger. Sie bekamen Ziele. Er ging nicht mehr einfach drauflos, sondern über die Felder zu der Schleuse in der Ebene oder durch die Wälder zu der Burg über dem Fluss oder zwischen blühenden Obstbäumen entlang den Bergen zu einer benachbarten kleinen Stadt, wo er einkehrte und für den Heimweg den Zug nahm. Immer häufiger kam es vor, dass er am späten Nachmittag die übliche Flasche Sekt aus dem Kühlschrank holte und wieder zurücklegte. Immer häufiger fand er sich auch in Gedanken an etwas, das nicht mit seiner Frau, ihrem Tod, dem Anderen und der Affäre zu tun hatte.

Eines Samstags ging er in die Stadt. Er hatte dazu in den letzten Monaten keinen Anlass gehabt. Da, wo er wohnte, gab es eine Bäckerei und einen Lebensmittelladen, und mehr hatte er nicht gebraucht. Als er dem Zentrum näher kam, der Verkehr und das Geschiebe und Gedränge der Menschen dichter wurden, Geschäft sich an Geschäft reihte, die Luft erfüllt war von den Stimmen der Menschen, dem Rauschen des Verkehrs, den Melodien von Straßenmusikanten und Rufen von Straßenhändlern, bekam er Angst. Er fühlte sich von den Menschen, ihrer Geschäftigkeit und ihren Geräuschen bedrängt. Er ging in eine Buchhandlung, aber auch hier war es voll und drängten sich Menschen vor den Regalen, Tischen und der Kasse. Eine Weile stand er im Bereich der Tür und konnte sich weder entschließen, weiter hinein- noch hinauszugehen, stand anderen im Weg, wurde angerempelt und bekam ärgerliche Entschuldigungen zu hören. Er wollte nach Hause, hatte aber nicht die Kraft, auf die Straße zu treten und nach Hause zu laufen, in die Straßenbahn zu steigen oder eine Taxe zu suchen. Er hatte sich für stärker gehalten. Wie ein Genesender, der sich übernimmt und einen Rückfall erleidet, würde er mit dem Gesundwerden wieder von vorne anfangen müssen.

Als er es schließlich in die Straßenbahn geschafft hatte, stand eine junge Frau auf und bot ihm ihren Platz an. »Ist Ihnen nicht gut? Schon in der Buchhandlung standen Sie da, dass man Sorge um Sie haben musste.« Er erinnerte sich nicht, sie in der Buchhandlung gesehen zu haben. Er dankte ihr und setzte sich. Die Angst ließ nicht nach. Mit dem Gesundwerden wieder von vorne anfangen müssen – hieß das, dass er jetzt unten angelangt war? Er hätte es gerne geglaubt, hatte aber das Gefühl, noch tiefer zu fallen.

Zu Hause legte er sich am hellen Tag ins Bett. Er schlief ein und wachte nach ein paar Stunden auf. Es war immer noch hell, und die Angst war weg.

Er setzte sich an den Schreibtisch, nahm ein

Blatt Papier und schrieb ohne Datum und ohne Anrede.

Ihr Brief kam an. Aber er erreichte die, der Sie ihn geschrieben haben, nicht mehr. Lisa, die Sie gekannt und geliebt haben, ist tot.

B.

BB hatten seine Frau und Freunde ihn lange genannt, bis irgendwann B daraus geworden war. Mit B für Benner hatte er im Amt seine Vermerke und Verfügungen gezeichnet. Mit B für Bengt hatte er sich angewöhnt, auch privat zu unterschreiben, auch an seine Kinder, die Papa früher liebevoll Baba ausgesprochen hatten, wie es dem weichen Dialekt entsprach. Er mochte, dass das eine B so vielen Rollen gerecht wurde.

Er steckte das Blatt in einen Umschlag, adressierte und frankierte ihn und warf ihn ein paar Straßen weiter in den Briefkasten.

5

Drei Tage später fand er eine Antwort.

Braune! Du willst die Lisa nicht mehr sein, die ich geliebt habe? Sie soll für mich gestorben sein?

Wie gut verstehe ich Deinen Wunsch, die Vergangenheit totzuschweigen, wenn sie schmerzhaft in die Gegenwart reicht. Aber sie kann nur in die Gegenwart reichen, wenn sie noch lebendig ist. Unsere gemeinsame Vergangenheit ist für Dich noch so lebendig wie für mich – wie gut das tut! Und wie gut, dass Du, die auf meine Briefe damals nie geantwortet hat, mir jetzt geschrieben hast. Und dass Du meine Braune geblieben bist, wenn Du Dich auch in der Abkürzung versteckst.

Dein Brief hat mich glücklich gemacht.

Rolf

Braune? Ja, sie hatte braune Augen gehabt und braune Locken, braune Härchen auf Armen und Beinen, die im Sommer, wenn ihre Haut braun wurde, blond bleichten, und viele braune Muttermale. Meine braune Schöne hatte er sie manchmal bewundernd genannt. Braune – das war etwas anderes. Es war knapp, herrisch, besitzergreifend. Braune – das war die Stute, der man die Nüstern streichelt, die Seite tätschelt, um sich auf sie zu schwingen und ihr den Druck der Schenkel zu geben.

Er ging an den Sekretär seiner Frau, ein Möbel aus dem Biedermeier. Er wusste, dass es ein Geheimfach hatte. Als er nach ihrem Tod ihre Sachen durchgesehen hatte, hatte er sich gescheut, danach zu suchen. Jetzt räumte er alle Fächer leer, zog alle Schubladen heraus, fand die Wand, hinter der sich das Geheimfach befinden musste, und nach einer Weile auch die Leiste, die er zu drücken hatte, um mit der Wand einen Kubus so um seine Achse drehen zu können, dass er eine Tür zeigte. Sie war verschlossen, er brach sie auf.

Ein Bündel Briefe mit rotem Band – am Poststempel sah er, dass es die Briefe der Jugendliebe waren, von der seine Frau ihm erzählt hatte. Ein Poesie- oder Fotoalbum mit Lederriemen und Schloss. Bei einem anderen Bündel mit grünem Band erkannte er die Schrift ihrer Eltern. Er erkannte auch die Schrift des Anderen. Vier Briefe waren von einer großen Briefklammer zusammengehalten. Er nahm sie mit zu seinem Platz am Fenster, einem Ohrensessel und einem Nähtisch, Biedermeiermöbel wie der Sekretär und mit ihm vor der Hochzeit gemeinsam mit Lisa gekauft. Er setzte sich und las.

Lisa,

es ist anders geworden, als Du es Dir am Anfang vorgestellt hattest, schwerer. Ich weiß, dass es Dir manchmal Angst macht und Du weglau-

fen möchtest. Aber Du darfst nicht weglaufen. Und Du musst es auch nicht. Ich bin bei Dir, auch wenn ich nicht bei Dir bin.

Zweifelst Du an meiner Liebe, weil ich's Dir nicht leichter mache? Es steht nicht in meiner Macht. Ja, auch ich hätte lieber, wenn es einfach für uns wäre, wenn wir miteinander und füreinander leben könnten und nichts sonst. Aber so ist die Welt nicht. Und doch ist sie wunderbar; sie hat uns einander finden und lieben lassen.

Ich kann Dich nicht lassen, Lisa.

Rolf

Nein, Lisa, nicht wieder. Wir hatten es vor einem Jahr und vor einem halben, und Du weißt, dass ich Dich nicht lassen kann. Ich kann nicht ohne Dich. Und Du kannst nicht ohne mich. Nicht ohne meine Liebe, nicht ohne die Lust, die ich Dir gebe. Wenn Du mich verlässt und ich stürze, rettungs- und bodenlos, reiße ich Dich mit hinab. Lass es dazu nicht kommen. Bleib die Meine, wie ich der Deine bleibe,

Dein Rolf

Du bist nicht gekommen. Ich habe auf Dich gewartet, Stunde um Stunde, und Du bist nicht gekommen. Nun ja, sie schafft's eben nicht pünkt-

lich, habe ich mir zuerst gedacht und dann mir Sorgen gemacht und dann herumtelefoniert und dann von Deiner Putzfrau erfahren, dass Du nicht ans Telefon kommen kannst. Von Deiner Putzfrau! Du bist nicht nur nicht gekommen. Du hast Dich von Deiner Putzfrau vor mir verleugnen lassen.

Ich bin voller Zorn, verzeih. Ich habe kein Recht, zornig auf Dich zu sein. Es war alles zu viel für Dich, konnte so nicht weitergehen, musste sich ändern, und Du hast mir das nur zeigen können, indem Du nicht gekommen bist. Und ich habe es wohl auch nur so begreifen können.

Ich habe es begriffen, Lisa. Lass uns für eine Weile alles vergessen, was uns belastet. Du bist nächste Woche mit dem Orchester in Kiel – häng einen oder zwei Tage dran, Tage nur für uns. Und lass mich bald von Dir hören.

Rolf

Die Putzfrau, die Putzfrau! Ist sie jeden Tag bei Euch? Jedenfalls ist sie jedes Mal dran, wenn ich anrufe. Oder Dein Mann – bald wird er sich über den abendlichen Anrufer wundern, der immer auflegt, wenn er sich meldet. Ach, Lisa. Das Scheitern meiner Anrufe hat etwas Groteskes,

Komisches. Lass uns mit der Groteske Schluss machen und über die Komik lachen, zusammen lachen, im Bett zusammen lachen, schmusen und lachen und wieder schmusen und wieder lachen und...

Ich bin die nächste Woche hier. Ich warte auf Dich, nicht nur an unserem Tag und zu unserer Zeit, ich warte jeden Tag und jede Nacht auf Dich und jede Stunde.

Rolf

Auf keinen der vier Briefe hatte der Schreiber ein Datum gesetzt. Das Datum des Poststempels auf dem ersten Brief lag zwölf Jahre zurück, auf den drei anderen elf, im Abstand weniger Tage.

Was war auf den letzten Brief gefolgt? Hatte Lisa nachgegeben? Hatte der Andere aufgegeben? Ohne weitere Briefe einfach aufgegeben?

6

Er erinnerte sich gut an die Zeit, aus der die Briefe stammten. Vor elf Jahren war Wahl, und obwohl Bundestagsmehrheit und Regierungskoalition gleich blieben, wechselte der Minister. Der neue ersetzte ihn, der parteilos war, durch einen parteizugehörigen Beamten und versetzte ihn in den einstweiligen Ruhestand. Zwar wurde er nach einem Jahr für eine Stelle bei einer staatlichen Stiftung reaktiviert und hatte dort eine interessante Aufgabe. Aber Macht, wie er sie im Ministerium für ein paar Jahre gehabt und genossen hatte, hatte er nicht mehr.

Ja, in den letzten Jahren im Ministerium war er stark unter Druck und viel auf Reisen gewesen und hatte seine Akten auch an den Wochenenden bearbeiten müssen, wenn nicht im Amt, dann zu Hause. Gleichwohl hatte er gedacht, mit Ehe und Familie sei alles in Ordnung; er hatte auch gemeint, er versichere sich dessen in den gelegentlichen Kontakten mit seiner Frau und seinen Kindern hinreichend. Hatte er das wirklich? Ihm war jetzt, als habe er sich damals nicht nur etwas vorgemacht, sondern eigentlich auch schon gewusst, dass er sich etwas vormachte. Ihm kamen Situationen in den Sinn, in denen Lisa abwesend oder abweisend gewesen war. »Was ist?«, hatte er gefragt. – »Nichts«, hatte sie geantwortet. – »Es stimmt doch was nicht.« – »Nein, es ist alles in Ordnung. Ich bin nur müde« oder »Ich bekomme nur meine Tage« oder »Ich bin mit den Gedanken beim Orchester« oder »bei einem Schüler«. Er hatte nicht weitergefragt.

Und dann, als er bald nach dem letzten Brief aus

dem Ministerium ausgeschieden war? Beschämt merkte er, dass er aus dem Jahr seines einstweiligen Ruhestands noch weniger Erinnerungen an seine Ehe und seine Familie hatte. Er hatte sich ungerecht behandelt gefühlt, war verletzt gewesen, hatte seine Wunden geleckt und erwartet, dass man, die Welt, der Staat, der Minister, die Freunde, die Frau, die Kinder das Unrecht wiedergutmachen. Er hatte so sehr auf das geschaut, was er von den anderen kriegte oder nicht kriegte, dass er gar nicht gemerkt hatte, wie es um sie stand. Ihm fiel sein Kampf gegen den Lärm der Kinder und ihrer Freunde ein. Der fröhliche Lärm war für ihn nur eine Missachtung seines Bedürfnisses nach Ruhe gewesen.

Er fand in seinen Erinnerungen nichts, was ihm die Frage beantwortete, ob es zwischen Lisa und dem Anderen nach dem letzten Brief weitergegangen war. Manchmal war Lisa in jenem schwierigen Jahr auf ihn zugegangen, und er hatte sie zurückgestoßen, wenn auch nur, damit sie ihn trotzdem und erst recht liebe – wie ein Kind. Das wusste er noch, aber nicht, was sonst zwischen ihnen gewesen war. Er konnte sich nicht vorstellen, dass sie neben dem Orchester viel Zeit außer Hause verbracht haben sollte, ohne dass er, der stets zu Hause war, es gemerkt hätte. Aber was hatte er in jenem Jahr überhaupt gemerkt!

Er schrieb.

Deine jetzigen Briefe sind wie Deine damaligen: Sie bedrängen mich. Du bedrängst mich. Wenn sich das nicht änderst, ich will sagen, wenn Du das nicht änderst, wirst Du von mir nichts mehr hören. Mach nicht wieder denselben Fehler.

B.

Ihm war nicht wohl. Aber er fand, es komme nicht darauf an. Wohl war ihm auch nicht, wenn er den Brief nicht schrieb. Oder einen anderen schrieb. Lisa hatte sich dem Anderen entzogen, und wenn es dabei geblieben war, wollte er seinen Frieden damit machen. Und wenn es nicht lange gedauert hatte. Und wenn es nicht tief gegangen war.

7

Lisa, meine Braune,

sei fair. Ich war damals verzweifelt. Mein Leben war verpfuscht, sosehr Du mir geholfen hattest und ich gekämpft hatte, und dann hast Du mich auch noch aus Deinem Leben geworfen, wie man einen streunenden Köter aus seiner Wohnung wirft, und alle Türen und Fenster ver-

schlossen. Ich wusste mir nicht zu helfen. Ich wollte Dich nicht bedrängen. Ich wollte Dich nur erreichen, Dich sehen, mit Dir reden. Ich erinnere mich nicht mehr genau an den Inhalt der Briefe, die ich Dir damals geschrieben habe. Aber ich kann mir nicht vorstellen, dass in dem, was Dich bedrängend anmutet, nicht meine Verzweiflung spürbar ist, meine Angst, Dich zu verlieren oder schon verloren zu haben. Und habe ich Dich, nachdem ich Dich schließlich am Telefon erreicht und um die Ecke im Regen getroffen habe und Du mir gesagt hast, dass es aus ist, ein und für alle Mal aus, dass Du mich nicht mehr sehen kannst und willst, nicht in Ruhe gelassen?

Aber vielleicht meinst Du ja auch gar nicht nur das Ende. Meinst Du den Anfang? Als Du weggelaufen bist und ich hinter Dir hergerannt bin und Dich an der Mauer neben der Kirche gestellt habe? Ja, wenn ich nicht die Hände neben Dir gegen die Mauer gepresst und Dich mit meinen Armen eingesperrt hätte, hätte ich Dir nicht sagen können, was ich Dir zu sagen hatte. Aber ich habe Dich nicht angerührt, bis Du mir die Arme um den Hals gelegt hast. Und in unserer ersten Nacht hast auch Du die Arme um mich gelegt – erinnerst Du Dich nicht mehr? Es war kalt, so kalt, dass Du nicht mehr unter der Decke hervorkommen wolltest, und so habe ich mich aufgerichtet und über Dich gebeugt und das Licht neben Dir ausgeknipst, und dann hast Du doch die Arme unter der Decke hervorgestreckt und mich zu Dir genommen.

Ich weiß, Du hast Dich und mich später noch mal und noch mal gefragt, ob ich unsere erste Begegnung nicht von langer Hand eingefädelt, ob ich nicht ein abgekartetes Spiel mit Dir gespielt habe. Ich mochte damals und mag auch heute nicht sagen, dass es Zufall war, dass wir uns begegnet sind. Es war ein Geschenk des Himmels.

Hast Du die Bilder noch? Von den ersten hattest nur Du Abzüge. Ein Kollege von Dir hat sie gemacht, und eines sehe ich vor mir: das Restaurant in Mailand, lauter Musiker um einen großen Tisch und neben Dir ich, gerade von der Oboe von meinem einsamen Tisch an Euren geselligen geholt. Die nächsten Bilder sind vom Comer See – ich habe noch die Negative. Auf einem hat der kleine Junge vom Obststand auf den Auslöser gedrückt, und wir schauen verwirrt, verliebt, glücklich und entschlossen. Auf einem anderen ist das große, alte, weiße Hotel unserer ersten Nacht zu sehen; die Berge tragen noch Schnee, und Du lehnst an unserem Mietwagen und hast das Tuch um den Kopf gebunden wie

Caterina Valente in den fünfziger Jahren. Eines hast Du von mir gemacht, ohne dass ich's gemerkt habe; ich bin, schon im Mantel und Aufbruch, auf den Balkon getreten und schaue auf den See hinunter, auf dem, weil es noch so kalt ist, kein Schiff und kein Boot unterwegs ist. Und das Bild von Dir im Morgenlicht, zu dem Du mir den silbernen Rahmen geschenkt hast.

Wenn Du Dich von mir bedrängt gefühlt hast, am Anfang, am Ende, wann auch immer – es tut mir leid. Ich dachte, wir hätten gemeinsam unter dem Druck der Situation gestanden und gelitten, beide nicht so frei füreinander, wie wir gerne gewesen wären. Wir waren auf verschiedene Weise eingesperrt, und vielleicht hast Du an Deinem Konflikt schwerer getragen als ich an meinem. Aber auch ich hatte es mit meinem nicht leicht, und das Schwerste war, dass ich Dich ständig bitten musste, mir zu helfen.

Ich traue mich nicht, Dich um ein Wiedersehen zu bitten. Aber Du sollst wissen, dass ich es mir sehr wünsche.

Rolf

Er hatte das Album, als er es im Geheimfach gefunden hatte, wieder zurückgelegt. Jetzt nahm er es heraus, zerschnitt den Lederriemen und schlug es auf. Auch das Album fing mit den Bildern der Tischrunde im Mailänder Restaurant an: blitzlichtgeblendete Blicke, alkoholbeschwingte Gesten, leer gegessene Schüsseln und Teller, volle und leere Karaffen, Flaschen und Gläser. Er erkannte den einen und anderen Kollegen von Lisa. Sie saß neben einem Mann, den er noch nie gesehen hatte. Auf jedem Bild lachte er in die Runde, zu seinem Nachbarn, zu Lisa, in die Kamera, die Linke mit erhobenem Glas und die Rechte um Lisas Schultern gelegt. Dann kamen die Bilder vom Comer See: Lisa und der Andere neben einem Obststand, Lisa mit Auto in der Auffahrt eines Hotels der Jahrhundertwende, Lisa neben einer Palme am See, Lisa an einem Cafétisch, Espressotasse und Wasserglas vor sich, Lisa mit schwarzer Katze auf dem Arm. Er fand auch den Anderen auf dem Balkon über dem See. Und er fand Lisa im Bett. Sie lag auf der Seite, Arme und Beine um die Decke geschlungen, und wandte das verschlafene, zufriedene Gesicht der Kamera zu.

Es kamen noch mehr Bilder. Auf manchen erkannte er Häuser, Straßen, Plätze, das Schloss oder eine Kirche der Stadt, in der er lebte. Einige mochten in der Stadt des Anderen aufgenommen worden sein. Kein Bild deutete noch mal auf eine Reise hin. Das letzte Bild zeigte den Anderen in Badehose und mit Handtuch über eine Wiese kommen. Groß, schlank, mit gerader Haltung und festem Gang, mit vollem Haar und weichem Lächeln – er sah gut aus.

8

Er musterte sich im Spiegel. Die weißen Haare auf der Brust, die Altersflecken und -warzen am ganzen Körper, der Speck um die Hüfte, die dünnen Beine und Arme. Der Kopf mit dem schütteren Haar, die tiefen Furchen über der Stirn, zwischen den Brauen und von den Nasenflügeln zu den Mundwinkeln, der schmallippige Mund, die leere Haut unter dem Kinn. Er fand in seinem Gesicht nicht Schmerz oder Trauer oder Zorn, sondern nur Verdruss.

Der Verdruss fraß in ihm und zehrte in kleinen Bissen sein vergangenes Leben auf. Was immer seine Ehe getragen hatte, Liebe, Vertrautheit, Gewohnheit, Lisas Klugheit und Fürsorge, ihr Körper, ihre Rolle als Mutter seiner Kinder – es hatte auch sein Leben außerhalb seiner Ehe getragen. Es hatte ihn getragen sogar bei seinen gelegentlichen Phantasien von einem anderen Leben und anderen Frauen.

Er zog den Bademantel über und rief seine Tochter an. Ob er am nächsten Tag kommen könne? Nicht für lange, nur für ein paar Tage. Nein, er halte es alleine schon noch aus. Er wolle mit ihr reden.

Sie sagte, er solle kommen. Er hörte das Zögern in ihrer Stimme.

Ehe er am nächsten Morgen aufbrach, schrieb er eine Antwort. Den Anderen anzureden, konnte er sich wieder nicht entschließen; er begann wieder einfach so.

Was Du Dir alles vormachst! Ja, wir standen in verschiedenen Situationen – was soll daran gemeinsam gewesen sein? Und was soll für Dich schwer daran gewesen sein, mich um Hilfe bitten zu müssen? Ich habe sie geleistet. War das nicht schwerer?

Die Dinge schönreden – das hast Du damals gemacht, und Du machst es heute wieder. Ja, ich habe die Bilder noch. Aber ich schaue sie an, und sie wecken keine glücklichen Erinnerungen. Da war zu viel Lüge.

Du willst mich sehen – wir sind noch nicht so weit, wenn wir es überhaupt jemals sein werden.

B.

Er hatte das Auto seit Monaten nicht mehr benutzt. Jemand von der Werkstatt musste kommen und beim Anlassen helfen. Das Fahren war ungewohnt, aber nicht unangenehm. Er stellte das Radio an, machte das Schiebedach auf und ließ die Frühlingsluft herein.

Das letzte Mal war er die Strecke mit seiner Frau gefahren. Sie war schon sehr krank gewesen und hatte nur noch wenig gewogen; er hatte sie in eine Decke gehüllt und die Treppe hinab und über die Straße zum Auto getragen. Er hatte das geliebt: sie einhüllen, aufnehmen und tragen. Ehe sie ausfuhren, ließ sie sich von ihm waschen und kämmen und nahm ein bisschen Eau de toilette; das Schminken hatte sie aufgegeben. Er trug sie, und sie duftete und seufzte und lächelte.

Die Erinnerung war ungetrübt. Er merkte, dass überhaupt die Erinnerung der letzten Jahre, der Jahre der Krankheit und des Sterbens, von den jüngsten Entdeckungen nicht berührt war. Als wären die Lisa, um die er geworben und mit der er eine Familie gehabt und das Leben bewältigt hatte, und die andere, die langsam verlosch, zwei verschiedene gewesen. Als hätten Krankheit und Sterben in ihr alles getilgt, woran sich seine Eifersucht festmachte.

Die Straße führte durch kleine Orte, Felder und

Wald, durch weißgetünchte, rotgeziegelte Ordnung und eine ebenfalls geordnete Natur, die in hellem Grün und in den Gärten mit bunten Blumen prunkte. In den Orten waren die Straßen leer; die Kinder waren in der Schule und die Erwachsenen bei der Arbeit. Zwischen den Orten begegnete ihm ab und zu ein anderes Auto, ein Traktor, ein Lastwagen. Er liebte das hügelige Land zwischen den Bergen und der Ebene. Es war ein Teil von seiner und Lisas Heimat, der sie, auch als ihn seine Karriere ins Ministerium und in die Hauptstadt geführt hatte, die Treue bewahrt hatten. Sie hatten ihr Haus behalten, die Kinder waren in ihren Schulen geblieben, und er war gependelt, manchmal nur für einen Tag, manchmal für mehrere Tage oder die ganze Woche. Auch die Kinder hingen an dieser Heimat; als sie aus dem Haus gingen, zogen auch sie nicht weit weg. Eine Stunde mit dem Auto zur Tochter, zwei Stunden zum Sohn – über die Autobahn und bei schneller Fahrt konnte er es sogar in der Hälfte der Zeit schaffen. Aber jetzt hatte er es nicht eilig.

Er versuchte, sich auf das Gespräch vorzubereiten, das er mit seiner Tochter führen wollte. Was sollte er seiner Tochter von Lisa und sich und dem Anderen sagen? Wie sie fragen, ob Lisa mit ihr über ihn und den Anderen gesprochen hatte? Ihm war, als hätten Lisa und seine Tochter einander nahegestanden. Aber genau wusste er es nicht; seine Erinnerungen an Lisa und seine Tochter Arm in Arm, an seine Tochter, die nach Hause kommt und nach ihrer Mutter ruft, oder an Lisa, die mit ihm Urlaub macht und Stunden am Telefon verbringt, weil ihre Tochter mit ihr reden muss, stammen aus einer Zeit, als die Tochter noch ein Teenager war.

9

»Was willst du mit mir reden?«

Seine Tochter fragte ihn, während sie die Couch im Wohnzimmer für die Nacht bezog. Er hatte angeboten zu helfen, sie hatte abgelehnt, und er stand mit den Händen in den Taschen da. Sie fragte ihn abweisend.

»Lass uns morgen darüber reden.«

Sie breitete die Decke über das Bett und richtete sich auf. »Seit Mutters Tod haben wir dich eingeladen, und ich habe gedacht, dass es dir und mir guttäte, dass wir uns näherkämen, weil wir beide ... Weil du deine Frau verloren hast wie ich meine Mutter, und Georg und die Kinder hätten sich auch gefreut. Du hast unsere Einladungen ausgeschlagen und mir damit sehr weh getan. Jetzt kommst du und willst mit mir reden. Es ist wie früher, wenn du dich monatelang nicht um uns gekümmert hattest und plötzlich am Sonntagmorgen mit uns spazieren gehen und reden wolltest. Uns fiel nichts ein, und du wurdest ärgerlich – ich möchte das gerne hinter mich bringen.«

»War es so schlimm?«

»Ja.«

Er guckte auf seine Schuhe. »Es tut mir leid. Ich hatte, wenn ich lange viel zu tun hatte, den Kontakt zu euch verloren. Dann hatte ich ein schlechtes Gewissen, wusste aber nicht, was ich euch fragen sollte. Ich war mehr verzweifelt als ärgerlich.«

»Verzweifelt?« Seine Tochter fragte ironisch.

Er nickte. »Ja, wirklich verzweifelt.« Er wollte seiner Tochter erklären, wie sein Leben damals war und dass er den Verlust des Vertrauens seiner Kinder gemerkt und darunter gelitten hatte. Aber er sah im Gesicht seiner Tochter die Ablehnung dessen, was er sagen wollte. Sie war streng und bitter geworden. Zwar konnte er dahinter noch das offene, fröhliche und zutrauliche Mädchen erkennen, das sie einmal gewesen war, aber er konnte es nicht mehr ansprechen und hervorlocken. Er konnte auch nicht fragen, wie das fröhliche Mädchen zur bitteren Frau hatte werden können. Immerhin konnte er die Frage stellen, die er mitgebracht hatte, auch wenn die Antwort wieder abweisend sein würde. »Hat deine Mutter mit dir über unsere Ehe geredet?«

»Deine Mutter – kannst du nicht einfach ›Mutter‹ sagen, wie andere Männer, oder ›Lisa‹? Dass sie meine Mutter ist, betonst du, als... als...«

»Hat deine... hat Mutter gesagt, dass sie nicht mag, wenn ich so von ihr rede?«

»Nein, sie hat nie gesagt, dass sie nicht mag, was du machst.«

»Erinnerst du dich an die Zeit vor elf Jahren? Du hast Abitur gemacht und im Sommer...«

»Du musst mir nicht sagen, was ich damals gemacht habe, ich weiß es selbst. Im Sommer ist Mutter mit mir zur Feier des Abiturs eine Woche nach Venedig gefahren. Warum?«

»Hat sie auf der Reise über mich gesprochen? Über unsere Ehe? Vielleicht über einen anderen Mann?«

»Nein, hat sie nicht. Und du solltest dich schämen, über Mutter solche Fragen zu stellen. Du solltest dich schämen.« Sie ging kurz in den Flur und kam mit zwei Handtüchern zurück. »Hier. Du kannst ins Bad. Frühstück ist um halb acht, und ich wecke dich um sieben. Gute Nacht.«

Er wollte sie in die Arme nehmen, aber als er auf sie zutrat, winkte sie ihm kurz zu und witschte aus dem Zimmer. Oder winkte sie ihm nicht zu, sondern ab?

Er ging nicht ins Bad. Er hatte Angst; ihn kostete der Weg über den Flur ins Bad mehr Mut, als er hatte. Wenn er sich vertun und plötzlich im Zimmer seiner Tochter und ihres Mannes stehen würde? Oder im Kinderzimmer? Oder im Treppenhaus, bei zugefallener Wohnungstür? Er würde klingeln, sich ausschimpfen lassen und entschuldigen müssen. Er beschloss, nicht auch noch seinen Sohn zu besuchen. Er würde auch Lisas beste Freundin nicht besuchen und nach Rolf fragen.

10

Er fuhr am nächsten Morgen, als das Haus leer, seine Tochter und ihr Mann bei der Arbeit und die Kinder in der Schule waren. Er verabschiedete sich mit einem Gruß auf einem Zettel.

Die Fahrt dauerte vier Stunden. Er kannte die Stadt nicht gut, fand aber die Straße, das Haus am Park und in der Nähe ein Zimmer in einem Hotel. Er hängte seine Kleider in den Schrank und machte einen Spaziergang. Die kleine Straße, an der das Hotel lag, kreuzte eine breite Straße mit breiten Bürgersteigen und mündete in einen kleinen Platz.

Von der Bank auf dem Platz konnte er in die Straße schauen, in der der Andere wohnte. Das Haus war eine in Wohnungen aufgeteilte Jugendstilvilla, deren Rückseite wie die der Nachbarhäuser an einen Bach und den Park grenzte.

Wenn er in den nächsten Tagen auf seinem Spaziergang zur Bank kam, fand er sie leer. Zwar lud das warme Wetter zum Sitzen ein, aber auf den Bänken im Park, zu dem es nur ein paar Schritte waren, saß es sich schöner. Er blieb, bis er die Zeitung gelesen hatte, nicht länger und nicht kürzer, ging danach am Haus des Anderen vorbei und über den Bach in den Park. Er machte die Runde jeden Tag ein bisschen später. Dabei schmiedete er Pläne. Den Anderen ausforschen, einkreisen, seine Gewohnheiten und Neigungen erkunden, sein Vertrauen gewinnen, seinen wunden Punkt finden. Dann – er wusste nicht, was dann kommen, was er dann tun würde. Irgendwie würde er den Anderen aus seinem und Lisas Leben tilgen.

Am Dienstag der zweiten Woche saß er gegen zwölf Uhr auf der Bank, als der Andere aus dem Haus trat. Er trug einen Anzug mit Weste, hatte eine Krawatte umgebunden und ein passendes Tüchlein in die Brusttasche gesteckt. Ein Geck! Er war schwerer als auf den Fotografien, hatte eine stattliche Gestalt und ging mit beschwingtem

Schritt. Als er den Platz erreichte, bog er in die kleine Straße und an der Kreuzung in die breite. Nach ein paar hundert Metern setzte er sich auf die Terrasse eines Cafés. Der Kellner brachte ihm unaufgefordert Kaffee, zwei Croissants und ein Schachspiel. Der Andere nahm ein Buch aus der Innentasche, stellte die Figuren auf und spielte eine Partie nach.

Als der Andere am nächsten Tag kam, saß er schon vor einem Schachbrett mit einer Partie von Keres gegen Euwe. »Indisch?«, fragte der Andere, als er stehenblieb und zusah.

»Ja.« Er schlug mit einem weißen Turm einen schwarzen Bauern.

»Schwarz muss die Dame opfern.«

»Das fand Keres auch.« Er schlug den weißen Turm mit der schwarzen Dame und diese mit der weißen. Er stand auf. »Gestatten Sie, mein Name ist Riemann.«

»Feil.« Sie schüttelten sich die Hände.

»Wollen Sie sich dazusetzen?«

Sie tranken zusammen Kaffee, aßen Croissants und spielten die Partie zu Ende. Dann spielten sie eine Partie gegeneinander.

»O Gott, es ist drei, ich muss los.« Der Andere verabschiedete sich hastig. »Sehe ich Sie morgen wieder?«

»Gerne. Ich bleibe noch eine Weile in der Stadt.«

Sie verabredeten sich für den nächsten Tag, dann für den Tag darauf, und dann bedurfte es keiner Verabredung mehr. Sie trafen sich um halb eins, aßen ein spätes Frühstück und spielten eine Partie. Dann redeten sie. Manchmal schlenderten sie durch den Park.

»Nein, ich war nie verheiratet. Ich bin nicht für die Ehe geschaffen. Ich bin für die Frauen geschaffen, und die Frauen sind's für mich. Aber Ehe – manchmal musste ich rennen, wenn's brenzlig wurde, und ich war immer schnell genug.« Er lachte.

»Sie haben nie eine Frau getroffen, bei der Sie gerne geblieben wären?«

»Klar hat's Frauen gegeben, die bei mir bleiben wollten. Aber wenn's genug war, war's genug. Sie kennen Sepp Herberger: Nach dem Spiel ist vor dem Spiel.«

Oder sie sprachen über den Beruf.

»Wissen Sie, für mich, der jahrelang internationale Verantwortung getragen hat und heute in New York und morgen in Hongkong war, war der Beruf etwas anderes als für jemanden, der Tag um Tag ins selbe Büro geht und dieselbe Arbeit macht.«

»Was haben Sie gemacht?«

»Nennen wir's Troubleshooting. Ich habe in Ordnung gebracht, was andere vermasselt haben. Rebellen entführen die Frau des deutschen Botschafters oder die Tochter des Repräsentanten von Mannesmann, der Dieb bietet der Nationalgalerie das gestohlene Bild zum Rückkauf, die PDS parkt das Vermögen der SED bei der Mafia – Sie verstehen, was ich meine?«

»Sie haben mit den Rebellen, dem Dieb oder der Mafia verhandelt?«

»Einer muss es machen, oder?« Der Andere guckte bedeutend und bescheiden.

Oder sie sprachen über ihre Liebhabereien.

»Lange konnte ich mir ein Leben ohne Polo nicht vorstellen. Sie spielen Golf? Nein? Nun, Polo verhält sich zu Golf wie Reiten zu Laufen.«

»Was Sie nicht sagen!«

»Sie reiten auch nicht? Wie soll ich's Ihnen dann erklären? Es ist das schnellste, härteste und ritterlichste Spiel. Leider habe ich nach dem letzten Sturz aufgeben müssen.«

Oder sie sprachen über Hunde.

»So, Sie haben lange einen Hund gehabt? Was für einen?«

»Einen Mischling. Er hatte ein bisschen Schäferhund, ein bisschen Rottweiler und noch ein bisschen was. Wir haben ihn gekriegt, als er ein oder zwei Jahre alt war, einen rumgeschubsten, geprügelten, depressiven Kerl. Das blieb er auch. Aber er war so glücklich, wie er sein konnte, und hätte sich für die Familie in Stücke hauen lassen. Wenn er nicht vor Angst unter den Sessel gekrochen wäre.«

»Ein Versager. Das ist auch was, das ich nicht leiden kann. Versager. Ich hatte lange einen Dobermann, der Preise gewonnen hat, Preise über Preise. Ein tolles Tier.«

11

Ein Aufschneider, dachte er, ein Geck und ein Aufschneider. Was hat Lisa an ihm gefunden?

Er rief seine Putzfrau an und bat sie, ihm die Post ins Hotel nachzuschicken.

Nein, meine Braune, so schlimm war es nicht, mir zu helfen. Wir haben gedacht, es würde ein Erfolg werden. Außerdem hast Du gemocht, dass ich Dich gebraucht habe. Für mich war es schlimm, nicht alleine zurechtzukommen.

Es war mir eine Lehre. Inzwischen sieht mein Leben anders aus. Dass ich die Dinge schönrede, ist nicht wahr. Ich sehe in ihnen Schönes, das die anderen nicht sehen. Ich habe auch Dir Schönes gezeigt, das Du nicht gesehen hast, und Dich damit glücklich gemacht.

Lass mich Dir wieder die Augen öffnen und Dich wieder glücklich machen!

Rolf

Aus Angst, sich zu verraten, hatte er dem Anderen nicht gesagt, aus welcher Stadt er kam. Das war unnötig vorsichtig gewesen und nahm ihm überdies Anknüpfungspunkte für Gespräche mit dem Anderen, Angelhaken, die der Andere schlucken und mit denen er ihn fangen konnte. So erwähnte er die Stadt; er habe eine Weile in ihr gelebt.

»Hatte ich auch mal eine Wohnung. Kennen Sie die Häuser am Fluss, zwischen der neuen Brücke und der anderen, noch neueren, deren Namen ich nicht mehr weiß? Da war das.«

»Wir hatten ein Haus im selben Viertel, aber am Feld hinter der Schule.« Er nannte die Straße, seine Straße.

Der Andere runzelte die Stirn. »Erinnern Sie sich an Ihre Nachbarn?«

»Den einen und anderen.«

»Erinnern Sie sich an die Frau, die im Haus Nummer 38 wohnte?«

»Braune Haare, braune Augen, Geigerin, zwei

Kinder, der Mann Beamter? Meinen Sie die? Haben Sie sie gekannt?«

Der Andere schüttelte den Kopf. »So ein Zufall, so ein Zufall. Ja, wir haben uns einmal gekannt. Ich meine, wir hatten...« Er schaute auf seine Hände. »Sie ist eine feine Frau.«

Meine Frau war eine feine Frau? Obwohl der Andere es respektvoll sagte, klang es ihm herablassend und anmaßend. Es ärgerte ihn.

Es ärgerte ihn auch, wenn er im Schach gegen den Anderen verlor. Es passierte selten; der Andere spielte fahrig, hatte die Augen auf der Straße oder bei einer Frau oder einem Hund am Nebentisch, redete viel, lobte die eigenen Züge, nahm sie, wenn sie falsch waren, beleidigt zurück und erklärte, wenn er verlor, wortreich, warum er eigentlich hätte gewinnen müssen. Wenn er gewann, freute er sich und gab an wie ein Kind. Wie klug er den Turm gegen den Springer getauscht oder den Bauern geopfert, wie raffiniert er seinen Damenflügel geschwächt und dadurch sein Zentrum gestärkt hätte – alles, was während des Spiels passiert war, interpretierte und präsentierte der Andere als Beleg seines überlegenen Könnens.

In der zweiten Woche pumpte der Andere ihn an. Ob er für ihn zahlen könne? Er habe sein Geld vergessen. Am nächsten Morgen pumpte er ihn wieder an. Er habe sein Geld nicht zu Hause vergessen, wie er gedacht habe. Er müsse es in der Hose gelassen haben, die er in die Reinigung gebracht habe und die er erst nach dem Wochenende abholen könne. Deshalb müsse er auch um einen größeren Betrag bitten, der ihn übers Wochenende bringe. Vierhundert Mark seien wohl zu viel, aber wie stünde es mit dreihundert?

Er gab ihm das Geld. Er ärgerte sich über die Bitte des Anderen. Er ärgerte sich über den Gesichtsausdruck, mit dem der Andere um das Geld bat und es nahm. Als tue er ihm, indem er ihn bat und von ihm nahm, einen Gefallen.

Er ärgerte sich darüber, dass er nicht wusste, was er weiter machen sollte. Weiter mit dem Anderen Schach spielen, spazieren gehen, ihm Geld leihen und seine angeberischen Geschichten hören, darunter eines Tags die Geschichte der Affäre mit seiner Frau? Er musste näher an ihn rankommen.

Er schrieb seiner Putzfrau, legte einen Brief an den Anderen bei und bat sie, ihn einzuwerfen.

Ja, vielleicht sollten wir uns wiedersehen. In ein paar Wochen komme ich in Deine Stadt und könnte Dich treffen. Dein Leben sieht anders aus – zeig es mir. Zeig mir Deine Arbeit, Deine Freunde und, wenn es sie gibt, die Frau in Dei-

nem Leben. Da, wo wir damals aufgehört haben, können wir nicht weitermachen. Aber vielleicht gibt es einen Platz in Deinem Leben für mich und in meinem für Dich – im Leben drin und nicht an seinem Rand.

B.

Er besuchte den Anderen. Unaufgefordert und unangekündigt klingelte er bei ihm. Das Schild mit den Namen, Klingeln und der Sprechanlage, in Messing glänzend und zu der Jugendstilfassade und dem Jugendstileingang des gepflegten Hauses passend, führte zuunterst den Namen des Anderen auf. Die Haustür war offen, und als er den Namen des Anderen an den beiden Wohnungstüren im Erdgeschoss nicht fand, ging er die Treppe hinunter, deren Stufen wie der Boden der Eingangshalle aus Marmor und deren Geländer wie das der Treppe zu den oberen Geschossen aus geschnitzter Eiche waren. Es war die Kellertreppe; an ihrem Ende war rechter Hand eine Eisentür mit der Aufschrift Keller. Aber linker Hand war eine Wohnungstür mit dem Namen des Anderen. Er klingelte.

Der Andere rief »Frau Walter?«, nach einer Weile »Ich komme gleich!« und machte nach wieder einer Weile auf. Er stand in ausgebeulten Sporthosen und fleckigem Unterhemd da. Durch die Tür waren ein ebenerdiges Fenster zum Garten, ein ungemachtes Bett, ein Tisch voller Geschirr, Zeitungen und Flaschen, zwei Stühle, ein Schrank und durch eine weitere offene Tür Klo und Dusche zu sehen. »Oh«, sagte der Andere, trat in den Flur und zog die Tür fast zu, »das ist eine Überraschung.«

»Ich wollte einfach einmal...«

»Kolossal, wirklich kolossal. Tut mir leid, dass ich Sie nicht gehörig empfangen kann. Hier ist's zu eng und oben zu lange her, dass ich nach dem Rechten gesehen habe. Ich kampiere seit zwei Monaten im Keller, weil ich mich um die Schildkröten kümmere. Sie mögen Schildkröten?«

»Ich habe nie...«

»Sie haben nie mit Schildkröten zu tun gehabt? Selbst Leute, die welche zu Hause haben, kennen sie nicht. Und wie sollen sie sie mögen, wenn sie sie nicht kennen? Kommen Sie mit!« Er führte ihn durch die Eisentür und einen Gang in den Heizungskeller. »Bald können sie raus, aber ich sage mir, lieber zu viel Vorsicht als zu wenig. Das gibt's bei uns fast nie, dass Schildkröten Junge kriegen. Als die Alte im Herbst bei den Büschen gegraben hat, habe ich an alles gedacht, nur nicht daran, dass sie Eier vergräbt. Drei Eier, ich habe sie in den Heizungskeller gelegt, und aus zweien sind kleine Schildkröten geschlüpft.«

Das Licht im Heizungskeller war schwach. Ehe sich seine Augen daran gewöhnten, nahm der Andere seine Linke und setzte eine winzige Schildkröte in seine Handfläche. Er spürte ihre unbeholfen rudernden Beine, ein zartes Kratzen und Kribbeln. Dann sah er sie, gepanzert wie eine große Schildkröte und mit der gleichen faltigen Haut unter dem Kopf und dem gleichen langsamen Lidschlag über den alten, weisen Augen. Zugleich war sie anrührend klein, und als er sie mit den Fingern der Rechten berührte, spürte er, wie weich ihr Panzer noch war.

Der Andere sah ihm zu. Er machte eine lächerliche Figur; die Sporthose hing unter seinem dicken Bauch, die Arme waren kläglich weiß und dünn, und das Gesicht zeigte den innigen Wunsch, bewundert und gelobt zu werden.

Ob das stimmte? Oder hatte der Andere die kleinen Schildkröten gekauft? Konnte man so kleine Schildkröten kaufen? Trug er sonst ein Korsett, das seinen dicken Bauch hielt? Wohnte er in diesem Kellerloch, damit er eine gute Adresse angeben und morgens mit seinem guten Anzug aus einem guten Haus treten konnte?

Die kleine Schildkröte in seiner Hand ließ ihn beinahe weinen. So jung und schon so alt, so schutzlos und unbeholfen und schon so weise. Zugleich ärgerte ihn der Andere. Seine schmuddelige Erscheinung, seine verkommene Wohnung, sein Aufschneiden, seine Gier nach Anerkennung – diesen Versager hatte Lisa ihm vorgezogen?

12

Ein paar Tage später zog der Andere beim Frühstück den Briefumschlag aus der Jackentasche und legte ihn auf den Tisch. »Ich habe eine wichtige Nachricht bekommen.« Er strich mit der Hand über den Briefumschlag. »Mich wird eine berühmte Geigerin besuchen – dass ich ihren Namen nicht nennen kann, werden Sie verstehen. Ich werde ihr einen Empfang ausrichten. Bleiben Sie in der Stadt? Darf ich Sie einladen?«

Aber es ging weniger um seine Einladung als darum, ihn als finanziellen Förderer zu gewinnen. »Sie können kommen? Wie schön! Darf ich Sie auch bitten, mir aus einer momentanen Schwierigkeit zu helfen? Bei den Immobilien, mit denen ich zur Zeit zu tun habe, bin ich in einer schon länger drin, als es mir recht ist. Als Folge davon habe ich ein kleines Cash-flow-Problem, das den Empfang nicht beeinträchtigen soll, nicht wahr?«

»Wie viel Geld brauchen Sie?« Er sah den Anderen an, wieder eine gepflegte Erscheinung mit Anzug, Weste, Krawatte und passendem Brusttuch. Die Krawatten und Tüchlein wechselten oft, Anzüge gab es zwei, und die schwarzen Schuhe mit dem Budapester Lochmuster, die immer makellos glänzten, waren immer dieselben. Erst jetzt kam es ihm zu Bewusstsein. Erst jetzt kam ihm auch zu Bewusstsein, dass der Andere bei ihren Spaziergängen durch den Park darauf bestand, dass sie auf den geteerten und gekiesten Wegen gingen, auf denen die Schuhe geschont würden. Dass er mit Immobilien zu tun hatte und in einer schon länger drin war, als ihm recht war – war er in der Jugendstilvilla Hausmeister? Er würde ihm Geld geben. Der Empfang mochte eine Gelegenheit sein, seine Freunde und Bekannten kennenzulernen. Eine Gelegenheit, ihn vor seinen Freunden und Bekannten bloßzustellen. »Sie kennen die Trattoria Vittorio Emanuele zwei Straßen weiter links? Es ist eines der besten italienischen Restaurants, das ich kenne, und den hinteren Raum, den Raum zum Hof, kann man für eine geschlossene Gesellschaft bekommen. Ich kenne den Wirt. Mehr als dreitausend Mark wird er für ein Essen für zwanzig Personen nicht nehmen.«

»Ein Essen? Ich denke, Sie wollen einen Empfang geben.«

»So stelle ich mir's vor. Helfen Sie mir mit dem Geld aus?«

Noch während er nickte, begann der Andere, Pläne zu machen. Was es zum Essen geben solle. Dass der Aperitif bei schönem Wetter im Hof serviert werden könne, dass Reden gehalten werden sollten. Wen er einladen wolle.

Wen er einladen wolle – bei jedem weiteren Frühstück ging es darum. Langsam gewann aus den möglichen Gästen, die er benannte und beschrieb, sein Leben Gestalt. Er redete von dem Theater, das er einmal gehabt habe, und von Leuten von Theater und Film, nicht oder nicht mehr berühmt, aber der eine und andere Name klang immerhin bekannt. Er erwähnte einen ehemaligen Polizeipräsidenten, einen Domkapitular, einen Professor und einen Bankdirektor; er habe ihnen einmal einen Gefallen getan, und sie kämen sicher gerne. Was für einen Gefallen? Dem Polizeipräsidenten habe er bei einer Geiselnahme einen Hinweis geben können, der Professor und der Bankdirektor hätten ohne ihn nicht rechtzeitig gemerkt, dass ihre halbwüchsigen Kinder Drogenprobleme hatten, und der Domkapitular habe sich mit dem Zölibat schwergetan. Er wolle auch das erste und zweite Brett der Schachmannschaft einladen, in der er das dritte gewesen war. Unter den Immobilienleuten, mit denen er zur Zeit zu tun habe, hätten nur wenige Niveau, aber einen oder zwei könnte er einladen. »Bei meinen internationalen Kontakten muss ich mich leider zurückhalten. Bei ihnen ist Geheimhaltung alles.«

Nachdem der Andere dieselben Namen noch mal und noch mal durchgespielt hatte, sagte er: »Und meinen Sohn.«

»Sie haben einen Sohn?«

»Ich habe mit ihm kaum Kontakt gehabt. Sie werden sich erinnern, wie das mit unehelichen Kindern früher war. Als unehelicher Vater konnte man zahlen, aber Besuche, gemeinsame Tage und Ferien gab's nicht. Immerhin weiß mein Sohn, dass ich sein Vater bin.« Er schüttelte den Kopf. »Ich fürchte, er ist, was mich angeht, ein bisschen voreingenommen. Aber gerade darum wär's gut, wenn er mich in meiner Welt sähe, meinen Sie nicht auch?«

Nach Tagen freudiger Planung wurde er ängstlich. Er hatte einen weiteren Brief mit dem Datum des Besuchs bekommen. »Am Samstag in zwei Wochen. Die Trattoria ist frei; aber ich muss mich mit den Einladungen beeilen. Und was, wenn niemand kommt?«

»Warum bitten Sie auf den Einladungen nicht um Antwort?«

»U. A. w. g. – natürlich kommt das auf die Einladungen. Aber die Antworten können Ab- und Zusagen sein. Schreibe ich: ›Zu Ehren der Violinistin ... erlaube ich mir, Sie zu einem Essen in der Trattoria Vittorio Emanuele einzuladen‹, oder schreibe ich: ›Aus Anlass des Aufenthalts der Violinistin... in unserer Stadt erlaube ich mir...‹, oder lasse ich den Namen weg und schreibe: ›Eine alte Freundin und berühmte Violinistin ist zu Besuch in unserer Stadt. Ich erlaube mir, Sie zu einem gemeinsamen Essen ...‹, oder stelle ich am Anfang um: ›Eine berühmte Violinistin und alte Freundin...‹«

»Ich würde den Namen weglassen. Ich finde die knappen Einladungen die besten.«

Der Andere ließ den Namen weg, ließ sich aber die berühmte Violinistin und alte Freundin nicht nehmen. Zwei Wochen vor dem Termin waren die Einladungen bei den Empfängern. Es begann das Warten auf die Zu- und Absagen.

Er beobachtete die Vorbereitungen, Hoffnungen und Ängste des Anderen mit gemischten Gefühlen. Wenn er Rache suchte, war die Einladung die Gelegenheit, sie zu nehmen, auch wenn er noch nicht wusste, wie er sie nehmen würde. Also hoffte er mit dem Anderen auf Zusagen. Also half er mit Geld und Rat. Aber zugleich gönnte er dem Anderen nichts, nicht einmal die Zusagen. Der Andere war ein Geck, ein Aufschneider, ein Schönredner, ein Versager. Er war in seine Ehe eingebrochen. Er war vermutlich auch in andere Ehen eingebrochen. Er hatte vermutlich nicht nur ihn angepumpt, sondern auch andere um ihr Geld betrogen.

Eines Abends gingen sie zusammen zur Trattoria Vittorio Emanuele und probierten den Raum und das Menü. Paté tricolore, Lamm mit Polenta und Contorni, Torta di ricotta, dazu Pinot Grigio und Barbera. Das Essen war hervorragend, aber der Andere sorgte sich um alles und jedes: War die Paté nicht zu fest? War genug Rosmarin am Lamm? Sollten die Contorni nicht anders gewählt werden? Er sorgte sich, ob Leute kämen, ob sein Sohn käme und was er dächte, ob ihm die Rede gelänge, wie er den Besuch der berühmten Violinistin und alten Freundin sonst zu einem Erfolg machen könne. Er vertraute sich an: Es handele sich um eine Frau, die ihm und der er einmal sehr nahegestanden habe. Dann fiel ihm ein, dass er einen ehemaligen Nachbarn der Frau vor sich hatte. »Wir haben neulich über sie geredet – erinnern Sie sich? Sie ist eine feine Frau, und Sie sollten keine falschen Schlüsse ziehen.«

13

Die meisten sagten ab. Zusagen kamen von ein paar Leuten von Theater und Film, vom Domkapitular, dem zweiten Brett und dem Sohn. An Stelle derer, die absagten, wurden andere eingeladen. Aber von den zusätzlichen Einladungen war der Andere nicht eigentlich überzeugt; er kannte die, die er einlud, kaum, oder er fand, mit ihnen sei kein Staat zu machen.

Mit dem Wachsen der Schwierigkeiten, das Essen zu einem gelungenen Ereignis zu machen, wurde er kleinlauter. »Sie müssen wissen, dass ich mich in letzter Zeit gesellschaftlich zurückgehalten habe. Sie kennen das sicher; manchmal lebt man mehr nach außen und manchmal mehr nach innen. Ich hatte gehofft, mit dem Empfang ins gesellschaftliche Leben zurückzukehren. Gut, dass Sie kommen. Ich kann mich darauf verlassen, nicht wahr?« Eines Tages, beim Weg von der Toilette auf die Terrasse des Cafés, in dem sie frühstückten und Schach spielten, kam er am Telefon vorbei, an dem der Andere gerade von seinem alten Freund, dem ehemaligen Staatssekretär im Innenministerium, sprach. Er fragte nach. »Wer ist der ehemalige Staatssekretär, mit dem Sie befreundet sind?« – »Sie. Haben Sie nicht gesagt, dass Sie im Ministerium gearbeitet haben? Und ein Mann Ihres Formats – ich weiß, was Sache ist, auch ohne dass man's mir sagt.«

Vor wem sollte er den Anderen beim Essen bloßstellen? Vor Gästen, die ebensolche Versager waren wie der Andere selbst? Er hatte sich manchmal ausgemalt, er würde sagen, die berühmte Violinistin, am Kommen leider verhindert, habe ihm als ehemaligem Nachbarn, der ihr in Vorfreude auf das Wiedersehen geschrieben habe, mit einem Brief geantwortet. Sie habe ihn gebeten, den Brief beim Essen vorzulesen. Im Brief würde er den Anderen der Lächerlichkeit und Verachtung preisgeben, nicht grob und nicht plump, sondern auf scheinbar liebevollste Weise. »Ich freue mich, dass Deine Hoffnungen endlich in Erfüllung gegangen sind. Wie gerne würde ich Deinen Erfolg mit Dir und Euch feiern. Dass ich nicht nur auf Dich, sondern auch auf mich stolz bin – verstehst Du es? Damals, als niemand an Dich geglaubt hat, habe ich an Dich geglaubt und Dir mit meinem Geld helfen können. Und jetzt hast Du's der Welt endlich gezeigt!«

Er war ziemlich sicher, dass das die Hilfe war, die der Andere von Lisa bekommen hatte: Geld. Es war leicht herauszufinden gewesen, dass der Andere mit seinem Theater vor elf Jahren Bankrott gemacht hatte. Er hatte nur mit dem jetzigen Eigentümer sprechen müssen. Lisas Bank hatte er nicht gefragt. Aber von der Erbschaft, die sie gleich nach der Hochzeit gemacht hatte, war nach ihrem Tod nichts übrig gewesen. Er hatte sich, als er ihre Bankkonten aufgelöst hatte, gewundert, denn wenn sie das Geld verbraucht oder den Kindern gegeben hätte, hätte er es mitgekriegt. In den ersten Jahren der Ehe hätte ihnen das Geld das Leben leichter machen können, aber sie hatten sich vorgenommen, es nur anzutasten, wenn es nicht anders ginge. Es ging immer anders; sie verdienten bald mehr, als sie verbrauchten. So hatte er sich gewundert. Aber nachzuforschen, wann und wohin die fünfzigtausend verschwunden waren – danach war ihm nach ihrem Tod nicht gewesen.

Er schrieb den Brief nicht, der den Anderen bloßstellen würde. Er schrieb einzelne Absätze im Kopf, aber wenn er sich hinsetzte, um einen Entwurf zu Papier zu bringen, hatte er keine Energie. Zuerst war es noch zu lange hin. Dann wurde angesichts der zu erwartenden Gäste das Vorhaben überhaupt fraglich.

Aber daran lag es nicht, dass ihm die Energie fehlte. Auch seine Eifersucht und sein Ärger verloren ihre Kraft. Ja, er war betrogen und bestohlen worden. Aber hatte Lisa nicht genug gebüßt? Und hatte sie ihm in den letzten Jahren nicht in einer

Weise gehört, von der der Andere keine Ahnung hatte? Wovon hatte der Andere überhaupt Ahnung? Er war ein Versager, ein Blender, und wäre es Lisa damals nicht schlecht gegangen, hätte er bei ihr keine Chance gehabt. Um Eifersucht, Ärger zu wecken, war er zu mies.

Er beschloss abzureisen. Zuerst wollte er den Anderen in seinem Kellerloch besuchen und sich von ihm verabschieden. Dann verschob er es auf das nächste Frühstück.

»Ich reise heute ab.«

»Wann kommen Sie wieder? Es sind nur noch drei Tage.«

»Ich komme nicht wieder. Ich will auch mein Geld nicht wieder. Essen Sie mit denen, die kommen. Lisa wird nicht kommen.«

»Lisa?«

»Lisa, Ihre Braune, meine Frau. Sie ist im letzten Herbst gestorben. Sie haben nicht mit ihr korrespondiert, sondern mit mir.«

Der Andere senkte den Kopf. Er nahm die Hände vom Tisch, legte sie in den Schoß und ließ Kopf und Schultern hängen. Der Zeitungsverkäufer kam, legte wortlos eine Zeitung hin und nahm sie wortlos wieder weg. Die Kellnerin fragte: »Darf's noch was sein?«, und bekam keine Antwort. Ein Cabriolet fuhr an den Straßenrand und hielt im Halteverbot; zwei Frauen stiegen aus, gingen lachend über den Bürgersteig und setzten sich lachend einen Tisch weiter. Ein Terrier schnüffelte von Tisch zu Tisch und an den Beinen des Anderen. »Woran ist sie gestorben?«

»Krebs.«

»War es schlimm?«

»Sie ist ganz dünn geworden, so dünn, dass ich sie auf einem Arm tragen konnte. Die Schmerzen waren nicht schlimm, auch am Ende nicht. Das kriegt man heute in den Griff.«

Der Andere nickte. Dann sah er auf. »Sie haben meinen Brief an Lisa gelesen?«

»Ja.«

»Dann wollten Sie rausfinden, was ich für Lisa war? Wer ich bin? Sie wollten sich an mir rächen?«

»So etwa.«

»Wissen Sie's jetzt?« Als er keine Antwort bekam, fuhr er fort. »Das Rächen hat sich erledigt, weil ich ohnehin ein Versager bin. Stimmt's? Ein Aufschneider, der von den alten Zeiten schwadroniert, als seien sie gut und golden gewesen und nicht Blech und Bankrott und Gefängnis. Was? Das haben Sie noch nicht gewusst? Jetzt wissen Sie's.«

»Warum?«

»Ihre Frau hat meine Schulden und beim zweiten Prozess meinen Verteidiger bezahlt, aber die

Bewährung vom ersten war dahin. Ich hatte versucht, mein Theater zu retten.«

»Dafür...«

»...kommt man nicht ins Gefängnis? Kommt man doch, wenn man tut, als wäre alles besser, als es ist, als gäb's Geld, wo keines ist, und Verträge, wo weit und breit nicht einmal Interessenten sind, und Zusagen von Schauspielern, die man noch nie gesehen hat und mit denen man noch nie geredet hat. Aber das wissen Sie doch. Haben Sie mir nicht geschrieben, dass ich die Dinge schönrede? Ja, ich mache sie schön. Ich mache sie schöner, als sie es sonst wären. Ich kann es, weil ich in ihnen Schönes sehe, das Sie nicht darin sehen.«

Der Andere richtete sich auf. »Ich kann nicht sagen, wie leid mir Lisa tut.« Er schaute herausfordernd. »Sie tun mir nicht leid. Denn ich will Ihnen noch etwas sagen. Lisa ist bei Ihnen geblieben, weil sie Sie geliebt hat, noch in schlechten Tagen mehr als mich in guten. Fragen Sie mich nicht, warum. Aber mit mir war sie glücklich. Und ich will Ihnen auch sagen, warum. Weil ich ein Aufschneider bin, ein Schwadroneur, ein Versager. Weil ich nicht das Monster an Effizienz, Rechtschaffenheit und Griesgrämigkeit bin, das Sie sind. Weil ich die Welt schön mache. Sie sehen nur, was sich Ihnen darbietet, und nicht, was sich darunter verbirgt.« Er stand auf. »Ich hätte es merken können. Die Briefe klangen so griesgrämig, wie Sie griesgrämig klingen. Ich habe sie mir schöngelesen.« Er lachte. »Machen Sie's gut.«

14

Er fuhr nach Hause. Hinter der Haustür lagen die Briefe, die der Postbote durch den Schlitz geworfen hatte, und Benachrichtigungen über Päckchen, die auf dem Postamt lagerten. Die Putzfrau war, nachdem er sie gebeten hatte, ihm die Post nachzuschicken, nicht mehr im Haus gewesen. Sie hatte auch den Müll stehengelassen, den er bei seiner Abreise aus der Küche geräumt, aber im Flur vergessen hatte. Jetzt stanken Flur und Treppenhaus. Die Blumen, die Lisa geliebt und die er ihr zum Andenken gepflegt hatte, waren grau verdorrtes, geschrumpftes Geranke auf rissiger Erde.

Er machte sich sofort an die Arbeit. Er trug den Müll und die Blumen raus, putzte die Küche, taute den Eisschrank ab und wischte ihn aus, saugte Wohn- und Schlafzimmer, bezog das Bett und wusch Wäsche. Er holte die Päckchen vom Postamt, die noch nicht wieder zurückgeschickt worden waren, kaufte ein und schaute im Garten, worum er sich in den nächsten Tagen und Wochen würde kümmern müssen.

Am Abend war er fertig. Es war spät; als er die letzte Wäsche in der Maschine gewaschen und zum Trocknen aufgehängt hatte, war Mitternacht. Er war zufrieden. Er hatte ein unerfreuliches Kapitel abgeschlossen. Er hatte sein Haus in Ordnung gebracht. Am nächsten Morgen würde er beginnen, wieder sein Leben zu leben.

Aber am nächsten Morgen wachte er auf, wie er aufgewacht war, ehe er zu seiner Reise aufgebrochen war. Die Sonne schien, die Vögel sangen, durch das Fenster kam ein weicher Wind, und die Bettwäsche roch frisch. Er war glücklich, bis ihm alles einfiel: die Briefe, die Affäre, seine Eifersucht und sein Ärger, sein Überdruss. Nein, er hatte nichts abgeschlossen. Er war auch nirgendwo angekommen, weder unten, wo er wieder von vorne anfangen konnte, noch in seinem alten Leben noch in einem neuen. Sein altes Leben war ein Leben mit Lisa gewesen, auch noch nach ihrem Tod, auch noch, nachdem er von der Affäre erfahren hatte und eifersüchtig geworden war. Über der Kampagne gegen den Anderen hatte er Lisa verloren. Sie war ihm fremd geworden, wie ihm der Andere fremd war, ein Posten in seinem Liebes-, Eifersuchts-, Aufklärungs- und Rachekalkül, dessen er nun überdrüssig war. Hier hatte sie neben ihm gelegen und hatte er sie auch nach ihrem Tod so lebendig erinnert, dass ihm manchmal gewesen war, als müsse er nur den Arm ausstrecken und könne sie berühren. Jetzt war neben ihm nur ein leeres Bett.

Er machte sich im Garten an die Arbeit. Er mähte, beschnitt, hackte, jätete, kaufte und setzte neue Pflanzen und sah, dass die Platten des Sitzplatzes unter der Birke neu verlegt und der Zaun an der Straße neu gestrichen werden mussten. Er beschäftigte sich zwei Tage lang im Garten und sah, dass er sich noch drei, vier und fünf Tage lang beschäftigen könnte. Aber dass er mehr als das Beet oder die Rosen oder den Buchs, dass er sein Leben in Ordnung brächte, wenn er mit Hacke, Rechen und Schere arbeitete, glaubte er schon am zweiten Tag nicht mehr.

Er glaubte auch nicht mehr ans Fallen und daran, unten anzulangen und wieder von vorne anzufangen. Er hatte das Bild geliebt und sich den Fall und das Aufkommen schmerz- und schwerelos vorgestellt. Aber Fallen konnte ganz anders sein. Wenn er fiel, dann vielleicht, um krachend aufzuschlagen und mit gebrochenen Gliedern und zerplatztem Schädel liegenzubleiben.

Am dritten Tag hörte er mit der Arbeit auf. Es ging auf Mittag zu; er räumte Farbe und Pinsel weg und hängte das Schild »Frisch gestrichen« an den halbfertigen Zaun. Er schaute im Fahrplan nach den Verbindungen nach der Stadt im Süden. Er musste sich beeilen. Der Empfang sollte um sieben Uhr beginnen; der Andere hatte es ihm oft genug gesagt und auch im letzten Brief an Lisa geschrieben, der unter der Post war.

Als er im Zug saß, fragte er sich, ob er nicht an der nächsten Station aussteigen und umkehren solle, und als er ankam, ob er nicht ins Hotel fahren, ein, zwei Tage in der Stadt verbringen und endlich einfach deren Schönheit genießen solle. Aber die Adresse, die er dem Fahrer der Taxe gab, war die Adresse der Trattoria Vittorio Emanuele, und dort stieg er aus, ging hinein und in den Raum zum Hof. Die Türen zum Hof waren offen, im Hof standen die Gäste zu zweien und dreien mit Gläsern und kleinen Tellern, und der Andere ging von Gruppe zu Gruppe. Dunkler Seidenanzug, dunkles Hemd, Krawatte und Brusttuch zueinander passend, die vertrauten schwarzen Schuhe mit dem Budapester Lochmuster, das Haar voll und schwarz, das Gesicht lebhaft, Haltung und Bewegungen leicht und sicher – er war der Star. Hatte er den Anzug geliehen? Hatte er die Haare gefärbt? Trug er ein Korsett, oder zog er den Bauch so gut ein? Als er sich das fragte und selbst den Bauch einzuziehen versuchte, sah der Andere ihn und kam zu ihm. »Wie schön, dass Sie gekommen sind!«

Der Andere führte ihn herum und stellte ihn als Staatssekretär a. D. vor. Wenn ich Staatssekretär a. D. bin, wer mag sich hinter dem Domkapitular und den Schauspielern und Schauspielerinnen verbergen? Wer hinter den verlegen lächelnden Kollegen aus der Immobilienbranche und den lauten Frauen von der Haute Couture? Das zweite Brett war echt; ein Rentner, der früher Lastwagen gefahren war und mit denselben ausholenden Armbewegungen, mit denen er Lastwagen durch Kurven gesteuert hatte, seine Erfolge am Schachbrett beschrieb. Echt war auch der Sohn, ein etwa dreißig Jahre alter Fernsehtechniker, der seinen Vater und die Gäste mit interessierter, gelassener Verwunderung betrachtete.

Der Andere war ein vollendeter Gastgeber. Wo ein Glas oder ein Teller leer war, ein Gast alleine stand, das Gespräch stockte – ihm entging nichts, und er brachte den Kellner auf Trab, zog die alleine Stehenden ins Gespräch und gruppierte seine Gäste immer wieder neu, bis alle sich so gefunden hatten, dass sie gerne miteinander redeten. Nach einer halben Stunde war der Hof erfüllt vom Gewirr der Stimmen.

Als es dunkel wurde, bat der Andere seine Gäste

hinein. Aus kleinen Tischen war eine große Tafel gestellt worden. Der Andere führte jeden an seinen Platz, setzte am oberen Ende den Staatssekretär a. D. rechts neben sich und den Domkapitular links und neben diese beiden an den Längsseiten zwei Frauen von der Haute Couture. Als alle saßen, blieb er stehen. Seine Gäste sahen es und wurden still.

»Ich hatte Sie eingeladen, weil ich mit Ihnen den Besuch einer alten Freundin feiern wollte. Sie kommt nicht. Sie ist gestorben. Aus dem Wiedersehens- und Willkommensessen ist ein Abschiedsessen geworden.

Das heißt nicht, dass wir nicht fröhlich sein dürfen. Ich selbst bin fröhlich, weil Sie gekommen sind, meine Freundinnen und Freunde, mein Sohn, Lisas Mann.« Er legte ihm die Hand auf die Schulter. »So muss ich nicht einsam Abschied nehmen. Ich muss nicht traurig Abschied nehmen von Lisa, die eine fröhliche Frau war.«

War meine Frau eine fröhliche Frau? Er spürte eine Welle von Eifersucht. Er wollte nicht, dass sie mit dem Anderen fröhlich gewesen war und mit ihm nicht, dass sie mit dem Anderen fröhlicher gewesen war als mit ihm. Mit ihm – er erinnerte sich an Lisa, die strahlte, lachte, glücklich war, die ihn anlachte, ihm zulachte, ihn mit ihrem Glück über die Kinder oder eine Musik oder den Garten anstecken wollte. Es waren seltene Erinnerungen. Eine fröhliche Frau?

Der Andere redete von Lisas Geigenspiel und der Vielfalt ihres Repertoires und ihrer Interpretationen und redete Lisa vom ersten Pult der zweiten Geige zur Solistin schön. Aber dann erzählte er, wie er sie in Mailand die erste Variation des Adagios von Joseph Haydns Streichquartett opus 76 Nr. 3 hatte spielen hören. Er erzählte, als höre er, wie ihre Geige das ruhige Auf und Ab, mit dem die Melodie beginnt, mit spielerischem und zugleich abgemessenem Schritt umtanzt. Wie sie die absinkende Melodie mit dem einen und anderen Schluchzen hinabbegleitet, ehe sie sie ermuntert, sich noch mal mit einem kleinen Schlenker erwartungsvoll aufzurichten. Dann nimmt die Melodie einen neuen Anlauf, beginnt wieder mit einem ruhigen Auf und Ab, steigt danach fordernd auf, verweilt stolz auf einem Akkord wie auf einer Terrasse, steigt dort auf einer breiten Treppe durch einen schönen Garten hinab, voll heiterer Würde, ehe sie sich dankbar und huldvoll mit einem Nicken verabschiedet. Und Lisas Geige umtanzt wieder das Auf und Ab und tritt dann mehrmals tief und fest auf, um der Forderung Nachdruck zu geben, ehe sie dem Stolz, mit dem die Melodie auf der Terrasse verweilt, und der Würde, mit der sie die Treppe hinabsteigt, trotz aller Bewegtheit der Variation ihre Reverenz erweist. Aber bei der Wiederholung schwingt sie sich mit kühnem Sprung zum Terrassenakkord auf, noch ehe die Melodie dort ankommt – wie ein Aufbegehren.

Der Andere machte eine Pause. Hatte er sie das Stück am Abend vor der ersten Begegnung spielen hören? Auf den längeren Tourneen des Orchesters trat immer auch das Quartett auf, das der Konzertmeister mit Lisa, der Bratschistin und dem Cellisten des Orchesters gebildet hatte. Hatte er sie dabei gesehen und sich dabei in sie verliebt? Sich verliebt, weil sie, die zarte Frau, mit einer solchen Kraft, Klarheit und Leidenschaft gespielt hatte, dass es ihn danach verlangte, etwas davon abzukriegen? So spielte sie. Als sie sich noch nicht lange kannten, hatte er es auch gesehen. Später hatte er nicht mehr aufgepasst. Später war Lisa eben seine Frau, die am ersten Pult der zweiten Geige spielte und oft abends nicht für ihn da war, obwohl er sie gebraucht hätte und sie nicht einmal ordentlich verdiente.

Der Andere hatte Lisa nicht zur Solistin schöngeredet. Er hatte gesehen, was für eine wunderbare Geigerin sie war. Ob Solistin, erste oder zweite Geige, ob mehr oder weniger erfolgreich, mehr oder weniger berühmt – das war ihm ganz unwichtig. Er redete nicht schön, sondern fand schön, fand Schönheit, wo andere sie verstellten und verkannten, und nahm die Attribute, die andere zum Ausdruck ihrer Bewunderung verwendeten, zum Ausdruck seiner eigenen. Wenn die anderen sich nur unter einer berühmten Geigerin eine wunderbare Geigerin vorstellen konnten, dann musste er eben von der wunderbaren als einer berühmten sprechen. Ähnlich sah er wohl in sich das Zeug zum Troubleshooter, zum Polospieler und zum Herren eines preisgekrönten Dobermanns. Vielleicht hatte er auch das Zeug dazu. Denn die Schönheit, die er pries, enthielt nicht nur eine höhere, sondern eine handfeste Wahrheit; immerhin redete er nicht über Auftritte von Lisa als Solistin, auch wenn sein Rühmen und Preisen für die Gäste so klingen mochte und niemand sich daran gestört hatte, sondern über ein Stück, in dem sie ausnahmsweise den entscheidenden, prägenden, leuchtenden Part spielte.

Auch Lisas Fröhlichkeit war wahr. Lisa war nicht mit dem Anderen fröhlich gewesen und mit ihm nicht, war mit dem Anderen nicht fröhlicher als mit ihm gewesen. Lisa hatte auf vielfältige Weise fröhlich gegeben, fröhlich genommen und andere fröhlich gemacht. Die Fröhlichkeit, die sie ihm gegeben hatte, war keine geringere, sondern gerade die, der sich sein schwerfälliges und griesgrämiges Herz öffnen konnte. Sie hatte ihm nichts vorenthalten. Sie hatte ihm alles gegeben, was er zu nehmen fähig gewesen war.

Der Andere war mit der Rede fertig und hob das Glas. Der Sohn stand auf, alle standen auf, und sie tranken im Stehen auf Lisa. Später hielt der Sohn eine kleine Rede auf seinen Vater. Auch der Domkapitular redete; er sprach über die heilige Elisabeth von Ungarn und die heilige Elisabeth von Portugal, die ihren Mann und ihren Sohn miteinander versöhnt hatte. Er hatte zu schnell zu viel getrunken und war verwirrt. Eine Schauspielerin setzte zu einer Rede über die Frauen und die Künste an und kam nach wenigen Worten über die Musik zuerst auf das Theater und dann auf sich zu sprechen. Das zweite Brett erhob sich, schlug klingend mit der Gabel an das Glas und bat mit schwerer Zunge um Aufmerksamkeit. Er sei kein Mann großer Worte, aber wenn die Damenbauer-Eröffnung, an der er seit vielen Jahren arbeite, fertig sei, werde er sie Lisas Eröffnung nennen.

Sie feierten bis in die tiefe Nacht. Als er sich von allen verabschiedet hatte, lief er durch leere Straßen zum Bahnhof. Dort wartete er auf dem Bahnsteig, bis er in den ersten Zug nach Hause steigen konnte.

Als der Zug die Stadt hinter sich ließ, dämmerte der Morgen. Er dachte an den nächsten Morgen zu Hause. Er würde aufwachen, die Sonne sehen, die Vögel hören, den Wind spüren, und ihm würde alles wieder einfallen, und es würde in Ordnung sein.

Martin Suter

Die Frau hinter Guntensberger

Guntensberger.«

»Es ist Ihre Frau. Ich habe ihr gesagt, dass Sie in einer wichtigen Sitzung sind und nicht gestört werden dürfen, aber sie sagt, es sei dringend.«

(Guntensberger legt die Hand auf die Sprechmuschel und lächelt Dr. Spengler und den Herren Senften und Kappeler zu. Sie stehen kurz vor Vertragsabschluss. »Ein Notfall, meine Herren. Entschuldigen Sie mich eine Sekunde.« Die Herren nicken.)

»Guntensberger.«

»Wer ist das kleine Rehlein?«

(Guntensberger schließt die Augen und holt tief Luft. Offenbar etwas Schlimmes, denken Dr. Spengler und die Herren Senften und Kappeler und halten den Atem an.)

»Ich habe dich etwas gefragt.«

»Entschuldigung, ich verstehe nicht…«

»Du hast ganz genau verstanden, KUSCHELBÄR!«

(Guntensberger lächelt Dr. Spengler und den Herren Senften und Kappeler zu. Sie nicken teilnahmsvoll zurück.)

»Dem großen Kuschelbär von seinem kleinen Rehlein.«

(Guntensberger schießt das Blut in die Wangen. Dr. Spengler und die Herren Senften und Kappeler wechseln einen raschen Blick.)

»Im Poschettchen deines lächerlichen taillierten Kaschmirkittels, KUSCHELBÄR! Wer ist das kleine Rehlein?«

(Guntensberger räuspert sich die Stimme frei.) »Da bin ich momentan überfragt.«

»Ach, überfragt. Vielleicht hilft es dir, wenn ich dir sage, dass es auf einer Papierserviette des Parkhotels Vitznau steht. Über einem Kussmund aus kirschrotem Lippenstift. Grauenhafte Farbe.«

(Guntensberger ist jetzt bleich geworden. Dr. Spengler und die Herren Senften und Kappeler lassen ihn nicht aus den Augen.)

»Ich werde der Sache nachgehen.«

»Wer ist das kleine Rehlein?«

»Kann ich zurückrufen, ich bin mitten in einer Sitzung.«

»Deine Sitzungen kenne ich jetzt.«

»Also, ich ruf dann zurück.«

»Es wird niemand zu Hause sein.«

»Wie darf ich das verstehen?« (Guntensberger wirft Dr. Spengler und den Herren ein verschwörerisches Lächeln zu, das bedeutet: Kennen wir sie nicht alle, diese schwierigen Kunden?)

»Weil ich dich verlassen werde.«

(Dr. Spengler und die Herren Senften und Kappeler studieren Guntensbergers Mienenspiel. Er lächelt ihnen zu und wendet sich etwas ab.) »Am besten, wir stimmen uns in dieser Frage anschließend bilateral kurz ab.«

»Wenn du jetzt auflegst, hast du das letzte Mal ohne Anwalt mit mir gesprochen.«

(Guntensberger hat jetzt Schweißperlen auf der Oberlippe. Dr. Spengler und die Herren Senften und Kappeler runzeln die Stirn.) »Ich bin sicher, dass wir das Problem informell lösen können.«

»Wer ist das kleine Rehlein, du fetter, geiler Bock?«

(Guntensberger wendet sich jetzt ganz ab und senkt etwas die Stimme. Dr. Spengler und die Herren spitzen die Ohren) »Wie eingangs erwähnt, ich werde die nötigen Abklärungen treffen und mich dann wieder kurzschließen.«

»Kurz erschießen kannst du dich, wenn du jetzt auflegst, KUSCHELBÄR! Wer. Ist. Das. Kleine. Rehlein?«

»Ich habe das Dossier nicht vor mir. Ich muss

mich rasch klug machen. Moment.« (Guntensberger legt das Gespräch in sein Büro und entschuldigt sich.)

Dr. Spengler und die Herren Senften und Kappeler sitzen einen Moment schweigend vor ihren Vertragsunterlagen. »Zuerst dachte ich, es handle sich nur um ein privates Problem«, sagt Dr. Spengler schließlich. Und beschließt, mit dem Abschluss vorsichtshalber noch etwas zuzuwarten.

Loriot

Liebe im Büro

Im Büro des Firmeninhabers. Der Chef zieht die Gardinen zu, stellt sich hinter seinen Schreibtisch, wischt zwei Gläser mit seinem Taschentuch aus und gießt Likör ein. Dann drückt er auf die Taste der Gegensprechanlage.

CHEF Fräulein Dinkel ... *(er wartet und ruft dann laut ins Vorzimmer)* ... Fräulein Dinkel!

SEKRETÄRIN *(erscheint mit Stenoblock in der Tür)* Sie haben gerufen?

CHEF *(zeigt auf den Stuhl vor seinem Schreibtisch)* Ja, bitte schön ...

SEKRETÄRIN *(setzt sich, Chef bleibt stehen)*

CHEF Heute sind es auf den Tag genau ...

SEKRETÄRIN *(schreibt)* ... Tag genau ...

CHEF Nicht mitschreiben ... heute sind es auf den Tag genau fünfzehn Jahre, dass Sie für mich tätig sind ... Korrespondenz, Ablage, Sekretariat ...

SEKRETÄRIN Dass Sie daran gedacht haben …

CHEF Fünfzehn Jahre … und darum erlaube ich mir … aus diesem Anlass … darum würden Sie mir eine Freude machen, darauf mit Ihnen anzustoßen.

SEKRETÄRIN Nein, dass Sie daran gedacht haben, Herr Direktor! *(Sie stoßen an)*

CHEF Ein bisschen Musik? *(stellt das Radio an)*

SEKRETÄRIN Aber ich muss noch die Post fertig machen … *(will gehen)*

CHEF Neinnein … bitte … *(mit Kloß im Hals)* bitte treten Sie doch mal zu mir herüber …

SEKRETÄRIN *(kommt)*

CHEF … und nun setzen Sie sich mal *da* hin! *(zeigt auf seinen Stuhl)*

SEKRETÄRIN In Ihren Sessel? Sie machen mich ganz verlegen, Herr Meltzer! *(sie setzt sich auf den Chefsessel)*

CHEF *(zieht sich einen zweiten Sessel heran und setzt sich dicht vor Fräulein Dinkel)* … Ich habe da auch noch eine Kleinigkeit für Sie … *(ergreift einen bereitgelegten kümmerlichen Blumenstrauß)*

SEKRETÄRIN Ach, wie entzückend, Herr Meltzer, aber das ist doch nicht nötig …

CHEF *(sieht ihr tief in die Augen)* … Doch, Fräulein Dinkel, das ist nötig … fünfzehn Jahre … *(rutscht mit seinem Sessel noch näher an sie heran)*

SEKRETÄRIN Sie sind sehr freundlich, Herr Meltzer …

CHEF Sagen Sie Karl-Heinz zu mir …

SEKRETÄRIN *(tonlos)* … Karl-Heinz …

CHEF Wie heißen Sie mit Vornamen?

SEKRETÄRIN Renate …

CHEF Renate! … und weiter?

SEKRETÄRIN Dinkel …

CHEF Ach ja! … Renate …

SEKRETÄRIN Ja …

CHEF … würden Sie für mich Ihr Haar lösen …?

SEKRETÄRIN Herr Meltzer!

CHEF Bitte!

SEKRETÄRIN *(beginnt, ihr Haar zu lösen)*

CHEF Ist eigentlich das Schreiben an die Firma Plötzmann raus?

SEKRETÄRIN *(mit einer Haarspange im Mund)* Ja … zusammen mit der Rechnung und drei Durchschlägen …

CHEF Renate …

SEKRETÄRIN Ja …

CHEF … darf ich Sie küssen?

SEKRETÄRIN Sie machen mich ganz verrückt, Herr Meltzer …

(Er versucht, sie zu küssen. Die Brillen stören)

… darf ich meine Brille absetzen?

CHEF Ganz recht … natürlich … Sie haben da schon Übung, was?! *(lacht blöde)*

(Beide nehmen die Brillen ab und kneifen die Augen zusammen)

SEKRETÄRIN *(sieht stumpf, den Mund halbgeöffnet, suchend an ihm vorbei)*

CHEF Hier …

SEKRETÄRIN Wo?

CHEF Hier bin ich … *(Sie wollen sich umarmen. Es macht Schwierigkeiten)* Vielleicht sollten wir es doch lieber nebeneinander … Lassen Sie nur … ich mach das schon … *(Er rollt seinen Sessel neben sie und versucht, sie zu umarmen)* … da unten muss ein kleiner Griff sein … *(zeigt unter ihren Sessel)*

SEKRETÄRIN Wo? *(sucht mit der Hand)*

CHEF Hinten unten! … *(greift über sie an den Kippmechanismus und presst sich dabei unabsichtlich an sie)* … warten Sie, ich habe es gleich …

(Der Mechanismus wird ausgelöst.

Fräulein Dinkel fällt mit dem Sitz in eine groteske Schräglage)

CHEF Da! Sehen Sie!

SEKRETÄRIN Sie machen mich ganz verrückt, Herr Meltzer!

CHEF Sie waren mir noch nie so nah, Renate … *(Das Telefon klingelt)* Wieso läutet es hier und nicht im Vorzimmer?

SEKRETÄRIN Ich habe auf Ihren Apparat umgeschaltet.

CHEF Na, dann heben Sie doch ab, mein Gott! *(Beide praktizieren den Hörer an ihr Ohr)*

SEKRETÄRIN Vereinigte Europa-Trikotagen GmbH Meltzer & Co Vertriebsleitung, guten Tag … ich will versuchen, ob ich Herrn Direktor Meltzer noch erreiche … wen darf ich melden? … *(hält die Muschel zu und spricht zum Chef)* … Herr Kröger von der IFAG Mannheim … Moment, Herr Kröger, ich verbinde … *(übergibt den Hörer)*

CHEF Meltzer … Herr Kröger, der Auftrag der IFAG ist bisher nicht eingegangen! … Nein … Aber die Konditionen sind uns ja bekannt … vierhundert Arosa schlitzverstärkt mit kurzem Arm … selbstverständlich … Auf Wiedersehn!

SEKRETÄRIN Meine Hand schläft ein …

CHEF *(steht auf)* … Stehen Sie auf, Renate …

SEKRETÄRIN *(steht auf)* Sie machen mich ganz verrückt, Herr Meltzer …

CHEF Machen Sie Ihr linkes Ohr frei …

SEKRETÄRIN *(flüsternd)* … Ja … *(macht Ohr frei)*

CHEF Seit fünfzehn Jahren … *(starrt sie kurz an, stürzt sich auf sie)*

SEKRETÄRIN Ha! … Sie blasen mir ins Ohr!

CHEF Bleiben Sie ganz ruhig … *(Er beugt sich langsam zu ihr, sie biegt sich, an den Schreibtisch gelehnt, ebenso langsam zurück)*

SEKRETÄRIN Küssen Sie mich!

CHEF Ja, aber es geht nicht, wenn Sie den Kopf so weit zurücknehmen!

SEKRETÄRIN Ich habe nicht so viel Übung wie Sie!

CHEF Renate, lassen Sie uns zur Sitzgruppe gehen …

SEKRETÄRIN Ja … *(Sie tänzeln zur Sitzgruppe)*

CHEF Nehmen Sie doch Platz …

SEKRETÄRIN *(setzt sich in einen der beiden tiefen Sessel)* Ich bin doch nur ein Abenteuer für Sie …

CHEF *(schiebt den zweiten Sessel an ihre*

Füße) ... Legen Sie schon mal die Füße hoch ... ich komme dann ganz gemütlich zu Ihnen ...

SEKRETÄRIN Sie machen mich noch ganz verrückt, Herr Meltzer ...

CHEF *(versucht, sich neben sie zu legen, rutscht jedoch zwischen die auseinandergleitenden Sessel)*

SEKRETÄRIN Sie können mit Frauen umgehen, Herr Meltzer ...

CHEF *(halb auf dem Boden, in verklemmter Stellung)* ... Küssen Sie mich ...

SEKRETÄRIN ... Es geht nicht ...

CHEF Aber es *muss* gehen ... andere machen es doch auch!

SEKRETÄRIN ... Es darf nur nicht zur Routine werden ...

CHEF Drehen Sie doch Ihren Kopf ein bisschen ... nein, so geht das nicht ... *(rappelt sich hoch)* ... geben Sie mir Ihre Hand, Renate! *(kniet zwischen Sitzgruppe und Schreibtisch auf dem Boden)* ... Kommen Sie ... kommen Sie hierher!

SEKRETÄRIN Da ... auf die Auslegeware?

CHEF *(zieht sie langsam zu sich herunter, beugt sich auf allen vieren über sie)*

SEKRETÄRIN *(mit geschlossenen Augen)* ... Sie machen mich ganz verrückt, Herr Meltzer ...

CHEF *(nähert seine Lippen den ihren; dabei fällt sein Blick auf etwas unter dem Schreibtisch)* ... Was ist denn das?

SEKRETÄRIN Was?

CHEF *(holt ein Schriftstück unter dem Schreibtisch hervor und liest)* ... Da ist ja das Schreiben von der IFAG Mannheim ... *(tastet nach der Brille, setzt sie auf)* ... Bitte! ... Vierhundert Arosa schlitzverstärkt mit kurzem Arm ... auf dieses Schreiben warten wir seit vierzehn Tagen ... und wo liegt es? ... unter meinem Schreibtisch!

SEKRETÄRIN Aber ich ...

CHEF Als führendes Unternehmen der Trikotagenbranche können wir uns Unkorrektheiten dieser Art nicht leisten!

SEKRETÄRIN Karl-Heinz ...

CHEF Sagen Sie nicht Karl-Heinz zu mir!

Amélie Nothomb

Der Einzug Christi in Brüssel

Die Jugend war Salvator nicht geglückt.

Bis zum Juckreiz um sich selber kreisend, hielt er sich mit zwanzig nicht mehr aus. Andere waren ihm kaum eine Hilfe, weil sie ihn auch nicht besser ertrugen. Er wandte sich nur an Menschen, wenn er etwas von ihnen wollte, regte sich aber auf, wenn jemand ihn um einen Gefallen bat. Und machte dann so viel Aufhebens darum, dass es schon lächerlich war.

Er bildete sich ein, er hätte höhere Ambitionen, doch es war nur maßloser Dünkel. Im Kampf um den gesellschaftlichen Aufstieg streifte er die Karikatur. Auf Cocktails konnte man ihn um die Frauen der Großen dieser Welt scharwenzeln sehen. Eine erlag seinen zweifelhaften Reizen; als er endlich begriff, wozu sie ihn benutzte, erkannte er, dass das nicht der Weg zu der erträumten Stellung war. Und litt, denn Würde war ihm nicht fremd.

Salvator hatte einen sehr entfernten reichen Verwandten ohne Nachkommenschaft. Ihn besuchte er nun mit abstoßender Beharrlichkeit. Der fand das nett, weil er nicht sehr schlau war, und schlug Salvator vor, sein Sekretär zu werden. Der Grünschnabel schnappte nach diesem nicht eben glanzvollen Posten und sah sich schon als Universalerben des Onkels.

Ein Jahr lang ging Salvator öden Tätigkeiten nach und dachte dabei ausschließlich ans Geld. Das war umso bedauerlicher, als er im Grunde nicht eigennützig war. Sein materielles Streben war nur ein Ausdruck seiner Komplexe. Er war davon überzeugt, keiner würde je etwas von ihm wollen, sofern er nicht über einen ansehnlichen Wohlstand verfügte.

Er wollte nämlich, dass man etwas von ihm wollte. Hätte man ihn aber gefragt, wie er das meinte, wäre ihm keine vernünftige Antwort eingefallen. Die bedeutende Persönlichkeit, welche er gern geworden wäre, nahm nie Gestalt an.

Sein Chef hatte ihn trotzdem gern; man konnte den arroganten Jungen durchaus mögen, auch wenn er selbst es kaum glaubte. Sobald Salvator seine erbschleicherische Liebedienerei vergaß, zeigte er Züge linkischer Unschuld, die verrieten, was er wirklich war: ein verirrtes Kind, ein einsamer Knappe, verloren in einer Epoche, die ihn nicht zum Ritter schlug.

Onkel Nazaire legte großen Wert darauf, ihn mit einem jungen Mädchen bekanntzumachen: Irène war neunzehn und ebenso reizend wie vornehm. Warum er sie für ihn auserwählt hatte, war Salvator nicht klar, aber wenn der Onkel es denn so wollte, war er zufrieden – es hätte schlimmer kommen können. Außerdem freute er sich, dass sein Chef sich in sein Privatleben mischte. War das nicht ein Zeichen, dass er ihn als seinen Sohn annahm? Also machte er Irène galant den Hof.

Sie begegnete seinen Liebesschwüren mit Zurückhaltung. Salvator gefiel diese Scheu. Fast hätte er sich ein bisschen in sie verliebt. Ja, wenn es seine eigene Entscheidung gewesen wäre, hätte er sie vielleicht sogar lieben können.

Irène war nun stets mit von der Partie. Nazaire wollte, dass sie Autofahren lernte, Salvator sollte ihr Unterricht geben. Sie war nicht sehr talentiert. So verbrachten sie viele Stunden gemeinsam im Jaguar des Onkels.

»Warum bloß ist es Nazaire so wichtig, dass ich den Führerschein mache?«, fragte sie.

›Der alte Fuchs glaubt zu Recht, dass uns das auf ganz natürliche Weise zusammenbringt‹, antwortete der Junge sich selbst im Stillen.

Als er ihr den Rückwärtsgang zeigte, nahm er ihr Kinn in beide Hände und küsste sie auf den

Mund. Das bereitete ihm ein schier unglaubliches Vergnügen.

Irènes Gefügigkeit währte so lange wie ihre Verblüffung: ungefähr zwanzig Sekunden. Dann sah sie ihn entsetzt an, sprang aus dem Wagen und lief davon.

›Ganz schön zickig‹, dachte Salvator vergnügt und fuhr den Jaguar zurück.

An diesem Abend dinierte er allein mit dem Onkel.

»Wo wir nun einmal unter uns sind, möchte ich mit dir über Irène sprechen«, sagte Nazaire.

»Darauf habe ich schon gewartet«, erwiderte Salvator lächelnd.

»Was hältst du von ihr?«

»Sie ist hinreißend. Das ideale Mädchen.«

»Ich bin sehr froh, dass du so denkst wie ich.«

»Haben Sie daran gezweifelt?«

»Nein, anscheinend versteht ihr zwei euch ganz gut.«

»Ihnen bleibt auch nichts verborgen.«

»Schön. Es freut mich, dass sie dir gefällt. Stell dir vor, sie ist schwanger!«

»Was?!«

»Ja, mein Kleiner. Mit achtundfünfzig ist man dafür noch nicht zu alt.«

Salvator musste erst seinen Ekel hinunterschlucken, bevor er weitersprechen konnte.

»Und was wollen Sie jetzt tun?«

»Es behalten. Es anerkennen. Ich habe nie daran gedacht, ein Kind zu zeugen. Doch jetzt, wo es kommt, ist es mir auch recht.«

»Werden Sie Irène heiraten?«

»Das dann doch nicht. Ich bin vierzig Jahre älter als sie und will mich nicht zum Gespött machen. Ich kann mir das Gesicht der Standesbeamten beim Ausfüllen der Formulare nur zu gut vorstellen.«

›Und das Gesicht der Geburtshelfer?‹, dachte Salvator.

»Ich baue auf deine Verschwiegenheit«, sagte Nazaire. »Irène wird sich in den nächsten Monaten nicht zu oft zeigen.«

»Und die Fahrstunden?«

»Damit sollten wir jetzt vielleicht aufhören. Sonst halten die Leute am Ende noch dich für den Vater!«

Der Onkel bekam einen Lachanfall, als ob diese Vorstellung wahnsinnig komisch wäre. Der Junge dachte, dass es immerhin die einzig erträgliche Vermutung wäre.

Mit dem Fortschritt der Schwangerschaft wuchs Salvators Hass.

Hass auf Nazaire, den er obszön fand. Es machte ihn krank, dass dieser alte Körper einen jungen befruchtet hatte; und dass der Onkel darauf auch noch stolz war, erschien ihm der Gipfel der Widerlichkeit.

Hass auf Irène, von der er sich hintergangen fühlte. Er konnte dem Gedanken, dass er der Betrogene war, nichts entgegensetzen. Außerdem hatte Irène sich bestimmt nur des Geldes wegen auf den Onkel eingelassen.

Hass und nochmals Hass auf die Frucht dieser ekelhaften Affäre, das ungeborene Kind, das ihn von seinem Platz verdrängen und am Ende die Erbschaft antreten würde.

›Und ich spiele hier seit einem Jahr umsonst den Dienstboten!‹

Zu keinem Zeitpunkt kam ihm die Einsicht, dass sein Verhalten in dieser Sache nicht minder verachtenswert war als das von Irène und sein Hass auf das ungeborene Kind schlicht ungerecht.

Salvator ließ seinem Hass freien Lauf. Nicht einen Augenblick zweifelte er daran, im Recht zu sein.

Als Irène niederkam, beschloss er zu handeln.

Eingedenk der Romane Robert van Guliks, deren eifriger Leser er war, besorgte Salvator sich einen langen, dünnen Nagel. Niemand sah ihn das Kinderzimmer betreten. Mit ein paar Hammerschlägen trieb er den Nagel tief in den Kopf des schlafenden Kindes, das laut zu schreien begann, und lief hinaus.

Das Gebrüll des Neugeborenen brachte ihn endlich zur Vernunft. Nun erkannte er das Entsetzliche seiner Tat. ›Ich habe gemordet. Wegen einer Geldgeschichte habe ich das unschuldigste Leben ausgelöscht.‹

Sein Mörderhirn schaltete blitzschnell: ›Entweder ich bringe mich auf der Stelle um‹, dachte er, ›oder ich gehe von hier fort, so weit weg wie möglich, und werde ein anderer.‹

Da er sich außerstande fühlte, noch einen Menschen zu töten, entschied er sich ohne nachzudenken für die zweite Lösung. Und nahm das nächste Flugzeug nach Hongkong.

Er wusste nicht genau, warum ihm diese Stadt als ideales Ziel erschien. Vermutlich, weil sie mehrere Vorteile in sich vereinte: Sie war chinesisch genug für einen, der gerade gemordet hatte wie eine Figur von Robert van Gulik, westlich genug für einen, der noch nie aus Europa herausgekommen war – und vor allem weit weg.

Er hatte das Bedürfnis, weit weg zu sein von allem, was er gewesen war. Nur allzu deutlich hatte er in diesem Moment die Schändlichkeit seines Verbrechens, aber auch seiner Gefühle vor Augen.

›Ich will nichts mehr von dem sein, was ich einmal war.‹

Das war vor dem Anschluss Hongkongs an die Volksrepublik China.

Es war der ideale Ort für einen Neubeginn. Woher man kam, war nicht wichtig. In diesem Menschengemisch fiel das Strafregister einer trügerischen Unschuld gar nicht auf. Dank dieser Indifferenz hatte der Neuankömmling sein Verbrechen bald vergessen.

Salvator nahm sich den japanischen Milliardär Tsutsumi, dessen Name »Päckchen« bedeutet, zum Vorbild und eröffnete auf dem Bürgersteig einen Stand mit Schirmen, die so günstig waren, dass kein vom Regen überraschter Passant zögerte, einen zu kaufen.

Da das Geschäft, dem schlechten Wetter sei Dank, so gut lief, dass es seine kühnsten Hoffnungen übertraf, wurde Salvator seinem Vorbild untreu und gründete keine Kaufhauskette. Als Gegner der Diversifikation setzte er ausschließlich auf das Instrument seiner Erlösung: den Regenschirm.

Hongkong war noch britisch genug, dass der Schirm zu Ehren kam. Kein englischer Gentleman ging ohne dieses elegante Accessoire aus dem Haus. Wobei er nie so ordinär gewesen wäre, das Ding auch aufzuspannen – gegen den Regen trug er ja einen Regenmantel –, er bewies damit nur seine Haltung.

Hongkong war aber auch chinesisch genug, dass man Vernunft walten ließ. Hier wurde der Regenschirm aufgespannt. Die Stadt war einfach perfekt für den Aufstieg dieses Artikels: Sie war zu jener Zeit die einzige irdische Enklave, wo er zugleich nützlich und modisch war – das Oxymoron des Regenschirms.

Auf dem europäischen Kontinent dagegen war das Objekt unmöglich. Wer es zur Schau trug, verlor sein Gesicht. Gegen den Regen gab es Regenmäntel, Punkt. Dem Sorglosen, der diesem Verbot trotzte und mit einem Schirm herumstolzierte, drohte Spott und Hohn, dessen harmloseste Formulierung noch »Mary Poppins« war. Es war bei weitem weniger peinlich, wenn man irgendwo triefnass ankam oder gleich ganz zu Hause blieb.

Auch in Hongkong waren Abkömmlinge jenes nicht-insularen Europas ansässig. Wenn er es schaffte, ihre Abneigung gegen den Regenschirm zu durchbrechen, sagte sich Salvator, schaffte er es auf der ganzen Welt.

Sperrt sich der Geist gegen einen bestimmten

Gegenstand, kann es ratsam erscheinen, ihn umzutaufen. So wurde der Schirm zum Salvator und der junge Mann zu seinem eigenen Produkt.

Das war keineswegs absurd: Was Gesundheit, Kleidung, Frisur, Dokumente und so weiter vor dem Regen rettet, verdient doch den Namen des Erlösers. Denn das Heil findet sich im Kleinen wie im Großen.

Salvators Seelenheil stand auf dem Spiel. Es war ihm ein Bedürfnis, sich dem Handel hinzugeben, wie der Soldat der Armee dienen muss. Ohne Selbstentäußerung nähme es mit vielen Leuten ein schlechtes Ende.

Bei ihm ging es gut. Retter in der Not zu verkaufen hat etwas Anständiges. Das Geschäft entwickelte sich erfreulich. Die Salvatoren hatten erlesene Farben, und bei den ersten Tropfen wurde Hongkong, vom Himmel aus betrachtet, zum Frühling tausender künstlicher Blumen. Salvator hatte die gute Idee, dieses Blütenmeer von einem Turm aus zu fotografieren und das phantastische Bild für eine gigantische Werbekampagne zu nutzen, erst in Singapur, dann in Tokio, Los Angeles, New York – und wer New York sagt, sagt auch Paris, dem der junge Mann auf dem Gipfel seiner Verworfenheit vor zwei Jahren den Rücken gekehrt hatte.

Salvators Triumphzug war weltumspannend. Aus dem arroganten Jungen wurde ein vorbildlicher Chef. Er hatte ein offenes Ohr für den geringsten seiner Angestellten, er brachte jedem Respekt entgegen und entdeckte an sich selbst einen ihm bis dato unbekannten Sinn fürs Menschliche. Sein Unternehmen galt als Muster an wirtschaftlicher und sozialer Gesundheit.

Als schöner und nun auch reicher Mann war Salvator begehrt.

Es regnete viel in diesen Jahren, das vervielfachte seine Gewinne und gefiel vielen. Die Frauen fielen ihm geradezu in die Arme.

Er wich ihnen nicht aus. Er mochte es, begehrt zu werden. Er war der Hahn im Korb, unfähig, auch nur einem hübschen Mädchen nein zu sagen. Die Frauen boten ihm ein Plätzchen unter ihrem Schirm an, aus dem bald ein warmes Plätzchen wurde. Neun Jahre machte der Regen ihn glücklich.

Dann endete die Regenzeit. Das Geschäft lief immer noch blendend, doch Salvator lernte eine Chinesin von unerträglicher Schönheit kennen. Sie liebte ihn nicht. Es war das erste Mal, dass eine Frau nichts von ihm wollte. Er wurde fast wahnsinnig und hielt sich für ernsthaft verliebt. Er bat um ihre Hand. Und sie nahm den Antrag aus Bosheit an.

Ihm wurde das befremdliche Los zuteil, mit jemandem zu leben, der einen nicht liebt. Vielleicht hatten die zahlreichen lockeren Liebschaften der letzten zehn Jahre in ihm den Wunsch geweckt, betrogen zu werden. Das wurde er nun.

Salvator war die Art von Mann, die erst durch viele Irrtümer klug wird. Seine Heirat war ein kapitaler Fehler, der ihn Bescheidenheit lehrte.

Glücklicherweise hatte er kein Kind mit der Frau, die ihn nicht liebte. Als er sie nach neun Jahren ehelichen Unglücks fragte, warum sie ihn geheiratet habe, antwortete sie ohne zu zögern:

»Aus Verachtung.«

Er ließ sich scheiden. Es war an der Zeit.

In seiner wiedererlangten Freiheit wurde ihm bewusst, dass er seit achtzehn Jahren nicht mehr in Paris gewesen war – fast die Hälfte seines Lebens. Und auf einmal packte ihn ein brennendes Verlangen zurückzukehren. Das war 1997. Ein paar Monate später sollte Hongkong an die Volksrepublik China zurückfallen. Salvator hatte darüber keine besondere Meinung. Hongkong war der Ausgangspunkt seines Erfolges gewesen, aber auch der Ort seiner gescheiterten Ehe. Also ging er.

Er gönnte sich den höchsten Luxus, den der Reichtum erlaubt: Er ließ alles zurück.

Im Flugzeug fragte er sich, warum Paris ihm so anziehend erschien. Er erinnerte sich an einen Satz von Colette: »Paris ist die einzige Stadt der Welt, wo es nicht nötig ist, glücklich zu sein.« Das war es wahrscheinlich.

Auf die Frage des Taxifahrers am Flughafen von Roissy, wohin er ihn bringen solle, antwortete Salvator ohne nachzudenken: »Zum Louvre.« Von dort ließ er sich durch die Stadt treiben. Er hatte die Lage der Orte nicht mehr im Kopf. Alles entzückte ihn: die Seine, die Brücken, die alten Gebäude, deren Namen ihm nach und nach wieder einfielen. Das Einzige, woran er sich mit Bestimmtheit erinnerte, war seine Sprache.

Er konnte verstehen, warum Paris als fröhliche Stadt galt. Hier herrschte eine Leichtigkeit wie nirgendwo sonst. Noch nie hatte er sich so sehr wie ein Fisch im Wasser gefühlt.

Er quartierte sich in einem Hotel ein und nahm Kontakt zu den Mitarbeitern der französischen Niederlassung seines Unternehmens auf. Die Anwesenheit des obersten Chefs sorgte für große Aufregung. »Tut so, als wäre ich gar nicht da«, sagte er und wurde trotzdem zu unzähligen Empfängen, Galas, Vernissagen, Diners und Cocktails gebeten;

alle sind darauf eingerichtet, die zu speisen, die nicht hungrig sind.

Salvator hob sich diese Einladungen für depressive Phasen auf.

›Ich habe zwanzig Jahre in dieser Stadt gelebt‹, dachte er. ›Zugegeben, das ist lange her. Trotzdem – brauche ich die Unterstützung meiner Firma, um mich hier zu Hause zu fühlen?‹

Er machte sich auf die Pilgerschaft. Das Haus seiner Kindheit erschien ihm winzig. Die Grundschule stand nicht mehr. Das Gymnasium war voller Jugendlicher, die ihn streitlustig anstarrten.

›Und was jetzt?‹ Er wusste nicht weiter. Und hatte das vage Gefühl, dass seine Erinnerungen aus der Zeit danach kein guter Umgang für ihn waren; seine zwanziger Jahre wollte er lieber meiden.

Am Ende war er sich nicht sicher, ob er in diesem Land überhaupt genügend Erinnerungen hatte für eine Identität. ›Aber wenn du hier keine hast, wo sonst willst du eine finden?‹, fragte er sich.

Von einer konfusen Angst ergriffen, fühlte er sich an diesem Abend nicht in der Lage, allein zu bleiben. Er ging die Liste der Einladungen durch und sah, dass er beim Cocktail der B. de M. willkommen wäre.

Während der Taxifahrt quälte ihn die Scham. ›Warum musst du es dir so leicht machen und schon am ersten Tag Gesellschaft suchen, obwohl dich das gar nicht reizt?‹, haderte er. ›Weißt du, was das bedeutet? Dass du ein Nichts bist. Und am Telefon stolz alle Vorschläge abschmettern! Was bist du doch für ein Schwächling!‹

Aber so einfach war es nicht. Ohne sich dessen bewusst zu sein, ahnte er, dass in seinem Kopf Schatten hausten, die den Geruch der Heimat erkannten und nur auf ihr Wiedererwachen warteten. Gelegentlich wirkt die eigene Gesellschaft so toxisch, dass ihr alles andere vorzuziehen ist, sogar ein Cocktail bei den B. de M.

Die B. de M. empfingen ihn mit einer Kälte, die solche Leute jedem entgegenbringen, dessen Gesicht sie nicht kennen. Doch kaum hatte er seinen Namen genannt, fingen sie an zu strahlen, der »liebe Freund« wurde mit einer Flöte Champagner versorgt und ins Allerheiligste eingeführt. Sowie er konnte, entzog er sich seinen Verfolgern.

Das Herrenhaus der B. de M. verfügte über einen Garten von skandalösen Ausmaßen. Salvator ging darin spazieren und dachte über die Quadratmeterpreise in diesem Viertel nach. Da hatte er eine Erscheinung.

Ein Frauenkörper lag leblos im Gras. Es war so dunkel, dass er ihn ohne das wie ein Totenhemd leuchtende weiße Kleid in der Finsternis gar nicht gesehen hätte.

Salvator kniete sich neben die Leiche und merkte, dass sie noch lebte. Warum hatte er bloß gedacht, sie sei tot? Weil sie so aussah, als wäre sie umgefallen.

Er flößte ihr etwas Champagner ein. Sie schlug die Augen auf und sah ihn neugierig an.

»Sie sind ohnmächtig geworden.«

»Manchmal habe ich so schreckliche Migräne, dass ich das Bewusstsein verliere.«

Der Ton ihrer Stimme war wie der Tag, der ihrer Augen wie die Nacht. In ihrer Schönheit lag etwas Ergreifendes, Herzzerreißendes, in das sich Salvator gleich heftig verliebte.

Er war erleichtert, dass sie nicht mit den B. de M. verwandt war.

»Ich bin eine zweifache Waise, denn meine Adoptiveltern sind tot. Anscheinend bringe ich Unglück. Wie mutig von den B. de M., mich trotzdem einzuladen!«

Zoé war kaum der Jugend entwachsen. Sonst sagten so junge Mädchen Salvator nichts. Sie war erst zwanzig und hatte schon zwei Vermögen geerbt. Ihre leiblichen Eltern waren ebenso reich gewesen wie jene, von denen sie adoptiert worden war.

›Ich bin zwanzig Jahre älter als sie‹, dachte Salvator mit Unbehagen, denn eine Stimme hatte in seinem tiefen Inneren zu ihm gesprochen: ›Was sind schon zwanzig Jahre! Erinnere dich an den doppelt so großen Altersunterschied von … na?‹

Sein Geist nahm Reißaus und floh zu Zoé. Und verließ sie nie wieder.

Zoé sprach wenig. Bei den einfachsten Fragen dachte sie lange nach. Das war von einem eigenartigen Liebreiz.

Manche hielten es auch für Dummheit. Zoé war so berühmt für ihre Langsamkeit, dass ein paar jugendliche Mitglieder der Gesellschaft sich damit vergnügten, sie mit Fragen auf die Probe zu stellen, zum Beispiel:

»Ist es heute schön?«

Dann vertiefte sie sich, ohne etwas vom Spiel der anderen zu bemerken, in eine Betrachtung des Himmels, erforschte ihn eingehend, runzelte die Stirn, schloss gelegentlich die Augen, um den Windhauch, der ihre Wangen liebkoste, besser einschätzen zu können, und wagte erst nach einer Untersuchung, die gut zehn Minuten dauern konnte, ein Urteil:

»Schön ist vielleicht übertrieben. Die Wolken sehen ein wenig gefährlich aus, und in der Luft liegt noch Kälte.«

Die Antwort war nicht dumm. Doch schon dass ihr der Spott nicht bewusst war, festigte den Ruf ihrer Dummheit.

Salvator fand die Mischung zwischen einem so hinreißenden Gesicht und einem so merkwürdigen Verhalten großartig. Vor allem aber gefiel ihm ihre Gleichgültigkeit dem Urteil Außenstehender gegenüber.

Da sie sehr reich war, hatte es ihr an Bewerbern nicht gefehlt. Allerdings waren es stets solche, die sich um das Gerede sorgten und sie verließen, sobald sie sahen, wie »unmöglich« sie war, weil sie fürchteten, sich mit dieser wunderlichen Person zu kompromittieren.

Schwerer wog der Befund der guten Gesellschaft, dass sie »ordinäre« Parfums benutzte. Tatsächlich liebte Zoé nichts mehr als Blumen. Das Regal mit den Blütenessenzen in orientalischen Läden brachte sie jedes Mal fast um den Verstand. Sie schnupperte mit gesenkten Lidern an jedem Flakon und berauschte sich an den Düften bis zur Ekstase.

Sie hatte sich für ein Gardenienöl entschieden, dessen Süße sie entzückte. Dieser Duft umschwebte sie wie eine Hekatombe Blütenblätter und übertönte die Eaux de toilette der Damen und Dämchen.

Eines Abends sah Salvator sie abseits sitzen,

nahe daran, in Tränen auszubrechen. Endlich gestand sie, dass eine Madame B. de M. (oder M. de B.) ihr den wohlmeinenden Rat gegeben habe, ihr Parfum nicht im Souk zu kaufen. »Ich könnte Ihre Mutter sein in meinem Alter, Schätzchen, also darf ich es Ihnen sagen: Sie stinken wie eine Kokotte, noch schlimmer, wie die letzte Hure!«

Salvator, der sein halbes Leben in Hongkong zugebracht hatte, war der Ansicht, dass Zoé schrecklich gut roch. Er explodierte vor Zorn über das alte Schlachtross.

»Sie müssen es weiter tragen«, sagte er dann zu Zoé. »Denn erstens ist es köstlich, und zweitens ermöglicht es Ihnen, schnell zu bestimmen, wer unsere Freunde und Feinde sind.«

»Unsere? Meine, wollten Sie sagen!«

»Unsere. Menschen, die Sie nicht lieben, kann ich nicht leiden.«

Das Kriterium des Gardenienöls entfaltete seine Wirkung: Zoé und Salvator waren bald miteinander allein und freuten sich darüber. Höflichkeit hatte sie daran gehindert, der Welt den Rücken zu kehren, doch die Welt hatte zum Glück über den Duft ihres Glücks die Nase gerümpft. Sie wurden nirgendwohin mehr eingeladen, und das bekam ihrer Liebe gut.

Zoé war eine Quelle des Wohlgeruchs. Und lernte ihre Haarpracht offen zu tragen.

»Ich habe immer Haare gehabt«, sagte sie, »schon als Baby, gleich nach der Geburt. Ich war nie kahl.«

Sie zeigte Salvator die Fotos. Das Neugeborene erinnerte ihn an etwas oder jemanden, nur woran? ›Babys sehen doch alle gleich aus‹, dachte er.

Eines Tages wagte er sie zu fragen, woran ihre Eltern gestorben seien.

»Sie haben sich umgebracht, als ich sechs Monate alt war«, sagte sie. Er wandte peinlich berührt den Kopf ab.

»Sie haben mir einen Brief hinterlassen. Ich habe mich aber nie getraut, ihn zu lesen.«

»Verstehe«, erwiderte er.

Die Adoptiveltern waren vor zwei Jahren bei einem Autounfall ums Leben gekommen. Ein Pechvogel war dieses Mädchen, fand Salvator.

Am schlimmsten waren die Migräneattacken, deren Schmerz sie gelegentlich umwarf. Gott sei Dank litt sie nicht allzu oft daran, doch wenn, war es für sie die Hölle.

»In solchen Momenten möchte ich sterben«, sagte sie. »Der Tod erscheint mir so nah, doch dann geht er wieder, als ob er seine Meinung geändert hätte.«

»Und kein Arzt hat dich heilen können?«

»Keiner. Dabei geht's mir noch gut, als Kind hatte ich solche Anfälle viel häufiger.«

»Hast du dich schon einmal richtig untersuchen lassen?«

»Nein, ein Tumor ist es bestimmt nicht. Man kommt nicht mit Krebs auf die Welt.«

Das Argument fand Salvator albern. Sie müsse andere Ärzte konsultieren und eine gründliche Diagnose erstellen lassen, beharrte er. Sie reagierte zögernd und gereizt.

»Ich habe schon so große Hoffnungen in so viele Ärzte gesetzt«, sagte sie schließlich. »Immer umsonst. Ich habe genug von diesem Betrug. Jetzt gibt es dich, mehr kann ich nicht erwarten.«

›So ein Dickkopf!‹, dachte er und zuckte zusammen. Das war in ihrem Falle nur zu gut verständlich, bereitete die Migräne ihr doch immer wieder Kopfzerbrechen. Vielleicht war es ja auch kein Zufall, dachte er dann, dass sie Düfte liebte, die zu Kopfe stiegen.

Salvator konnte die Stärke seiner Liebe kaum fassen. Alles an Zoé war dazu angetan, ihn wahnsinnig zu machen, es war einfach zu viel, was er für sie empfand.

Manchmal traute er sich ihr nicht einmal zu sagen, wie sehr er sie liebte, aus Angst, ihr lästig zu fallen. Er spürte, dass seine Liebe auch in Regionen seines Wesens verankert war, die gewöhnlich der Liebe fremd, ja, entgegengesetzt sind: Wenn Zoé das Beste in ihm ansprach, sprach sie doch auf höchst seltsame Weise auch alles Dunkle, Chaotische, Gallige, Unausstehliche, Taube, Träge, Zerrüttete in seinem Inneren an – also das, was ihn mit dem Bösen verband.

Das machte seine Liebe nur noch berückender.

Er war froh, dass er genügend Frauen kannte, um zu wissen, wie wenig Zoé mit ihnen zu schaffen hatte. Die anderen hatten alle – aber auch wirklich alle – liebestötende Seiten mehr oder minder ungeheuren Ausmaßes, die ihnen in den besten Fällen bewusst waren; in den weitaus schlimmeren und zahlreicheren Fällen hatten sie jedoch keine Ahnung davon und gaben sich daher auch keine Mühe, sie zu verbergen, so dass jede Schwärmerei für sie sich in Rekordzeit zwangsläufig in Verachtung verwandelte.

Weil Zoé so jung war vielleicht? Salvator war sich nicht sicher, hatte er doch schon bei ganz jungen Dingern ebenso viel Gemeinheit angetroffen wie bei Älteren. Zoé hatte etwas Reines ohne den penetranten Sozialarbeiterinnengeruch, den reine Frauen sonst haben. Sie war anmutig ohne jenes enttäuschende Verblassen, das ein Produktionsfehler anmutiger Frauen ist. Sie besaß Humor, verschonte Salvator aber mit dem abgedroschenen »Ich bin so witzig«-Gehabe, das bei ihm stets Fassungslosigkeit hervorrief. Sie war klug, ohne herablassend zu sein; nie setzte sie jenes hochmütige Lärvchen mit den gekräuselten Lippen auf, das so ungemein hässlich macht.

Wenn er sich fragte, woher wohl ihre Vollkommenheit rührte, drängte sich Salvator der Gedanke auf, dass sie einen Weg hinter sich haben musste, etwas von der Art einer Reise – als ob sie an einem Ort gewesen wäre, an den man nur geht, um nicht wiederzukehren, und dennoch zurückgekommen sei. Doch blieben diese Eingebungen ihm unverständlich.

Das Seltsamste aber war, dass sie ihn liebte.

»Warum liebst du mich?«, fragte er.

Und sie, die sonst zehn Minuten brauchte, um die Frage nach dem Wetter zu beantworten, sagte ohne zu zögern:

»Weil du es bist.«

»Na und?«

»Du bist es. Wenn du zu mir kommst und meinen Kopf in deine Hände nimmst, erkenne ich dich wieder.«

»Woher kennst du mich?«

»Ich weiß nicht. Es ist sehr weit weg. Ich fühle es.«

»Was fühlst du?«

»Ich fühle, dass du mich schon vor sehr langer Zeit erwählt hast und ich dich zu allem fähig mache.«

»Was meinst du mit ›allem‹?«

»Es ist, als könntest du mich weit über die Grenzen des Menschlichen hinausführen.«

Liebesgeplänkel. Salvator fand es außergewöhnlich. Deshalb stellte er diese Frage oft. Die Antwort war immer die gleiche. Und wenn er dann Zoés Gesicht in seine Hände nahm, stand eine Angst in ihren Augen, die ihn verwirrte.

Sie heirateten.

Sie luden niemanden zur Hochzeit ein, nicht aus Hochmut, sondern weil sie keine Freunde hatten.

Sie hielten willkürlich Leute auf der Straße an und fragten, ob sie ihre Trauzeugen sein wollten. Schließlich fanden sie einen Mann und eine Frau, die arbeitslos genug waren, um ja zu sagen.

Ganz Hongkong war auf Salvators erster Hochzeit gewesen. Das, dachte er, hatte ihm Unglück gebracht. War es nicht ein Zeichen mangelnden Glaubens, so viele Leute zur Inszenierung dessen einzuladen, was man für Liebe hielt? Was sonst wäre die Aufgabe jener zweihundertfünfzig Gäste gewesen, als die Brautleute davon zu überzeugen, dass sie einen bedeutenden Moment erlebten?

Beim Verlassen des Standesamts fragte er sie, ob sie eine Hochzeitsreise machen wolle. Sie sagte ja, vorausgesetzt, sie reisten sofort und auf der Stelle nach Ostende.

»Warum Ostende?«

»Weil es die Stadt von James Ensor ist«, erwiderte sie, als ob sich das von selbst verstünde.

Sie stiegen gleich ins Auto. Vier Stunden später waren sie in Ostende. ›Wer würde sich so einen Ort für die Flitterwochen aussuchen?‹, dachte Salvator entzückt.

Sie kauften ein Päckchen kleine graue Krabben und eine große Flasche »Fruit Defendu«. Dann setzten sie sich ans Ende der Mole, mit Blick aufs Meer. Zoé nahm es auf sich, die Krabben zu pulen. Salvator bekam immer wieder einen von den köstlichen, winzigen Körpern in die Hand und ließ ihn dann lange auf der Zunge liegen, bevor er ihn schluckte.

Irgendwann fiel ihm auf, dass nur er die Krabben aß. Zoé gab ihm das Fleisch und begnügte sich mit den Schalen. Er protestierte gegen diese Ungerechtigkeit.

»Das verstehst du nicht«, sagte sie. »Ich sauge ihnen lieber den Kopf aus. Ich mag das.«

Sie hätte ihn vor der Hochzeit von ihren eigenartigen Gebräuchen unterrichten sollen, bemerkte er irritiert. »Jetzt habe ich ohne Vorwarnung eine Kopfaussaugerin geheiratet.«

Sie lachte.

Er dachte: ›Der Kopf. Schon wieder der Kopf!‹

Zunge und Finger klebrig vor Salz, tranken sie das Bier aus der Flasche.

Das, was man nach allgemeiner Übereinkunft als ihre Hochzeitsnacht bezeichnen würde, spielte sich im Hotel Belgica ab: Salvator trug Zoé ins Bett, wo sie drei Tage blieben. Vom Fenster aus konnte man Abfahrt und Ankunft der Fähre Ostende-Dover beobachten, aber auch den Wellhornschneckenhändler von gegenüber. Salvator verließ das Zimmer nur, um Nachschub an ungeschälten grauen Krabben zu holen.

Nach drei Nächten wollte Zoé wissen, wohin es nun gehen sollte.

»Nach Brüssel«, sagte Salvator.

»Warum Brüssel?«, fragte sie.

»Wegen Ensors *Einzug Christi in Brüssel*«, erwiderte er, als ob sich das von selbst verstünde.

Nach anderthalb Stunden Autofahrt in Brüssel

angekommen, mussten sie feststellen, dass wegen eines Kongresses über Unterwasser-Galvanik alle Hotels ausgebucht waren.

Das betrübte sie sehr, weil sie die Nacht unbedingt in Brüssel verbringen wollten und nicht in einem Vorort. Nach langer Suche fanden sie schließlich doch noch ein Zimmer in einer Absteige für Gestrandete in der Rue du Marteau.

»Wie in einem Roman von Simenon«, schwärmte Zoé.

Die Wände waren mit einer Art Wachstuch bespannt, das vor dreißig Jahren wohl einmal orange gemustert gewesen war, nun aber die gräuliche Farbe zerkochter und eine Woche lang im Topf vergessener Karotten hatte.

Die Zimmerwirtin war eine ältliche, traumatisierte, keifende Blondine. Sie glich der Heldin in *Rue Haute*, einem Film, den insgesamt vielleicht hundert Zuschauer gesehen haben, obwohl er mehr über Brüssel sagt als alle Stadtführer zusammen.

Salvator erkannte von Anfang an, dass auf der Stadt ein Fluch lag und ein Aufenthalt dort der Beweis flammender Liebe sein musste. Einer Liebe, die eine Nacht in Brüssel überstand, dachte er, konnte man trauen.

Der Fluch manifestierte sich unverzüglich: Zoé, der es in Ostende wunderbar ging, wurde von einer Migräneattacke heimgesucht, die grauenhafter war als die schlimmsten Anfälle ihres Lebens.

»Es wäre phantastisch, wenn jetzt die Welt unterginge«, sagte sie. »Ich leide so sehr.«

»Soll ich einen Arzt holen?«

»Das nützt nichts. Ich bräuchte etwas … etwas, das berauschender ist als der Schmerz.«

»Was denn?«

»Weiß nicht.«

Salvator stürzte auf die Straße. In der Rue du Marteau fand er nichts. In der Rue de la Faucille auch nicht. In der Rue de l'Enclume gab es einen Blumenladen; er ging hinein und sagte, er wolle ihn mieten.

»Was ist das denn für eine Geschichte?«, fragte der Blumenhändler.

»Sie überlassen mir den Laden so, wie er ist, mit allen Blumen, bis morgen früh. Und niemand darf ihn betreten, auch Sie nicht.«

Dafür bot er eine so exorbitante Summe, dass der Besitzer nicht ablehnen konnte.

Salvator kehrte ins Hotel zurück, nahm Zoé in die Arme und trug sie in das Geschäft. Der Händler ließ den Rollladen herunter, und sie blieben mit den Blumen allein.

Das ganze Bukett aus starken, schweren Gerüchen weckte Zoé aus ihrem Dämmerzustand. Als sie sah, wo sie sich befanden, war sie entzückt. Und die Migräne verschwand.

Von dem Übermaß der Düfte gerieten die beiden in einen eigenartigen Zustand. Sie liebten einander die ganze Nacht. Und da sie eingeschlossen waren und nichts zu essen mithatten, knabberten sie an Glyzinien und Kapuzinerkresse. Zoé, die zu viel Barbey d'Aurevilly gelesen hatte, probierte eine Rose und verzog das Gesicht.

»Das schmeckt nur in Makronen gut«, erklärte sie.

»Die Rose wird uns zu etwas anderem dienen«, sagte Salvator. »Sie ist die einzige Blüte, die entblättert ebenso schön ist wie unversehrt.«

»Ist das wahr?«, fragte sie.

Er entblätterte eine Lilie, eine Orchidee, eine Pfingstrose, eine Iris, eine Gladiole, eine Wicke, eine Hortensie, eine Steinbrecherblume, eine Margerite, eine Nelke, ein Vergissmeinnicht, eine Papageientulpe, eine Klematis, eine Zinnie, einen Goldapfelzweig, eine schwarze Kamelie, eine Fuchsie und einen Löwenzahn – und sie gab ihm recht: Nur bei der Rose war das Zerpflücken gelungen. Sie war die einzige Blüte, die gerupft wollüstig wirkte und nicht kaputt.

Sie bereiteten sich ein Lager aus Rosenblättern.

Getreu den Geschäftszeiten seiner Zunft zog der Blumenhändler um sechs Uhr morgens den Rollladen hoch. Und die Liebenden machten sich davon.

»Wir müssen so schnell wie möglich nach Mecheln«, sagte Salvator.

»Warum?«

»Du wirst schon sehen.«

Nach einer knappen Stunde Fahrt waren sie bei der Kathedrale von Mecheln angelangt. Sie betraten die Kirche, und Salvator sorgte dafür, dass sie direkt unter dem Glockenturm standen.

Um sieben Uhr begann das Geläut. Zoé hatte noch nie etwas so Außergewöhnliches gehört.

»Warte«, sagte Salvator.

Auf einmal erklang die berühmteste Glocke der Welt, und das war so gigantisch, dass die Körper der Liebenden von Kopf bis Fuß erbebten.

Keine Empfindung ließ sich mit jener lärmenden Durchdringung des ganzen Wesens vergleichen: Es war, als breitete sich eine Welle der Implosion fächerförmig in ihnen aus. Jedes Mal, wenn die Glocke schlug, zog sich der Schädel zusammen und dehnte sich anschließend weit über seine ursprünglichen Grenzen aus. Das Hirn war außer Rand und Band und schlug Purzelbäume im weiten Raum, der sich ob dieser maßlosen Wollust auftat.

Das Gesicht vom Sinnenrausch verzerrt, fragte Zoé:

»Ist das der Krieg?«

»Nein, das klingt bei weitem nicht so schön. Hier läutet eine der größten Glocken der Welt. Und als solche hat sie auch einen Stammbaum und einen Namen.«

»Wie heißt sie?«

»Salvator.«

Nach der nächtlichen Feuerprobe in Brüssel und der Dezibel-Läuterung in Mecheln beschloss das junge Paar, das Land der metaphysischen Gefahren zu verlassen und nach Frankreich zurückzukehren.

In Paris ging Zoé, von der seltsamen Hochzeitsreise erschöpft, gleich zu Bett.

Salvator war noch zu aufgewühlt, um Schlaf zu finden. Er versuchte, Ordnung in das Chaos seiner Frau zu bringen. Ihre Unordnung war keine Vergeudung, sondern Schöpfung. Es machte fast Angst, daran zu rühren, so viel Genie lag in ihrer Art, Unordnung zu produzieren; andere begnügten sich damit, Dinge irgendwo hinzustellen, Zoé entstellte sie.

Die erste Etappe der Reinigung dieses Augiasstalls war die Inventur. Salvator vergegenwärtigte sich die anwesenden Gegenstände und notierte sie vor jeder Auf- oder Zusammenstellung unter der Überschrift: »Zoés Tohuwabohu« auf einem Blatt Papier. Jedes Mal kam ihm der ontologische Umstand dazwischen, dass er das Ding benennen musste, bevor er es aufschreiben konnte.

Manchmal war es leicht: »hölzerner Hampelmann mit gebrochener Nase« oder »Bilderbuch, dessen Seiten von einem Kind mit Bleistift beschmiert worden sind« oder »Karte einer Freundin aus deren Urlaub in der Bretagne« oder »1985 abgelaufene Bonbons«.

Meistens war es mysteriös: »Präkolumbianische Plastilin-Figur mit eingebautem Karamellbonbon« oder »Zeichnung eines Menschen oder eines Lutschers oder eines Baumes« oder »Haarbüschel mit Kitt oder sehr lange gekautem Kaugummi« oder »Fläschchen, gefüllt mit Pockenvirus in Hinblick auf einen bakteriologischen Angriff oder mit Brackwasser aus einem See«.

Gelegentlich war es erschreckend: »ausgerissener ganzer Nagel eines großen Zehs« oder »Zahn unbekannter Herkunft« oder »schwer verstümmelte Puppe« oder »heiliger Eid, eine gewisse Madame Michotte zu töten, mit Blut geschrieben«.

Salvator hielt sorgfältig fest, was er sah. Niemals hätte er sich erlaubt, etwas wegzuwerfen. Er verzeichnete sogar ein »ekliges altes Kleenex« und einen »angebissenen, schlecht riechenden Schokokeks«.

Briefe, die er fand, las er nicht. Er registrierte sie aufgrund des Poststempels und eines eventuellen Absendernamens auf dem Kuvert.

Bis ihm ein geheimnisvoller Umschlag in die Hand fiel. »Unserer geliebten Tochter«, stand darauf. Die Schrift kam ihm bekannt vor.

Auf einmal begriff Salvator, worum es ging. Er ließ den Brief fallen und fühlte sein Herz bis zu den Schläfen pochen … Eine Stimme sagte zu ihm: »Dazu hast du kein Recht. Es ist kriminell.« Eine andere schrie: »Diese Schrift! Du weißt, wer es ist! Wie willst du ohne Gewissheit weiterleben? Ja, es ist kriminell! Aber du hast schlimmere Verbrechen auf dem Gewissen!«

Es war stärker als er. Er öffnete den Brief.

Paris, 9. 12. 1979

Zoé,

wenn Du diese Worte liest, sind Deine Mutter und ich lange tot. Du bist erst sechs Monate alt, Du wirst Dich an uns nicht erinnern. Wenn man eine so kleine Tochter wie Dich hat, ist Selbstmord sicher eine schreckliche Tat. Ob Du uns je verzeihen kannst? Wir können nämlich nicht mehr. Du schreist, Zoé, Du schreist die ganze Zeit. Es ist zum Wahnsinnigwerden. Die Kinderärzte, die Dich untersuchten, verstehen es nicht. Irène und ich haben das Gefühl, einem einzigen Schmerz das Leben geschenkt zu haben.

Vielleicht sind wir wahnsinnig geworden – wir schlafen schon seit Monaten nicht mehr. Ob uns einer versteht? Wie soll man denn die permanente Verzweiflung eines Babys ertragen?

Außerdem war Deine Geburt von einem traurigen Ereignis begleitet: Ich hatte einen Sekretär, den ich liebte wie einen Sohn. Er war zwanzig und hieß Salvator. Er lebte bei uns im Haus. Auch Deine Mutter mochte ihn sehr. Als du ein paar Tage alt warst, ist er spurlos verschwunden. Er hat sich in Luft aufgelöst, ohne einen Hinweis zu hinterlassen. Bei der Polizei sagte man uns, dass so etwas öfter vorkommt und wir uns keine Hoffnung machen sollten. Das schmerzt mich derart, als ob ich ein Kind verloren hätte.

Wir haben Dich beide sehr lieb, Zoé. Wir wünschen Dir ein möglichst schönes Leben.

Irène und Nazaire,
Deine Dich liebenden Eltern

Salvator verbarg sein Gesicht in den Händen. Er hatte nichts vergessen. Er entdeckte Schuld und Unschuld an sich. Ein Teil von ihm wollte es noch nicht glauben. Er brauchte Gewissheit und eilte zu Zoé, die in tiefem Schlaf lag. Umsichtig und sanft, um sie nicht zu wecken, teilte er ihr Haar an jener Stelle ihres Schädels, die ihm seine Erinnerung wies, und fand, schmal und von einem Hammer geplättet, einen Nagelkopf im Knochen.

Verdutzt fragte er sich, wie sie das überlebt hatte. Ein paar vage Begriffe aus dem Biologieunterricht fielen ihm ein, wo er von einer weichen Fontanelle der Babys gehört hatte, die später verknöchert.

Doch jetzt war keine Zeit für Erklärungen, fand er. Er stürzte hinaus, holte eine Pinzette und zog, jede Vorsicht außer Acht lassend, ja, ohne überhaupt nur an das verrückte Risiko zu denken, auf das er sich da einließ, den Nagel aus dem Kopf seiner Frau. Dabei fiel ihm auf, dass das Instrument des Verbrechens zu entfernen stiller und schwieriger war, als es zu versenken, und wenn dazu Zeit gewesen wäre, dachte er, hätte er darüber wohl philosophische Erwägungen angestellt.

Zoé zeigte keinerlei Reaktion und schlief weiter ihren tiefen Schlaf, den er schon vor achtzehn Jahren an ihr gekannt hatte. Salvator desinfizierte die winzige Wunde mit Jodtinktur.

Er ging aus dem Zimmer, um seine Liebste nicht zu stören. Er ließ sich aufs Sofa fallen und trank einen Schluck Grappa aus der Flasche, dass es ihm den Brustkorb zerriss – das war das Gefühl, das er brauchte. Nachdenklich betrachtete er den blutigen Nagel in seiner Hand.

Das Ausmaß der Schuld, die Salvator auf sich geladen hatte, war unbeschreiblich, auch für die Verfasserin dieser Zeilen, die ihn nur mit größtmöglicher Menschlichkeit zu betrachten sucht.

In dieser Geschichte war Gutes mit Bösem in einem Verhältnis gemischt, das kein Mensch auf der Welt aufschlüsseln konnte. Rechtstechnisch gesehen, war Salvator bloß für achtzehn Jahre Migräne verantwortlich zu machen. Aber sein Gewissen schrieb ihm eine größere Schuld zu. Nun war seiner seltsam reinen Seele jedes Selbstmitleid fremd. Also beschloss er, der nutzlosen, weinerlichen Dummheit des Bereuens die stillschweigende Wiedergutmachung vorzuziehen.

Der nächste Schluck Grappa festigte seinen Entschluss: Er würde nichts sagen. Er würde mit der Sünde leben, er würde sie sich nicht von der Seele reden. Schweigen war seine Buße. So würde er auch niemanden mit Sätzen im Stil von »Ich bin ein Monster« oder »Ich schäme mich so« behelligen, mit denen man ohnehin nicht mehr als wohlfeiles

Mitleid hervorruft. Er wollte seine Monstrosität nicht leugnen; er würde sie nur für sich behalten.

Was sollte er anderes tun? Vergebung kann nur von den Opfern kommen. In seinem Fall waren die beiden wichtigsten tot. Also war sein Verbrechen unverzeihlich.

Blieb noch ein Opfer, das bestimmt nie in der Lage sein würde, ihm den gigantischen Ablass zu gewähren, den er brauchte, doch hatte das Schicksal in seiner unbegreiflichen Nachsicht ihm gestattet, es zu lieben. Und das war nicht Seligkeit, sondern Gnade. Salvator würde nicht gerettet werden, aber der Gnade teilhaftig – ein einzigartiger metaphysischer Zustand.

Salvator, der Retter, der Erlöser, der selbst nicht gerettet wurde, verfügte noch über die Macht, andere zu erlösen. Er würde Zoé nichts sagen. Das wäre nur ein weiteres Verbrechen seinerseits und sicher das schlimmste. Sie wäre imstande, sich schuldig zu fühlen – »Meine Eltern haben Selbstmord begangen, weil ich als Baby so viel geschrien habe«! –, und das hatte sie wirklich nicht verdient.

In der einen Hand die Grappa-Flasche, in der anderen den Nagel – es schien Salvator, als erzählten diese merkwürdigen Insignien sein Leben: auf der einen Seite der berückendste Rausch, auf der anderen das abscheulichste Verbrechen; Feuerwasser und Mordwerkzeug; rasende Liebe und schwere Schuld. Den Nagel konnte er verschwinden lassen, wenn er die Hand darum schloss. Das ging beim Grappa, der im Französischen so treffend Wasser des Lebens heißt, nicht.

›So sei es. Es gibt keine stärkere Liebe als die, die auf dem Schutt eines uneingestandenen Verbrechens erbaut ist‹, dachte Salvator und trank noch einen Schluck.

Zoé sah den kleinen Blutfleck auf dem Kopfkissen nicht, als sie erwachte, doch er besiegelte ihre Ehe fester als die befleckten Laken einer Braut.

Sie ging zu Salvator hinunter, der noch ein letztes bisschen Ordnung ins Zimmer und in seine Gedanken brachte. Mit der Anteilnahme des guten Gatten, egal ob Mörder oder nicht, fragte er sie nach ihrem Befinden.

»Besser denn je«, sagte sie.

»Und die Migräne?«

»Keine Spur. Es ist, als ob ich jetzt klarer denken könnte.«

Es gibt einen rettenden Engel für elegante Verbrecher. Zoé behielt von dem vor achtzehn Jahren in ihrem Kopf versenkten Nagel nur eine Nachwirkung zurück: Ihr traumatisiertes Gehirn verwechselte ständig die Wörter Vorstellung und Entstellung, was zu absurden, erschreckenden Sätzen führte, aber das war nicht so schlimm.

Kopfschmerzen bekam sie nie wieder.

James Salter

Letzte Nacht

Walter Such war Übersetzer. Er schrieb gerne mit einem grünen Füllfederhalter, und er hatte die Gewohnheit, ihn nach jedem Satz leicht in die Luft zu erheben, fast als wäre seine Hand eine mechanische Vorrichtung. Er konnte Zeilen von Blok auf Russisch zitieren und dann Rilkes Übersetzung auf Deutsch wiedergeben, wobei er auf ihre Schönheit hinwies. Er war ein geselliger, aber manchmal auch empfindlicher Mann, der am Anfang ein wenig stotterte und der mit seiner Frau ein Leben führte, wie sie es mochten. Aber Marit, seine Frau, war krank.

Er saß mit Susanna, einer Freundin der Familie, zusammen. Schließlich hörten sie Marit auf der Treppe, und sie kam in das Zimmer. Sie trug ein rotes Seidenkleid, in dem sie immer sehr verführerisch gewesen war, mit ihren freien Brüsten und ihrem glatten dunklen Haar. In den weißen Drahtkörben in ihrem Schrank waren Stapel von zusammengefalteten Kleidern, Unterwäsche, Sportsachen, Nachthemden, die Schuhe durcheinander auf dem Boden. Dinge, die sie nie wieder brauchen würde. Auch Schmuck, Armbänder und Halsketten, und eine lackierte Holzschachtel mit all ihren Ringen. Sie hatte die Ringe in der Schachtel lange durchgesehen und hatte sich mehrere ausgesucht. Sie wollte nicht, dass ihre Finger, die jetzt knochig waren, nackt wirkten.

»Du siehst wi-wirklich gut aus«, sagte ihr Mann.

»Ich hab das Gefühl, als wäre es mein erstes Rendezvous oder so was. Trinkt ihr was?«

»Ja.«

»Ich glaub, ich nehm auch einen. Viel Eis«, sagte sie.

Sie setzte sich.

»Ich hab keine Energie«, sagte sie, »das ist das Schrecklichste daran. Sie ist weg. Sie kommt nicht wieder. Ich mag noch nicht mal aufstehen und rumlaufen.«

»Das muss sehr schwierig sein«, sagte Susanna.

»Du kannst dir das gar nicht vorstellen.«

Walter kam mit dem Drink zurück und gab ihn ihr.

»Also, auf glückliche Tage«, sagte sie. Dann, als erinnerte sie sich plötzlich, lächelte sie sie an. Ein erschreckendes Lächeln. Es schien genau das Gegenteil zu bedeuten.

Es war die Nacht, in der es geschehen sollte. Sie hatten das zusammen entschieden. Auf einer Untertasse im Kühlschrank lag die Spritze. Ihr Arzt hatte den Inhalt geliefert. Aber vorher ein Abschiedsessen, wenn sie dazu in der Lage war. Es sollten nicht nur sie beide sein, hatte Marit gesagt. Ihr Instinkt. Sie hatten Susanna gebeten, statt anderer, die ihnen vielleicht näher waren, aber auch von Kummer erfüllt, wie Marits Schwester zum Beispiel, mit der sie sich jedoch ohnehin nicht mehr so gut verstand, oder ältere Freunde. Susanna war jünger. Sie hatte ein breites Gesicht und eine hohe, reine Stirn. Sie sah aus wie die Tochter eines Professors oder eines Bankers, die sich ein wenig verirrt hatte. Wildes Mädchen, hatte einer ihrer Freunde über sie gesagt, mit einem gewissen Maß an Bewunderung.

Susanna, die einen kurzen Rock trug, war bereits ein wenig nervös. Es war schwer, so zu tun, als würde dies nur ein normales Abendessen sein. Es würde schwer werden, gelassen zu wirken und sie selbst zu sein. Sie war gekommen, als die Dämmerung hereinbrach. Das Haus mit seinen erleuchteten Fenstern – in jedem Raum schienen die Lampen zu brennen – hatte sich von allen anderen abgehoben wie ein Ort, an dem etwas Festliches geschah.

Marit blickte auf Gegenstände in dem Zimmer, die Fotos mit ihren Silberrahmen, die Lampen, die großen Bücher über den Surrealismus, über Landschaftsgärtnerei oder Landhäuser, mit denen sie sich immer hatte hinsetzen wollen, um sie zu lesen, die Sessel, selbst den Teppich mit seinen schönen verblichenen Farben. Sie sah sich das alles an, als wollte sie es sich einprägen, wo es doch in Wirklichkeit alles nichts bedeutete. Susannas langes Haar und ihre Frische bedeuteten etwas, wenn sie auch nicht sicher war, was.

Gewisse Erinnerungen sind das, was man mitnehmen möchte, dachte sie, Erinnerungen sogar noch vor Walter, aus der Zeit, als sie ein Mädchen war. Ihr Zuhause, nicht dieses, sondern das ursprüngliche mit ihrem Kinderbett, dem Fenster auf dem Treppenabsatz, von dem aus sie die wirbelnden Schneestürme längst vergangener Winter beobachtet hatte, ihr Vater, der sich über sie beugte, um ihr gute Nacht zu sagen, das Lampenlicht, in das ihre Mutter das Handgelenk hielt, um ein Armband zu schließen.

Jenes Zuhause. Der Rest war weniger dicht. Der Rest war ein langer Roman, der dem eigenen Leben ähnelte; man ging hindurch, ohne nachzudenken, und dann endete es eines Morgens: Da waren die Blutflecken.

»Ich hab eine Menge davon getrunken«, sagte Marit nachdenklich.

»Drinks?«, sagte Susanna.

»Ja.«

»Über die Jahre, meinst du.«

»Ja, über die Jahre. Wie spät ist es inzwischen?«

»Viertel vor acht«, sagte ihr Mann.

»Sollen wir los?«

»Wann du willst«, sagte er. »Kein Grund zur Eile.«

»Ich habe keine Eile.«

Sie hatte eigentlich wenig Lust, aufzubrechen. Es war ein Schritt näher.

»Für wann haben wir reserviert?«, fragte sie.

»Wann immer wir wollen.«

»Dann lass uns los.«

Es war im Uterus, und es hatte von dort auf die Lunge übergegriffen. Am Ende hatte sie es akzeptiert. Über dem quadratischen Ausschnitt ihres Kleides schien die blasse Haut Dunkelheit auszustrahlen. Sie war nicht mehr sie selbst. Was sie gewesen war, war verschwunden; es war ihr genommen worden. Die Veränderung war furchtbar, besonders im Gesicht. Sie hatte jetzt ein Gesicht, das für das Nachleben da war und für die, die sie dort treffen würde. Es war schwer für Walter, sich daran zu erinnern, wie sie früher gewesen war. Sie war fast schon eine andere Frau als jene, der er das feierliche Versprechen gegeben hatte, ihr zu helfen, wenn die Zeit kam.

Susanna saß hinten, als sie fuhren. Die Straßen waren leer. Sie kamen an Häusern vorbei, die im unteren Geschoss ein flackerndes bläuliches Licht zeigten. Marit schwieg. Sie empfand Trauer, aber auch ein Gefühl der Verwirrung. Sie versuchte, sich all das morgen vorzustellen, wenn sie nicht mehr da sein würde, um es zu sehen. Sie konnte sich das nicht vorstellen. Der Gedanke, dass die Welt morgen noch da sein würde, war schwierig für sie.

Im Hotel warteten sie in der Nähe der Bar, an der es laut war. Männer ohne Jackett, Mädchen, die redeten oder laut lachten, Mädchen, die nichts wussten. An den Wänden hingen große französische Plakate, alte Drucke, in dunkel gewordenen Rahmen.

»Ich erkenne niemanden«, bemerkte Marit. »Zum Glück«, fügte sie hinzu.

Walter hatte ein redseliges Paar gesehen, das sie kannten, die Apthalls.

»Guck nicht hin«, sagte er. »Sie haben uns noch nicht gesehen. Ich besorg uns einen Tisch in dem anderen Raum.«

»Haben sie uns gesehen?«, fragte Marit, als sie

sich setzten. »Ich hab keine Lust, mit jemandem zu reden.«

»Ist schon in Ordnung«, sagte er.

Der Kellner trug eine weiße Schürze und eine schwarze Fliege. Er gab ihnen die Speisekarte und die Weinkarte.

»Kann ich Ihnen etwas zu trinken bringen?«

»Ja, unbedingt«, sagte Walter. Er sah in die Karte, in der die Weine in der aufsteigenden Ordnung der Preise aufgeführt waren. Da war ein Cheval Blanc für fünfhundertfünfundsiebzig Dollar.

»Dieser Cheval Blanc, haben Sie den?«

»Den 1989er?«, fragte der Kellner.

»Bringen Sie uns eine Flasche.«

»Was ist Cheval Blanc? Ist das ein weißer?«, fragte Susanna, als der Kellner gegangen war.

»Nein, es ist ein roter«, sagte Walter.

»Weißt du, das war sehr nett von dir, heute Abend mitzukommen«, sagte Marit zu Susanna. »Es ist ein ganz besonderer Abend.«

»Ja.«

»Normalerweise bestellen wir keinen so guten Wein«, erklärte sie.

Sie beide hatten hier oft gegessen, gewöhnlich in der Nähe der Bar mit ihren schimmernden Flaschenreihen. Sie hatten noch nie Wein bestellt, der mehr als fünfunddreißig Dollar kostete.

Wie fühlte sie sich, fragte Walter, während sie warteten. Fühlte sie sich ganz gut?

»Ich kann das nicht ausdrücken, wie ich mich fühle. Ich nehm Morphin«, sagte Marit zu Susanna, »das tut, was es soll, aber...« Sie hielt inne. »Es gibt eine Menge Dinge, die einem nicht passieren sollten«, sagte sie.

Während des Essens waren sie still. Es war schwer, sich ungezwungen zu unterhalten. Sie tranken immerhin zwei Flaschen von dem Wein. Er würde nie wieder so gut trinken, dachte Walter unwillkürlich. Er schenkte Susanna den Rest der zweiten Flasche ein.

»Nein, ihr solltet das trinken«, sagte sie. »Es ist ja für euch.«

»Er hat genug gehabt«, sagte Marit. »Aber er war gut, was?«

»Fabelhaft.«

»Da versteht man erst, dass es Dinge gibt ... oh, ich weiß nicht, verschiedene Dinge. Es wär schön gewesen, so etwas immer zu trinken.« Sie sagte das auf eine Weise, die ungeheuer berührend war.

Sie fühlten sich alle besser. Sie saßen noch eine Weile da und brachen schließlich auf. An der Bar war es immer noch laut. Marit starrte aus dem Fenster, während sie nach Hause fuhren. Sie war müde. Der Wind bewegte die Wipfel der schattenhaften Bäume. Am Nachthimmel waren strahlend blaue Wolken, die wie im Tageslicht schimmerten.

»Es ist sehr schön heute Nacht, nicht? Das fällt mir auf. Oder täusch ich mich?«

»Nein.« Walter räusperte sich. »Es ist schön.«

»Siehst du das auch?«, fragte sie Susanna. »Sicher siehst du es auch. Wie alt bist du? Ich vergess das immer.«

»Neunundzwanzig.«

»Neunundzwanzig«, sagte Marit. Sie schwieg ein paar Augenblicke. »Wir haben nie Kinder gehabt«, sagte sie. »Wünschst du dir Kinder?«

»Manchmal schon, ja. Ich hab darüber noch nicht so richtig nachgedacht. Ich glaube, darüber denkt man erst wirklich nach, wenn man verheiratet ist.«

»Du wirst heiraten.«

»Ja, vielleicht.«

»Du könntest jeden Moment heiraten«, sagte Marit.

Sie war müde, als sie am Haus ankamen. Sie saßen zusammen im Wohnzimmer, als wären sie von einer großen Party zurückgekommen und noch nicht ganz so weit, schlafen zu gehen. Walter dachte an das, was vor ihnen lag, an das Licht, das im

Kühlschrank angehen würde, wenn er die Tür öffnete. Die Nadel der Spritze war scharf, die Stahlspitze schräg angeschnitten und wie eine Rasierklinge. Er würde eine Vene damit treffen müssen. Er versuchte, nicht weiter daran zu denken. Er würde das irgendwie schaffen. Er wurde immer nervöser.

»Ich erinnere mich an meine Mutter«, sagte Marit. »Am Ende wollte sie mir so viel sagen, Dinge, die passiert waren, als ich Kind war. Rae Mahin hatte mit Teddy Hudner geschlafen. Und Anne Herring auch. Sie waren beide verheiratet. Teddy Hudner war nicht verheiratet. Er arbeitete in der Werbung und spielte immer Golf. Meine Mutter redete immer weiter darüber, wer mit wem geschlafen hatte. Das war es, was sie mir am Ende erzählen wollte. Zu der Zeit war Rae Mahin natürlich eine Berühmtheit.«

Dann sagte Marit: »Ich glaube, ich geh jetzt rauf.«

Sie stand auf.

»Ich schaff das schon«, sagte sie zu ihrem Mann. »Bleib ruhig noch hier. Gute Nacht, Susanna.«

Als nur noch sie beide da waren, sagte Susanna: »Ich muss gehen.«

»Nein, noch nicht. Geh bitte noch nicht. Bleib hier.«

Sie schüttelte den Kopf. »Ich kann nicht«, sagte sie.

»Bitte, du musst hier bleiben. Ich geh gleich rauf, aber wenn ich wieder runterkomme, kann ich nicht alleine sein. Bitte.«

Sie schwieg.

»Susanna.«

Sie saßen da, ohne etwas zu sagen.

»Ich weiß, dass du das alles durchdacht hast«, sagte sie.

»Ja, das hab ich wirklich.«

Nach ein paar Minuten sah Walter auf die Uhr; er wollte etwas sagen, tat es dann aber nicht. Ein wenig später sah er wieder auf die Uhr; dann ging er hinaus.

Die Küche hatte die Form eines L, altmodisch und ungeplant, mit einem weißen Porzellanbecken und oft übermalten Holzschubladen. In den Sommern hatten sie hier Konserven gemacht, als unten an der Treppe zu den Gleisen des Bahnhofs Erdbeeren verkauft wurden, Kisten von unvergesslichen Erdbeeren, die wie Parfum dufteten. Sie hatten noch ein paar Gläser davon. Er ging zum Kühlschrank und machte die Tür auf.

Da war sie, die kleinen eingeritzten Linien auf der Längsseite. Er versuchte, sich etwas auszudenken, was das verhinderte, was er jetzt tun musste.

Wenn er die Spritze fallen ließ, sie irgendwie zerbrach. Er konnte sagen, seine Hand hätte gezittert...

Er nahm die Untertasse und bedeckte sie mit einem Geschirrtuch. Das machte es noch schlimmer. Er legte es weg und nahm die Spritze in die Hand, hielt sie auf unterschiedliche Weise – legte die Hand mit ihr schließlich an sein Hosenbein, verbarg sie fast. Er fühlte sich so leicht wie ein Blatt Papier, ohne jede Kraft.

Marit hatte sich vorbereitet. Sie hatte sich Make-up auf die Augen getan und ein elfenbeinfarbenes Nachthemd aus Satin angezogen, das am Rücken ausgeschnitten war. Es war das Gewand, das sie in der nächsten Welt tragen würde. Sie hatte sich bemüht, an ein Leben nach dem Tod zu glauben. Man fuhr in einem Nachen hinüber, etwas, woran die Alten mit Gewissheit geglaubt hatten.

Über ihren Schlüsselbeinen lagen die Stränge einer Silberkette. Sie war müde. Der Wein hatte gewirkt, aber sie war nicht ruhig.

Walter blieb in der Tür stehen, als wartete er auf Erlaubnis. Sie sah ihn schweigend an. Er hatte sie in der Hand, das sah sie. Ihr Herz pochte nervös, aber sie war entschlossen, das nicht zu zeigen.

»Gut, Liebling«, sagte sie.

Er versuchte zu antworten. Sie hatte frischen

Lippenstift aufgelegt, sah er; ihr Mund wirkte dunkel. Da lagen ein paar Fotos, die sie im Bett um sich herum ausgelegt hatte.

»Komm rein.«

»Nein, ich komm gleich wieder«, brachte er heraus.

Er lief hinunter. Er würde versagen; er musste etwas trinken. Das Wohnzimmer war leer. Susanna war gegangen. Er hatte sich noch nie so vollständig allein gefühlt. Er ging in die Küche, goss Wodka, geruchlos und klar, in ein Glas und trank ihn schnell. Er ging langsam wieder hinauf und setzte sich neben seine Frau auf das Bett. Der Wodka machte ihn betrunken. Er war nicht ganz bei sich.

»Walter«, sagte sie.

»Ja?«

»Was wir tun, ist richtig.«

Sie nahm seine Hand. Das erschreckte ihn irgendwie, als könnte es bedeuten, dass sie ihn bat, mit ihr zu kommen.

»Du weißt doch«, sagte sie mit ruhiger Stimme, »ich habe niemand auf der Welt mehr geliebt als dich – es klingt irrsinnig, ich weiß.«

»Ach, Marit!«, rief er aus.

»Hast du mich geliebt?«

Sein Magen drehte sich vor Verzweiflung um.

»Ja«, sagte er. »Ja!«

»Pass auf dich auf.«

»Ja.«

Er war gesund, in der Tat, vielleicht ein bisschen schwerer, als er sein sollte, aber dennoch ... Sein rundlicher Gelehrtenbauch war von einer Schicht weicher dunkler Haare bedeckt, seine Hände und Nägel waren gepflegt.

Sie beugte sich vor und umarmte ihn. Sie küsste ihn. Einen Moment lang hatte sie keine Angst. Sie würde wieder leben, wieder jung sein, wie sie es einst gewesen war. Sie hielt ihm ihren Arm hin. Auf der Innenseite waren zwei Adern in der Farbe von Grünspan zu sehen. Er begann zu drücken, um sie hervortreten zu lassen. Sein Kopf war abgewandt.

»Erinnerst du dich«, sagte sie zu ihm, »als ich bei Bates gearbeitet habe und wir uns das erste Mal gesehen haben? Ich wusste es sofort.«

Die Spritze zitterte, als er versuchte, sie richtig zu halten.

»Ich habe Glück gehabt«, sagte sie. »Ich habe sehr viel Glück gehabt.«

Er atmete kaum. Er wartete, aber sie sagte nichts mehr. Kaum glaubend, was er da tat, stieß er die Nadel hinein – es geschah mühelos – und injizierte den Inhalt langsam. Er hörte sie seufzen. Ihre Augen waren geschlossen, als sie sich zurücklegte. Ihr

Gesicht war friedvoll. Sie hatte sich eingeschifft. Mein Gott, dachte er, mein Gott. Er hatte sie gekannt, als sie in den Zwanzigern war, langbeinig und unschuldig. Jetzt hatte er sie, wie in einer Bestattung zur See, dem Fluss der Zeit übergeben. Ihre Hand war noch warm. Er nahm sie und hielt sie an seine Lippen. Er zog die Bettdecke herauf über ihre Beine. Das Haus war unglaublich still. Es war in ein Schweigen gefallen, das Schweigen einer tödlichen Handlung. Er konnte den Wind nicht hören.

Er ging langsam hinunter. Ein Gefühl der Erleichterung kam über ihn, enorme Erleichterung und Trauer. Draußen füllten die monumentalen blauen Wolken die Nacht. Er stand ein paar Minuten da, dann sah er Susanna, die bewegungslos in ihrem Wagen saß. Sie kurbelte das Fenster herunter, als er auf sie zukam.

»Du bist nicht weggefahren«, sagte er.

»Ich konnte nicht im Haus bleiben.«

»Es ist vorbei«, sagte er. »Komm rein. Ich mach uns was zu trinken.«

Sie stand mit ihm in der Küche, die Arme über der Brust gekreuzt, eine Hand an jedem Ellenbogen.

»Es war nicht schrecklich«, sagte er. »Ich fühl mich nur so … ich weiß nicht.«

Im Stehen tranken sie.

»Wollte sie wirklich, dass ich komme?«, sagte Susanna.

»Liebling, *sie* hat das vorgeschlagen. Sie wusste nichts.«

»Das frag ich mich.«

»Glaub mir. Nichts.«

Sie setzte ihr Glas ab.

»Nein. Trink«, sagte er. »Es hilft.«

»Ich fühl mich komisch.«

»Komisch? Ist dir übel?«

»Ich weiß nicht.«

»Werd nicht krank. Komm mit. Warte, ich geb dir ein Glas Wasser.«

Sie konzentrierte sich darauf, gleichmäßig zu atmen.

»Leg dich lieber ein bisschen hin«, sagte er.

»Nein, es geht schon.«

»Komm.«

Er führte sie, in ihrem kurzen Rock und ihrer Bluse, in ein Zimmer, das hinter der Haustür seitlich abging, und setzte sie aufs Bett. Sie atmete langsam und tief.

»Susanna.«

»Ja.«

»Ich brauche dich.«

Sie hörte ihn nur aus der Ferne. Ihr Kopf war zurückgelegt wie der einer Frau, die sich nach Gott sehnte.

»Ich hätte nicht so viel trinken dürfen«, murmelte sie.

Er begann, ihre Bluse aufzuknöpfen.

»Nein«, sagte sie und versuchte, sie wieder zuzuknöpfen.

Er machte ihren Büstenhalter auf. Ihre herrlichen Brüste kamen zum Vorschein. Er konnte die Augen nicht von ihnen abwenden. Er küsste sie leidenschaftlich. Sie fühlte sich zur Seite bewegt, als er die Bettdecke unter ihr wegzog. Sie versuchte, wieder zu sprechen, aber er legte ihr die Hand auf den Mund und drückte sie herunter. Er verschlang sie, am Ende wie vor Furcht bebend und sie fest an sich drückend. Sie fielen in einen tiefen Schlaf.

Ganz früh am Morgen war das Licht klar und intensiv. Das Haus, das in seinem Pfad stand, wurde noch weißer. Es hob sich von den Nachbarhäusern ab, reiner und heiterer als sie. Der Schatten einer hohen Ulme, die neben dem Haus stand, lag wie von einem spitzen Bleistift gezeichnet auf ihm. Die hellen Vorhänge hingen unbeweglich. Nichts rührte sich im Innern. Hinter dem Haus war der weite Rasen, über den Susanna bei einer Gartenbesichtigung geschlendert war, an dem Tag, als er sie das erste Mal gesehen hatte, mit ihrer guten Figur, hoch gewachsen. Es war ein Bild, das er nicht wieder losgeworden war, auch wenn das andere erst später begonnen hatte, als sie kam, um den Garten mit Marit umzugestalten.

Sie saßen am Tisch und tranken Kaffee. Sie waren wie Komplizen, noch nicht lange auf, und sie sahen einander nicht zu genau an. Walter bewunderte sie dennoch. Ohne Make-up war sie noch attraktiver. Ihr langes Haar war nicht gekämmt. Sie schien sehr zugänglich. Er musste Telefonate machen, aber er dachte nicht daran. Es war noch zu früh.

Er dachte über diesen Tag hinaus. An die Morgenstunden, die kamen. Zuerst hörte er das Geräusch hinter sich kaum. Es war ein Fußtritt und dann, langsam, noch einer – Susanna wurde weiß –, als Marit unsicher die Treppe herunterkam. Das Make-up auf ihrem Gesicht war schal, und der dunkle Lippenstift hatte Risse. Er starrte sie ungläubig an.

»Da muss was verkehrt gewesen sein«, sagte sie.

»Geht es dir gut?«, fragte er töricht.

»Nein, du musst was falsch gemacht haben.«

»Oh Gott«, murmelte Walter.

Sie setzte sich schwach auf die unterste Stufe. Sie schien Susanna nicht wahrzunehmen.

»Ich dachte, du wolltest mir helfen«, sagte sie und begann zu weinen.

»Ich versteh das nicht«, sagte er.

»Es ist alles verkehrt«, wiederholte sie. Dann, zu Susanna:

»Du bist noch hier?«

»Ich wollte gerade gehen«, sagte Susanna.

»Ich versteh das nicht«, sagte Walter noch einmal.

»Ich muss das alles noch mal machen«, schluchzte Marit.

»Es tut mir leid«, sagte er. »Es tut mir so leid.«

Er wusste nicht, was er noch sagen sollte. Susanna war gegangen, um ihre Sachen zu holen. Sie ging durch die Haustür hinaus.

So kam es, dass sie und Walter sich trennten. Nachdem sie von seiner Frau überrascht wurden. Sie trafen sich noch zwei oder drei Mal danach, er hatte darauf bestanden, aber es hatte keinen Zweck. Was immer Menschen zusammenhält, war verschwunden. Sie sagte ihm, dass sie es nicht ändern konnte. Es war, wie es war.

Nachweis

T.C. Boyle (* 2. Dezember 1948, Peekskill, New York)
Moderne Liebe. Aus dem Amerikanischen von Werner Richter. Aus: T.C. Boyle, Wenn der Fluß voll Whisky wär. Copyright © 1991 by Carl Hanser Verlag, München · Wien

Anton Čechov (17. Januar 1860, Taganrog – 15. Juli 1904, Badenweiler)
Teure Stunden. Aus dem Russischen von Georg Schwarz. Aus: Anton Čechov, Die Steppe. Diogenes Verlag, Zürich 1976. Copyright © Aufbau Verlagsgruppe GmbH, Berlin 1965 (für die Übersetzung von Georg Schwarz, die erstmals 1965 bei Rütten & Loening Berlin im Band A. C.: Das schwedische Zündholz. Kurzgeschichten und frühe Erzählungen der Gesammelte Werke in Einzelausgaben erschien; Rütten & Loening ist eine Marke der Aufbau Verlagsgruppe GmbH)

Philippe Djian (* 3. Juni 1949, Paris)
Wie beim Tode meines Vaters. Aus dem Französischen von Michael Mosblech. Aus: Philippe Djian, Krokodile. Copyright © 1993 by Diogenes Verlag, Zürich

Doris Dörrie (* 26. Mai 1955, Hannover)
Frauen allein in Hotelzimmern. Aus: Doris Dörrie, Für immer und ewig. Copyright © 1991 by Diogenes Verlag, Zürich

F. Scott Fitzgerald (24. September 1896, St. Paul/Minnesota – 21. Dezember 1940, Hollywood)
Drei Stunden zwischen zwei Flügen. Aus dem Amerikanischen von Renate Orth-Guttmann. Aus F. Scott Fitzgerald, Drei Stunden zwischen zwei Flügen. Copyright © 2006 by Diogenes Verlag, Zürich

Anna Gavalda (* 9. Dezember 1970, Boulogne-Billancourt)
Kleine Praktiken aus Saint-Germain. Aus dem Französischen von Ina Kronenberger. Aus: Anna Gavalda, Ich wünsche mir, dass irgendwo jemand auf mich wartet. Copyright © by 2002 Carl Hanser Verlag München Wien

Elke Heidenreich (* 15. Mai 1943, Korbach/Waldeck)
Dein Max. Aus: Elke Heidenreich, Kolonien der Liebe, Erzählungen. Copyright © 1992 by Rowohlt Verlag GmbH, Reinbek bei Hamburg

O. Henry (eigentl. William Sidney Porter, 11. September 1862, Greensboro/North Carolina – 5. Juni 1910, New York)
Liebesgeschichte eines vielbeschäftigten Börsenmaklers. Aus dem Amerikanischen von Annemarie und Heinrich Böll. Aus: O. Henry, Die klügere Jungfrau. Copyright © 1981 by Diogenes Verlag, Zürich

Patricia Highsmith (19. Januar 1921, Fort Worth/Texas – 4. Februar 1995, Locarno/Tessin)
Vögel vor dem Flug. Aus dem Amerikanischen von Melanie Walz. Aus: Patricia Highsmith, Die stille Mitte der Welt. Copyright © 2002 by Diogenes Verlag, Zürich

Donna Leon (* 28. September 1942, New Jersey)
Geeignete Männer. Aus dem Amerikanischen von Monika Elwenspoek. Aus: Donna Leon, Über Venedig, Musik, Menschen und Bücher. Copyright © 2005 by Diogenes Verlag, Zürich

Loriot, eigentl. Bernhard-Viktor Christoph-Karl von Bülow (* 12. November 1923, Brandenburg an der Havel)

Liebe im Büro. Aus: Loriot, Gesammelte Prosa. Copyright © 2006 Diogenes Verlag, Zürich

Ingrid Noll (* 29. September 1935, Schanghai)

Herr Krebs ist Fisch. Aus: Ingrid Noll, Falsche Zungen. Copyright © 2004 by Diogenes Verlag, Zürich

Amélie Nothomb (* 13. August 1967, Kobe)

Der Einzug Christi in Brüssel (Originaltitel: L'Entrée du Christ à Bruxelles). Aus dem Französischen von Brigitte Grosse. Copyright © 2004 by Amélie Nothomb. Abdruck mit freundlicher Genehmigung

James Salter (* 10. Juni 1925, in New York aufgewachsen)

Letzte Nacht. Aus dem Amerikanischen von Malte Friedrich. Aus: James Salter, Letzte Nacht. Copyright © 2005 Berlin Verlag GmbH, Berlin

Bernhard Schlink (* 6. Juli 1944, Bielefeld)

Der Andere. Aus: Bernhard Schlink, Liebesfluchten. Copyright © 2000 by Diogenes Verlag, Zürich

Martin Suter (* 29. Februar 1948, Zürich)

Die Frau hinter Guntensberger. Aus: Tintenfaß Nr. 21 © 1997 by Diogenes Verlag, Zürich

Leon de Winter (* 26. Februar 1954, 's-Hertogenbosch)

Eifersucht (Titel vom Herausgeber). Aus dem Niederländischen von Hanni Ehlers. Auszug aus: Leon de Winter, Leo Kaplan. Copyright © 2002 by Diogenes Verlag, Zürich

Doris Dörrie im Diogenes Verlag

»Doris Dörrie ist als Erzählerin Spezialistin in diffizilen Angelegenheiten der kleinen Rache und gezielten Ohrfeigen zum Zwecke der Unterstützung des eigenen Selbstwertgefühles. Sie ist eine sehr gute Kurzgeschichten-Schreiberin mit der erforderlichen Prise Selbstironie und mit stilistischer Eleganz.«
Annemarie Stoltenberg/Die Zeit, Hamburg

»Es ist vollkommen gleichgültig, ob Sie Doris Dörrie in der Badewanne, im Intercity-Großraumwagen, im Lehnstuhl oder in der Straßenbahn lesen, nur: Lesen Sie sie!« *Deutschlandfunk, Köln*

Liebe, Schmerz und das ganze verdammte Zeug
Vier Geschichten
Daraus die Geschichte *Männer* auch als Diogenes Hörbuch erschienen, gelesen von Anna König

»Was wollen Sie von mir?«
Erzählungen. Mit Fotos von Helge Weindler

Der Mann meiner Träume
Erzählung

Für immer und ewig
Eine Art Reigen

Bin ich schön?
Erzählungen

Samsara
Erzählungen

Was machen wir jetzt?
Roman

Happy
Ein Drama

Das blaue Kleid
Roman

Mitten ins Herz
und andere Geschichten. Ausgewählt von Daniel Keel. Mit einem Nachwort der Autorin

Und was wird aus mir?
Roman
Auch als Diogenes Hörbuch erschienen, gelesen von Doris Dörrie

Kinderbücher:

Mimi
Mit Bildern von Julia Kaergel

Mimi ist sauer
Mit Bildern von Julia Kaergel

Mimi entdeckt die Welt
Mit Bildern von Julia Kaergel

Mimi und Mozart
Mit Bildern von Julia Kaergel

Ian McEwan im Diogenes Verlag

»Ian McEwan ist das, was man so einen geborenen Erzähler nennt. Man liest ihn mit Spannung, mit Genuss, mit Vergnügen, mit Gelächter, man kann sich auf sein neues Buch freuen. McEwans Literatur verwandelt die Qualen der verworrenen Beziehungsgespräche in Unterhaltung, er setzt sie literarisch auf einer Ebene fort, wo man über sie lachen kann. Wie sollte man sich einen zivilisatorischen Fortschritt bei diesem Thema sonst vorstellen?«
Michael Rutschky/Der Spiegel, Hamburg

Der Zementgarten
Roman. Aus dem Englischen von Christian Enzensberger

Erste Liebe – letzte Riten
Erzählungen. Deutsch von Harry Rowohlt

Zwischen den Laken
Erzählungen. Deutsch von Michael Walter und Bernhard Robben
Daraus die Erzählung *Psychopolis* auch als Diogenes Hörbuch erschienen, gelesen von Christian Ulmen

Der Trost von Fremden
Roman. Deutsch von Michael Walter

Ein Kind zur Zeit
Roman. Deutsch von Otto Bayer

Unschuldige
Eine Berliner Liebesgeschichte. Roman. Deutsch von Hans-Christian Oeser

Schwarze Hunde
Roman. Deutsch von Hans-Christian Oeser

Der Tagträumer
Erzählung. Deutsch von Hans-Christian Oeser

Liebeswahn
Roman. Deutsch von Hans-Christian Oeser

Amsterdam
Roman. Deutsch von Hans-Christian Oeser

Abbitte
Roman. Deutsch von Bernhard Robben

Saturday
Roman. Deutsch von Bernhard Robben
Auch als Diogenes Hörbuch erschienen, gelesen von Jan Josef Liefers

Letzter Sommertag
Stories. Deutsch von Harry Rowohlt, Bernhard Robben und Michael Walter

Am Strand
Roman. Deutsch von Bernhard Robben
Auch als Diogenes Hörbuch erschienen, gelesen von Jan Josef Liefers

Viktorija Tokarjewa im Diogenes Verlag

Viktorija Tokarjewa, 1937 in Leningrad geboren, studierte nach kurzer Zeit als Musikpädagogin an der Moskauer Filmhochschule das Drehbuchfach. 15 Filme sind nach ihren Drehbüchern entstanden. 1964 veröffentlichte sie ihre erste Erzählung und widmete sich ab da ganz der Literatur. Sie lebt heute in Moskau.

»Ihre Geschichten sind seit jeher von großer Anmut, allesamt Kunst-Stückchen, die einem die Vorstellung von Leichthändigkeit suggerieren. Nicht jedoch von Leichtgewichtigkeit. Wenn sie uns ein Schmunzeln entlocken, dann liegt das daran, daß Viktorija Tokarjewa über einen ausgeprägten Humor verfügt und diese Gabe durchweg einsetzt. Es ist kein Humor der satirischen Art, eher eine sanfte Ironie, gewürzt mit einer Prise Traurigkeit und einem vollen Maß an mitmenschlichem Erbarmen.« *FAZ*

»Viktorija Tokarjewa erzählt ihre Liebesgeschichten mit einem solchen Witz und einer solchen Lebendigkeit, dass ich ganz entzückt davon bin.«
Elke Heidenreich

Zickzack der Liebe
Erzählungen. Aus dem Russischen von Monika Tantzscher

Mara
Erzählung. Deutsch von Angelika Schneider

Happy-End
Erzählung. Deutsch von Angelika Schneider

Lebenskünstler
und andere Erzählungen. Deutsch von Ingrid Gloede

Sag ich's oder sag ich's nicht?
Erzählungen. Deutsch von Angelika Schneider, Monika Tantzscher und Elsbeth Wolffheim

Der Pianist
Erzählungen. Deutsch von Angelika Schneider

Lampenfieber
Erzählungen. Deutsch von Angelika Schneider

Eine Liebe fürs ganze Leben
Erzählung. Deutsch von Angelika Schneider

Glücksvogel
Roman. Deutsch von Angelika Schneider